TATIANA DE ROSNAY

Franco-anglaise, Tatiana de Rosnay est l'auteure de nombreux romans, dont *Elle s'appelait Sarah* (Éditions Héloïse d'Ormesson, 2007), aux 11 millions d'exemplaires vendus dans le monde. Plusieurs de ses livres ont été adaptés au cinéma avec des castings prestigieux.

Bilingue, elle a écrit son roman *Les Fleurs de l'ombre* simultanément en français et en anglais, il paraît en 2020 aux Éditions Héloïse d'Ormesson/Robert Laffont. En 2021, elle participe à l'écriture du scénario du film *Eiffel* et publie *Célestine du Bac*, toujours chez Robert Laffont. Ses thèmes de prédilection sont les secrets de famille et la mémoire des murs.

Ses livres sont traduits dans une quarantaine de pays, et elle figure sur la liste des romanciers français les plus lus à l'étranger, notamment aux Pays-Bas et aux États-Unis.

Retrouvez Tatiana de Rosnay sur :
http://www.tatianaderosnay.com/

LES FLEURS DE L'OMBRE

TATIANA DE ROSNAY

LES FLEURS
DE L'OMBRE

Robert Laffont | Héloïse d'Ormesson

L'éditeur de cet ouvrage s'engage dans une démarche
de certification FSC® qui contribue à la préservation
des forêts pour les générations futures.

Pour en savoir plus :
www.editis.com/engagement-rse/

© Éditions Robert Laffont, S.A.S., Paris, 2020.
Héloïse d'Ormesson, Paris, 2020

ISBN : 978-2-266-31077-2
Dépôt légal : mai 2021

À mon père, qui m'a appris à regarder le futur.

« Non seulement nos souvenirs, mais nos oublis sont "logés". Notre inconscient est "logé". Notre âme est une demeure. »

Gaston Bachelard, *Poétique de l'espace*

1

Clef

« Alors, je fais ce qui semble
être la meilleure chose à faire. »

Virginia Woolf, 28 mars 1941

« On peut évidemment mettre ça
sur le compte d'une dépression nerveuse. »

Romain Gary, 2 décembre 1980

Elle avait visité vingt appartements avant de trouver. Personne ne pouvait imaginer l'épreuve que cela représentait, surtout pour une romancière obsédée par les maisons, par la mémoire des murs. Ce qui était rassurant avec la résidence qu'elle habitait à présent, c'était le neuf. Tout était neuf. L'immeuble avait été achevé l'année précédente. Il se situait non loin de la Tour, de ce qui en restait. Après l'attentat, le quartier avait souffert. Pendant des années, cela avait été un no man's land dévasté et poussiéreux, ignoré de tous. Petit à petit, il était parvenu à renaître de ses cendres. Des architectes avaient échafaudé des édifices néoclassiques harmonieux, ainsi qu'un vaste jardin enfermant le Mémorial et l'espace réservé à la Tour, qui devait être reconstruite à l'identique. Avec le temps, cette partie de la ville avait retrouvé une certaine sérénité. Les touristes étaient revenus, en masse.

La voix douce de Mrs Dalloway se fit entendre :

— Clarissa, vous avez reçu de nouveaux courriels. L'un provient de Mia White, qui ne figure pas dans vos contacts, et l'autre, de votre père. Souhaitez-vous les lire ?

Son père ! Elle jeta un coup d'œil à sa montre. Il était une heure du matin à Paris, minuit à Londres, et le vieux bougre ne dormait pas. Il allait sur ses quatre-vingt-dix-huit ans et pétait le feu.

— Je les lirai plus tard, Mrs Dalloway. Merci d'éteindre l'ordinateur et les lumières du salon.

Au début, elle s'était sentie coupable de mener ainsi Mrs Dalloway à la baguette. Puis elle s'y était faite. En vérité, ce n'était pas désagréable. Mrs Dalloway n'apparaissait jamais. Elle n'était qu'une voix. Mais Clarissa savait qu'elle avait des yeux et des oreilles dans chaque pièce. Elle se demandait souvent à quoi Mrs Dalloway aurait ressemblé si elle avait réellement existé. Elle avait lu que Virginia Woolf avait pris une amie proche comme modèle pour ce personnage, une dénommée Kitty Maxse, ravissante mondaine qui avait connu une mort tragique en chutant dans son escalier. Elle avait entrepris une recherche pour découvrir les photographies sépia d'une élégante lady posant avec une ombrelle.

Clarissa se posta devant la fenêtre du salon, le chat blotti entre ses bras. L'ordinateur projetait son éclat dans l'obscurité grandissante. Se ferait-elle un jour à cet appartement ? Ce n'était pas tant l'odeur de la peinture neuve. Il y avait autre chose. Elle n'arrivait pas à savoir quoi. Elle aimait la vue. Tout en hauteur, loin de l'animation de la rue, elle se sentait en sécurité, bordée dans son refuge. Mais était-elle réellement en sécurité ? se demanda-t-elle, alors que le chat ronronnait et que la nuit noire semblait l'envelopper. En sécurité contre qui, contre quoi ? Vivre seule était plus dur que prévu. Que faisait François à cet instant ? Il était resté là-bas. Elle l'imagina en train de regarder une série en visionnage compulsif, les pieds sur la table basse. Quel intérêt de penser à François ? Aucun.

Les yeux myopes de Clarissa glissèrent vers la rue, où des vacanciers éméchés titubaient, l'éclat de leurs rires s'élevant jusqu'à elle. Ce nouveau quartier n'était jamais calme. Des hordes de touristes se succédaient sur les trottoirs dans une chorégraphie poussiéreuse qui l'éberluait. Elle avait appris à éviter certaines avenues, où des grappes d'estivants se percutaient, téléphones portables braqués vers les vestiges de la Tour et le chantier de la nouvelle construction. Il fallait sinon se frayer un passage à travers cette masse compacte, parfois jouer des coudes.

Depuis qu'elle vivait ici, elle ne se lassait pas d'observer l'immeuble d'en face, et toutes les vies derrière ses fenêtres. En quelques semaines à peine, elle avait déjà repéré les habitudes des différents locataires. Elle savait qui était insomniaque, comme elle, qui travaillait tard devant un écran d'ordinateur, qui se préparait un en-cas au milieu de la nuit. Parfois, elle utilisait même ses jumelles. Elle n'en éprouvait pas la moindre culpabilité, bien qu'elle eût détesté qu'on agisse de la sorte envers elle. Elle vérifiait toujours que personne ne la surveillait en retour. Mais on ne pouvait pas la voir ; elle était trop haut perchée, protégée derrière les corniches de pierre. Pourquoi sentait-elle malgré tout un œil peser sur elle ?

La vie des autres s'étalait sous ses yeux comme les alvéoles d'une ruche dans lesquelles elle pouvait butiner à sa guise, en alimentant son imaginaire à l'infini. Chaque ouverture offrait la richesse d'un tableau de

Hopper. La femme du deuxième pratiquait son yoga tous les matins sur un tapis qu'elle déroulait avec précaution. La famille du troisième se disputait en permanence. Que de portes claquées ! L'homme du sixième passait beaucoup de temps dans sa salle de bains (oui, elle le distinguait à travers les carreaux pas assez opaques). La dame de son âge, au cinquième, rêvassait, allongée sur un canapé. Clarissa ne connaissait pas leurs noms, mais elle était la spectatrice privilégiée de leur vie quotidienne. Et cela la fascinait.

Quand elle s'était lancée dans la recherche d'un nouvel appartement, elle ne s'était pas rendu compte à quel point elle allait s'introduire dans l'intimité d'inconnus. Par la disposition des meubles, des objets, par les odeurs, les parfums, les couleurs, chaque pièce visitée racontait une histoire. Il lui suffisait de pénétrer dans un salon pour se représenter la vie de la personne qui vivait là. En un flash affolant et addictif, elle voyait tout, comme si elle était munie de capteurs internes spéciaux.

Elle n'était pas près d'oublier le duplex situé boulevard Saint-Germain, après Odéon. L'annonce correspondait exactement à ce qu'elle cherchait. Elle aimait bien le quartier, se voyait déjà en train de monter l'escalier aux marches lustrées. Mais le plafond était si bas qu'elle avait dû presque se tenir courbée pour entrer dans les lieux. L'agent immobilier, qui lui arrivait à l'épaule, lui avait demandé, hilare, combien elle mesurait. Quel crétin ! Elle avait tout de suite compris que la propriétaire travaillait dans l'édition, au vu des nombreux manuscrits empilés sur le bureau noir laqué. Certains éditeurs annotaient encore des textes sur papier, mais ils étaient de plus en plus rares. La bibliothèque débordait de livres, un bonheur pour un écrivain. Elle avait penché la tête pour déchiffrer le dos des ouvrages. Oui, il y avait deux des siens. *Géomètre de l'intime* et *Le Voleur de sommeil*. Ce n'était pas la première fois qu'elle découvrait ses livres au cours d'une visite, pourtant cela lui faisait toujours plaisir.

Le duplex était ravissant, mais miniature ; son corps mangeait tout l'espace, comme celui d'Alice au pays des merveilles devenant plus large que la maison. Dommage, car l'endroit était calme, ensoleillé, donnant sur une jolie cour intérieure. Elle n'avait pas pu s'empêcher de remarquer les produits de beauté dans la salle de bains, le parfum, le maquillage, et lorsque l'agent immobilier avait ouvert la penderie, elle avait détaillé les vêtements, les escarpins. Et très vite, l'image d'une femme s'était imposée, petite, gracile et soignée, jeune encore, mais seule. Sans amour dans sa vie. Sans sexe. Quelque chose de sec et d'aride s'insinuait ici. Dans la chambre à coucher marron glacé, le lit apparaissait telle une couche mortuaire, où elle ne voyait qu'un gisant fossilisé par un sommeil de cent ans. Personne ne jouissait entre ces murs. Ni seul ni accompagné. Jamais. Une profonde mélancolie exsudait de ce domicile. Elle avait fui.

Elle s'était mise à visiter un appartement par jour. Une fois, elle avait cru trouver. Un deux-pièces au cinquième étage, avec un balcon, près de la Madeleine. Très ensoleillé, une de ses priorités. Il avait été récemment refait et la décoration lui plaisait. Le propriétaire repartait en Suisse. Sa femme ne souhaitait plus vivre à Paris depuis les attentats. Clarissa s'apprêtait à signer le bail lorsqu'elle avait repéré, consternée, un pub de rugby au rez-de-chaussée. Elle était toujours venue dans la matinée, et n'avait pas remarqué le bar, fermé à ce moment-là. C'était en passant tard pour se faire une idée du quartier le soir qu'elle était tombée dessus. Le pub ouvrait jusqu'à deux heures du matin, tous les jours. Jordan, sa fille, s'était gentiment moquée d'elle. Et alors ? Elle n'avait qu'à mettre des bouchons anti-bruit, non ? Mais Clarissa détestait ça. Elle avait décidé de tester le niveau sonore en passant la nuit dans le petit hôtel situé face au bar.

— Nous avons des chambres agréables et calmes dans le fond, lui avait suggéré le réceptionniste lorsqu'elle s'était présentée.

— Non, non, avait-elle dit, je souhaite être face au pub.

Il l'avait dévisagée.

— Vous ne fermerez pas l'œil. Même sans match, il y a beaucoup de bruit. Et l'été, je ne peux même pas vous dire ce que c'est. Tous les voisins se plaignent.

Elle le remercia et tendit la main pour saisir la carte magnétique. Il avait eu raison. Elle fut réveillée régulièrement jusqu'à deux heures par des clients qui bavardaient sur le trottoir, leur pinte à la main. En dépit du double vitrage, une musique assourdissante se faisait entendre dès que les portes du pub s'ouvraient. Le lendemain, elle appela l'agence pour dire qu'elle ne prenait pas l'appartement.

Ce qu'elle voyait ne lui convenait jamais. Elle perdait espoir. François, de son côté, essayait de la retenir. Ne voulait-elle pas rester ? Elle n'avait rien voulu savoir. Pensait-il vraiment qu'elle allait fermer sa gueule et rester après ce qu'il avait fait ? Faire comme si de rien n'était ? Alors qu'elle n'y croyait plus, qu'elle s'était persuadée que la seule solution était de partir vivre à Londres dans le lugubre sous-sol de la maison de son père à Hackney, un deux-pièces loué à des étudiants, elle avait rencontré Guillaume. C'était à un cocktail pour l'ouverture d'une librairie-café à Montparnasse. Elle avait hésité à y aller, mais Nathalie, la charmante libraire, était une fervente supportrice de son travail. C'était si rare, l'ouverture d'une librairie, qu'elle avait accepté de passer, par amitié.

On lui avait présenté un jeune type propre sur lui, Guillaume, ami de Nathalie, qui s'était empressé de lui dire qu'il n'était pas du tout dans l'édition, ce secteur sinistré. Lui, c'était l'immobilier. Il lui avait tendu une coupe de champagne, qu'elle avait acceptée. Après l'attentat, une grande partie du septième arrondissement avait dû être repensée, reconstruite : tout ce qui se trouvait entre la Tour et l'École militaire, et entre les avenues de La Bourdonnais et le boulevard de Grenelle. Il travaillait pour le cabinet d'architectes choisi pour la réhabilitation le long de l'ancien tracé de l'avenue Charles-Floquet. Clarissa savait, comme la plupart des Parisiens, que les rues et les avenues détruites avaient été retracées et rebaptisées. On avait privilégié la végétation. Tout le monde avait eu besoin de cet apaisement, avait expliqué Guillaume.

Clarissa n'avait jamais songé à ce quartier récent. Elle se disait que c'était certainement inabordable pour elle. Guillaume lui décrivait fièrement les habitations qu'il avait conçues avec son équipe, tout en faisant défiler des images sur son mobile. Elle avait dû avouer que c'était magnifique. Verdoyant, contemporain, surprenant. Il lui avait transmis ses coordonnées. Si jamais elle voulait plus d'informations, il lui suffisait de lui envoyer un SMS.

— Il reste des logements ? s'était-elle hasardée.

— C'est compliqué. Il y en a, oui, mais réservés à des artistes. Il y a un quota à respecter.

Elle lui avait demandé ce qu'il entendait par « artistes ». Il avait haussé les épaules, s'était gratté le haut du crâne. Il voulait dire des peintres, des musiciens, des poètes, des chanteurs, des sculpteurs, des plasticiens. Une résidence avait été spécialement conçue pour eux. On n'en parlait pas et on ne faisait pas de publicité, car sinon ce serait l'émeute. Il fallait déposer un dossier, passer un entretien devant un comité, discuter de son travail. Toute une affaire. Du sérieux ! On n'acceptait pas n'importe qui.

— Et les écrivains ? Vous les avez oubliés, il me semble !

C'est vrai, il les avait oubliés, les écrivains. C'étaient bien sûr des artistes au même titre que les autres.

— Vous pouvez me dire comment postuler ?

Guillaume n'avait aucune idée de qui elle était, ni de ce qu'elle faisait. Elle ne s'en était pas offusquée. Après tout, son dernier livre à succès était sorti des années auparavant. Elle l'avait tiré par la manche vers les rayonnages et, repérant la lettre K, lui avait tendu *Géomètre de l'intime* sous l'œil curieux de Nathalie en train de discuter un peu plus loin. Il avait feuilleté l'ouvrage, s'était excusé de ne pas en savoir plus sur son œuvre. Il ne lisait jamais. Il n'avait pas le temps. Il lui avait demandé poliment de quoi il s'agissait.

— Du lien entre les écrivains, leur travail, leurs maisons, leur intimité, et leurs suicides, en particulier

Virginia Woolf et Romain Gary. C'est un roman, pas un essai.

Il avait paru décontenancé, s'était plongé dans la contemplation de la couverture, où le regard bleu de Gary contrastait avec celui, plus sombre, de Woolf. Il était parvenu à murmurer :

— Ah, oui.

Il l'avait regardée attentivement, comme pour la première fois, et Clarissa savait ce qu'il pensait : qu'elle avait dû être belle, autrefois, et qu'elle l'était encore, curieusement.

Il lui avait conseillé de contacter par e-mail une certaine Clémence Dutilleul, via un site dont il lui avait donné le nom. C'était elle qui s'occupait des dossiers pour la résidence des artistes. Mais il fallait faire vite. Il restait peu de logements disponibles. En rentrant dans le petit studio qu'elle louait à la semaine, pour ne plus avoir à cohabiter avec son mari, elle s'était rendue sur le site. De toute façon, elle n'y croyait pas. Mais il fallait bien tenter sa chance. La nuit même, elle avait rempli un questionnaire en ligne détaillé, et l'avait envoyé à l'attention de Clémence Dutilleul. Elle avait été étonnée de recevoir une réponse dès le lendemain, qui lui proposait un rendez-vous deux jours plus tard.

— Tu as envie d'habiter là où il y a eu tous ces morts ? (La voix de Jordan était ironique.) Surtout toi, une obsédée des lieux, des murs ! Tu as tant écrit sur ça. Tu te jettes dans la gueule du loup, non ?

Clarissa avait tenté de se défendre en lui disant que vivre à Paris, c'était fouler chaque jour un sol qui avait connu un épisode sanglant. Ce qui l'attirait ici, c'était que les immeubles n'avaient pas d'histoire, car ils venaient d'être construits.

Clarissa se rendit dans la cuisine, les plafonniers s'allumèrent à son passage. Les interrupteurs n'existaient plus depuis belle lurette, et elle ne s'en plaignait pas. On lui avait dit, lors de son emménagement le mois précédent, qu'elle pouvait désigner l'assistant virtuel de l'appartement par l'appellation de son choix.

— Mrs Dalloway, allumez la bouilloire.

Mrs Dalloway s'exécuta. Clarissa lui avait confié la plupart des tâches ménagères. C'était Mrs Dalloway qui gérait avec minutie le chauffage, la climatisation, l'alarme, la fermeture des volets, le système d'éclairage, le nettoyage automatique, et une infinité d'autres fonctions domestiques. Clarissa avait fini par s'y faire. Elle avait hésité au début entre « Mrs Danvers » et « Mrs Dalloway », avant que sa vénération sans réserve pour Virginia Woolf prenne le dessus. Et puis la maigre silhouette noire de Mrs Danvers, la gouvernante dévouée, l'inquiétante sentinelle de Manderley, dans le roman *Rebecca* de Daphné du Maurier, n'avait rien de rassurant. Clarissa n'avait plus son mari à ses côtés, ici elle vivait seule pour la première fois depuis de longues années. Elle cherchait toujours ses marques. Et elle avait préféré se réconforter avec Clarissa Dalloway, celle qui lui avait inspiré la moitié de son pseudonyme.

Elle prépara sa tisane, ajouta une cuillerée de miel. Du miel artificiel, évidemment, au goût sucré et crémeux. Le vrai était désormais introuvable. L'année précédente, elle était parvenue à en dénicher une infime quantité, à travers un réseau clandestin, mais à quel prix ! Le miel coûtait désormais plus cher que le caviar. Les fleurs aussi. Elle se languissait des vraies roses, celles qui poussaient autrefois dans le jardin de sa mère. Les roses artificielles étaient habilement exécutées, dotées de gouttelettes diamantées qui formaient dans leur cœur écarlate une fausse rosée scintillante. De prime abord, les pétales semblaient soyeux, mais une consistance caoutchouteuse finissait par s'imposer. À la longue, leur parfum entêtant dévoilait un déplaisant relent chimique qu'elle ne supportait plus.

Tandis qu'elle savourait sa tisane en observant les toitures d'en face, elle se demanda une fois encore si, dans la foulée de sa décision de quitter son mari, elle n'avait pas choisi cet appartement de manière trop hâtive. N'aurait-elle pas dû y réfléchir davantage ? Cet endroit lui convenait-il vraiment ? Sa fille avait eu l'idée du chat. Jordan lui avait dit que les chats étaient les animaux domestiques préférés des écrivains. Les écrivains solitaires ? avait demandé Clarissa. À quel point d'ailleurs avait-elle souhaité cette solitude ? Le salon s'étalait devant elle, son élégante sobriété lui paraissant toujours aussi étrange et inhabituelle, presque une énigme. C'était beau. Mais vide.

Une fois qu'elle avait décidé de rompre, cela avait été une folle précipitation. Elle avait cru – à tort – qu'un nouveau foyer serait facile à trouver. Elle n'avait nullement besoin d'un appartement spacieux ou extravagant, il lui fallait simplement un endroit pour travailler, une « chambre à soi », comme disait sa chère Virginia Woolf. Un salon et une pièce pour que sa petite-fille Adriana, dite Andy, puisse venir de temps en temps passer la nuit. Elle n'était pas non plus exigeante quant au quartier, du moment qu'elle puisse y faire ses courses aisément et qu'il soit bien desservi par les transports publics. Plus personne ne conduisait en ville. Elle avait même oublié comment tenir un volant. François et Jordan s'en chargeaient pour elle en vacances. À présent, Jordan devrait s'y coller.

Le chat se frotta contre ses mollets. Elle se baissa, l'attrapa avec maladresse, car elle n'avait pas encore les bons gestes. Sa fille lui avait montré comment faire, mais ce n'était pas évident. Le chat s'appelait Chablis. C'était un chartreux au tempérament doux, âgé de trois ans. Il appartenait à une amie de Jordan qui était partie vivre aux États-Unis. Clarissa avait eu du mal au début. Chablis restait dans son coin, ne réagissait jamais à ses appels, et ne daignait picorer ses croquettes que lorsqu'elle n'était pas là. Elle se disait que sa maîtresse lui manquait et qu'il devait être triste. Puis un jour il était venu s'asseoir sur ses genoux très dignement, figé comme un sphinx gris. Elle avait à peine osé le caresser.

Chablis, comme elle, se faisait difficilement à cet espace moderne et lumineux, tout en verre, pierre et bois blond. Pourtant, au fond, elle appréciait l'aspect dépouillé, les surfaces lisses, la lumière. Ils devaient apprivoiser leur territoire, le chat et elle. Il fallait être patient. Elle avait laissé derrière elle tant de choses en arrivant ici. Tout ce qui était estampillé François, elle n'en voulait plus. Comme s'il était mort. À ceci près qu'il ne l'était pas. Il allait même très bien. Insolemment bien, pour son âge. C'était leur mariage qui était mort. C'était leur mariage qu'elle avait enterré.

Clarissa déposa Chablis dans le panier situé dans un coin de sa chambre. Cela ne servait pas à grand-chose puisque, au milieu de la nuit, le chat bondissait délicatement sur son lit et se blottissait contre son dos. Elle avait été surprise lorsque, pour la première fois, il avait pétri son épaule de ses pattes avant, comme si c'était de la pâte à pain. Jordan lui avait expliqué que tous les chats faisaient cela. C'était instinctif. Elle avait fini par s'y habituer. En fait, c'était rassurant.

Après une douche rapide, Clarissa s'allongea sur son lit dans la pénombre. Un nouveau lit. Un lit où François n'avait pas dormi. François qui n'était même pas venu ici. Elle ne l'avait pas convié. Le ferait-elle ? C'était encore trop tôt. Elle n'avait pas digéré. Jordan voulait savoir ce qu'avait bien pu faire son beau-père, pour qu'elle décide ainsi de le quitter sur-le-champ. Elle aurait pu le lui dire. Jordan avait quarante-quatre ans, ce n'était plus une gamine. Elle avait elle-même une fille de bientôt quinze ans. Mais Clarissa n'avait pas eu le courage. Jordan avait insisté. Il avait fait quoi, François ? Une histoire de cul ? Une bonne femme dont il était amoureux ? Clarissa repensa à la chambre mauve, aux boucles blondes. Elle aurait pu tout révéler à sa fille. Elle savait exactement quels mots utiliser. Elle imaginait déjà l'expression de Jordan. Elle avait laissé les paroles monter jusqu'à ses lèvres, comme une bile saumâtre, puis elle les avait refoulées.

Oublier François. Mais ce n'était pas facile de tirer un trait sur l'homme avec qui elle avait passé tant d'années. La nuit venue, elle demandait à Mrs Dalloway de projeter des vidéos sur le plafond de sa chambre ; des concerts qu'elle aimait, des films, des documentaires, des créations artistiques. Elle se laissait porter par les formes, les sons, les lumières, et souvent elle s'endormait. Elle ne parvenait plus à faire la différence entre ses rêves bizarres et ce que diffusait Mrs Dalloway. Parfois, elle laissait Mrs Dalloway lui proposer des images en fonction de ce qu'elle avait déjà visionné. Elle ne voyait pas la nuit s'écouler. Tout se mélangeait en un défilé bariolé, comme si elle avait été droguée. Quand elle se réveillait, la bouche sèche, le chat roulé en boule contre elle, elle avait du mal à se lever. Depuis qu'elle vivait ici, les petits matins étaient rudes. Son corps lui paraissait endolori. Elle se disait que c'était le contrecoup de la désintégration de son mariage, du déménagement. Allait-elle s'y faire ?

— Mrs Dalloway, montrez-moi mes e-mails.

Les messages apparurent sur le plafond.

Chère Clarissa Katsef,

J'imagine que vous devez recevoir des dizaines de courriels de ce genre, mais je tente ma chance. Je m'appelle Mia White. J'ai dix-neuf ans. Je suis étudiante en deuxième année à l'université d'East Anglia, à Norwich. J'étudie la littérature française et anglaise. Je suis également inscrite à un atelier d'écriture.

(Si vous êtes arrivée jusqu'ici, je prie pour que vous ayez envie de poursuivre votre lecture !)

Je m'intéresse à la manière dont les lieux influencent les romanciers. La manière dont leur travail est façonné par l'endroit où ils vivent, où ils écrivent. Évidemment, ce thème est au cœur de votre propre œuvre, et en particulier de *Géomètre de l'intime*, que j'ai lu avec grand plaisir.

(Ne vous inquiétez pas, cette lettre n'est pas celle d'une fan collante. Je ne suis pas ce type de lectrice.)

Je serai à Paris pendant les six prochains mois, pour ma thèse. Je suis certaine que vous êtes très occupée, que vous n'avez pas le temps, mais j'aimerais tant faire votre connaissance. Je suis bilingue, comme vous, et j'ai grandi en apprenant deux langues, comme vous. Mon père est anglais et ma mère française. Comme vous.

J'ignore si vous disposez d'un moment pour rencontrer vos lecteurs. Peut-être que non.

Merci d'avoir lu ma lettre.

Sincèrement,

Mia White

Clarissa ôta ses lunettes, se frotta les paupières. Non, elle n'avait pas coutume de rencontrer ses lecteurs, sauf lors de dédicaces et de salons du livre. Elle l'avait fait, il y a dix ou quinze ans. Plus maintenant. Mia White. C'était intéressant, revigorant de recevoir un courriel de la part d'une jeune fille de dix-neuf ans. Cela signifiait-il qu'une petite minorité lisait encore des livres ? Et ses livres, de surcroît ? N'était-ce pas tout simplement miraculeux ?

La plupart des gens ne lisaient plus. Elle l'avait remarqué depuis un moment déjà. Ils étaient rivés à leur téléphone, à leur tablette. Les librairies fermaient les unes après les autres. *Géomètre de l'intime*, son plus grand succès, avait été tellement piraté depuis sa publication qu'il ne lui rapportait presque plus de droits d'auteur. D'un clic, on pouvait le télécharger, dans n'importe quelle langue. Au début, Clarissa avait tenté d'alerter son éditeur, mais elle s'était rendu compte que les éditeurs étaient démunis contre le piratage. Ils avaient d'autres angoisses. Ils faisaient face à ce problème encore plus inquiétant qu'elle voyait se propager comme une tumeur sournoise : la désaffection à l'égard de la lecture. Non, les livres ne faisaient plus rêver. On les achetait de moins en moins. La place phénoménale qu'avaient grignotée les réseaux

27

sociaux dans la vie quotidienne de tout un chacun était certainement une des causes de cet abandon. L'enchaînement effréné d'attentats, telles des perles sanglantes enfilées sur un immuable collier de violence, en était une autre. Elle aussi s'était retrouvée hypnotisée par les images atroces affichées sur le portable, brûlantes par leur immédiateté, abominables par l'étalage cru de chaque détail. Un roman paraissait fade à ceux qui étaient biberonnés à une telle débauche de barbarie et qui en voulaient toujours plus, comme des drogués en manque de leur dose. Il fallait du temps pour lire des livres. Pour en écrire aussi. Et personne désormais ne semblait prendre le temps ni de lire ni d'écrire.

— Souhaitez-vous répondre à Mia White ? demanda Mrs Dalloway.

— Non. Plus tard. Montrez-moi les autres mails.

Elle remit ses lunettes. Le message de son père apparut. Comme toujours il s'adressait à elle en utilisant son véritable prénom, qu'elle détestait. Il dictait à son smartphone, bien sûr. Il était incapable de taper sur un clavier à cause de son arthrose. Il ne se débrouillait pas trop mal. La ponctuation laissait à désirer, mais il se faisait bien comprendre. Elle correspondait avec lui ainsi. Quand on l'appelait, il entendait mal. Était-ce la faute de sa puce auditive ? Elle ne lui avait encore rien dit pour François. Elle attendait.

Ma chérie C…,

Je vais bien et toi. Ton frère s'occupe un peu de moi mais il a autre chose à foutre. Je m'ennuie tu sais. La plupart de mes amis sont morts et ceux qui sont encore là à presque cent ans sont si chiants tu n'as pas idée. Je sais que tu ne parles plus à ton frère depuis cette connerie d'héritage. Ma sœur était une vieille fille égoïste et une emmerdeuse. Non mais quelle idée de tout laisser aux filles d'Arthur et rien à Jordan. Je m'en remets toujours pas tu sais. Je sais que tu n'as pas envie de revenir sur tout ça et que ça te fait de la peine mais ça m'en fait à moi aussi. Arthur a été décevant avec toi son unique sœur mais aussi avec moi son père. Il aurait pu faire un geste. Donner quelque chose à Jordan. Merde. Il n'a rien fait. Je sais que Jordan ne parle pas à ses cousines non plus. Des pouffiasses. Elles n'ont rien de la classe et l'intelligence de ta fille. L'héritage de Serena a vraiment foutu en l'air cette fichue famille. Heureusement que ta mère n'est plus là pour voir ce bordel. Je voudrais que tu me donnes des nouvelles ma chérie. Je suis ton vieux père et même si je ne comprends rien à tes livres intellos je suis si fier de toi. Tu sais tu ne m'as pas écrit depuis deux semaines. Pourquoi et qu'est-ce que tu fous. J'ai demandé à Andy des nouvelles de toi. Elle me répond toujours. Pas comme sa grand-mère. Elle m'a dit que tu avais déménagé. Non mais c'est quoi cette histoire ma chérie. Vous êtes dans quel quartier. J'aime tellement votre appartement près du Luxembourg pourquoi vous êtes partis. C'est François qui voulait. Ou toi. Je suis triste je ne comprends plus rien. Bon explique-moi. Raconte-moi tout. Chaque mail de toi c'est comme une petite récompense qui illumine ma journée. Tu me manques ma chérie. Viens voir ton vieux père un de ces jours. Je suis trop âgé pour me rendre à Paris. Je compte sur toi.

Ton vieux Dad qui t'aime.

Elle ne pouvait s'empêcher de sourire. Son père écrivait comme il parlait. Elle l'imaginait, dans sa tanière au rez-de-chaussée, entouré de ses trophées de chasse, de ses clubs de golf et de sa collection. Il collectionnait des représentations de mains anciennes, en terre, porcelaine, marbre, plâtre, bois ou cire. Elle lui en avait rapporté plusieurs, glanées lors de ses tournées. Ainsi, Adriana avait cafté. Ce n'était pas si mal que sa petite-fille ait lâché le morceau. Elle allait devoir réfléchir sérieusement à ce qu'elle dirait à son père. Il ne débordait pas d'affection envers François, ce qui n'avait pas été le cas avec son premier mari, Toby, le père de Jordan.

— Souhaitez-vous répondre au courriel de votre père ? demanda Mrs Dalloway.

— Pas maintenant, répondit-elle.

Puis elle rajouta :

— Merci.

— De rien, Clarissa.

Il y avait même le soupçon d'un sourire dans la voix de Mrs Dalloway. Comme tous les assistants virtuels, elle avait réponse à tout. Mais Clarissa n'ignorait pas que Mrs Dalloway avait été programmée avec des données spécifiques la concernant, elle. Quoi, précisément ? Elle n'avait pas pu en savoir plus.

Lorsqu'elle avait rencontré Clémence Dutilleul, l'entretien avait été surprenant. Le siège social de CASA était situé dans les quartiers qui avaient émergé des cendres de l'attentat : un grand immeuble en verre et acier surplombé d'un jardin. Le bureau de Clémence donnait sur ce dernier étage. C'était une pièce spacieuse et claire avec une belle vue. De là-haut, Clarissa remarqua combien la blancheur des immeubles du nouveau secteur tranchait avec les anciennes artères haussmanniennes grises et ardoisées. Une vision positive et pleine d'espoir, trouva-t-elle.

Clémence était une petite femme sèche dans la quarantaine. Clarissa apprécia son tailleur noir style années quarante, qui lui donnait une élégance austère. Mais elle ignorait à quoi elle devait s'attendre. Sur le site, il n'y avait aucune information sur les entrevues, et elle n'en avait pas trouvé davantage sur la Toile. La résidence d'artistes CASA restait nimbée dans son mystère. Un petit homme d'une cinquantaine d'années s'était joint à elles. Elle n'avait pas saisi son nom. Ils prirent place autour d'une table blanche ovale. Un jeune assistant leur proposa du café, du thé. Clarissa avait décidé de ne pas se mettre sur son trente-et-un. La plupart de ses vêtements se trouvaient encore dans l'appartement qu'elle partageait avec François. Elle voulait qu'on la voie exactement telle qu'elle était. Pourquoi se faire passer pour une autre ? Elle portait une chemise verte, un jean blanc, des baskets. Ses cheveux roux étaient nattés. Elle était convaincue que de toute façon elle ne serait jamais admise ici. Elle ne vendait pas assez de livres, était trop âgée, pas assez célèbre, pas à la mode. Il y avait certainement des centaines de candidats plus jeunes et plus brillants. Elle espérait que ce qui allait suivre n'allait pas être trop humiliant.

Il n'y avait aucun document devant eux. Pas même un stylo, une tablette, une feuille de papier. Acceptait-elle d'être filmée ? Elle ne repérait aucune caméra. Elle se demandait où elle était dissimulée. Aucun problème, répondit-elle. Le quinquagénaire avait un visage avenant. C'était son regard qui dérangeait Clarissa, sa façon de la dévisager. Deux billes noires qui ne la lâchaient pas.

Clémence prit une gorgée de café et sourit. Le silence s'étira, cela ne dérangeait nullement Clarissa. Elle n'avait pas peur du silence. Ils se trompaient s'ils pensaient qu'elle allait bavarder, combler les blancs. Elle ne souhaitait pas qu'on la juge fébrile, aux abois. Elle se contenta de sourire. Il y avait certainement une équipe, planquée quelque part, peut-être derrière les miroirs, en train d'épier chacun de ses gestes pour mieux les disséquer.

— Nous vous remercions infiniment d'être venue ce matin, dit enfin Clémence Dutilleul.

L'homme aux yeux noirs étincelants prit la parole :

— Ceci n'est pas un examen. Nous allons plutôt avoir une conversation détendue. Nous souhaitons vous entendre parler de vous, de votre travail. Notre résidence d'artistes s'inscrit dans un programme immobilier auquel nous croyons beaucoup. Nous l'avons imaginé pour que des gens comme vous, des créateurs, puissent s'exprimer en toute sérénité. Nous avons besoin de vous connaître un peu mieux. Nous ne sommes pas intéressés par tout ce qui a déjà été dit ou écrit sur vous. Ce qui nous intéresse en revanche, c'est votre rapport à la création artistique, et la construction de votre œuvre. Nous voulons apprécier votre parcours et vos ambitions littéraires, la qualité de votre projet. Vous pouvez prendre tout votre temps, ou répondre rapidement. Cela n'a pas d'importance. Voilà, j'espère que c'est clair. À vous, madame.

Deux sourires figés, deux paires d'yeux inquisiteurs. Une envie de fou rire la parcourut un court instant. Par quoi commencer ? Elle avait toujours détesté parler d'elle. Elle n'avait rien préparé, ni discours ni présentation. Elle ne supportait pas les auteurs qui se prenaient au sérieux, qui se gargarisaient d'eux-mêmes. Elle ne comprenait pas sur quels critères reposait leur sélection. « Ce qui nous intéresse en revanche, c'est votre rapport à la création artistique, et la construction de votre œuvre. » Putain de n'importe quoi, aurait braillé son père. Elle se décida vite. Elle ferait court. De toute manière, sa candidature ne serait jamais retenue. Dans dix minutes, elle serait sortie d'ici.

— Je viens de quitter mon mari.

C'était sorti spontanément. Elle n'avait pas envisagé de parler de sa situation personnelle. Tant pis. Ils la regardaient toujours attentivement, en hochant la tête.

Elle embraya en expliquant qu'elle n'avait jamais habité seule. Il fallait qu'elle se sente bien dans un endroit. Non seulement pour y vivre, mais pour y écrire. Elle cherchait un appartement qui pourrait être une sorte de refuge. Qui l'abrite. Qui la protège. Elle écrivait sur les lieux, justement, sur ce qu'ils transmettaient. Elle était venue tard à l'écriture. Lorsque son premier roman avait été publié, elle avait déjà la cinquantaine. Le chemin de l'écriture s'était ouvert pour elle lorsqu'elle avait étudié le rapport intime que l'écrivain entretenait avec les maisons. Elle n'avait pas prévu d'en faire un roman. Le livre s'était imposé, après un drame personnel et la découverte de l'hypnose. Il avait été publié, un peu par hasard, suite à une série de rencontres, et il avait connu un certain succès. Elle tenait à leur dire une chose : pour elle, un artiste n'avait pas besoin d'expliquer son œuvre ; si le public ne comprenait pas ou passait à côté, c'était son problème. Pourquoi un artiste devrait-il se justifier ? Sa création parlait d'elle-même. Des lecteurs lui demandaient de temps en temps d'expliquer la fin de ses livres. Cela la faisait rire, pleurer parfois, ou la mettait dans une rage folle. Elle écrivait pour inciter à réfléchir, et non pour donner des réponses.

Elle se rendit compte qu'elle parlait fort, que sa voix résonnait, qu'elle faisait de grands gestes. Ceux qui la filmaient devaient ricaner. Ils avaient déjà probablement rayé son nom de la liste.

— Continuez, je vous prie, dit l'homme à lunettes.

Elle n'avait pas grand-chose à ajouter, répondit-elle. Ah, si, un dernier point. Élevée par un père britannique et une mère française, elle était parfaitement bilingue. Elle avait deux langues d'écriture, et n'avait jamais pu choisir l'une au dépend de l'autre. Alors elle se servait des deux. Tout cela se savait. Ce qui était différent, c'était qu'aujourd'hui elle avait commencé à écrire en anglais et en français en même temps. Oui, ils avaient bien entendu. En même temps. C'était la première fois de sa vie qu'elle se lançait dans une telle entreprise.

— C'est extrêmement intéressant, fit Clémence lentement. Pouvez-vous nous en dire plus ?

Pouvait-elle leur faire confiance ? Ils la dévisageaient tous les deux avec la même attention, les yeux brillants, voraces.

Non, elle ne pouvait pas leur en dire plus. Justement, elle prévoyait de travailler cette question : ce que cela signifiait d'avoir un cerveau hybride capable d'écrire simultanément en deux langues. C'était son projet, et c'était trop tôt pour en parler. Même son éditrice n'était pas au courant. Il était difficile d'exposer une idée encore en gestation. Mais elle savait que cette démarche personnelle l'habitait profondément, et qu'elle irait au fond des choses. Depuis longtemps, le bilinguisme et son mécanisme la passionnaient. Elle allait

prendre le temps d'explorer ce thème et de se l'appro-
prier.

— C'est en effet un sujet très intéressant, déclara
l'homme.

Clarissa s'apprêta à prendre congé. Elle devait visiter un deux-pièces dans l'après-midi, près du métro La
Fourche. Un quartier qu'elle connaissait mal.

— Nous revenons dans un court instant, annonça
Clémence avec un large sourire. Merci de nous
attendre ici.

Ils la laissèrent seule dans la vaste pièce aux murs
recouverts de miroirs. Qu'étaient-ils partis faire ?
Discuter de sa candidature avec leur équipe ? Avait-
elle une chance ? Cette histoire d'écriture bilingue
semblait avoir attiré leur attention. Était-elle encore
filmée ? Pendant quelques instants, elle resta assise,
sans bouger. Puis elle se leva et se rendit sur la terrasse. Elle se fichait d'être observée. Le jardin était
magnifique, mais artificiel, avec des parfums de syn-
thèse qui flottaient au-dessus des fausses haies. Les
buis ne s'étaient jamais remis des attaques dévasta-
trices des pyrales, papillons de nuit venus d'Asie, il y
avait longtemps déjà. Entièrement défoliés, ils
n'avaient pas retrouvé leur splendeur d'antan. Elle
caressa des tiges de lavande, d'avoine de mer, des
feuilles de bonsaï, des pétales de lys. Elle dut admettre
que tout semblait vrai. Cela faisait des années qu'elle
n'avait pas vu un jardin réel. Celui-ci s'en approchait.
Presque. Il était trop parfait. La nature, elle s'en souvenait, était plus désordonnée. Ici, le silence était
angoissant. Plus d'insectes. Pas le moindre bourdonnement. Plus d'oiseaux. Pas le moindre gazouillis. Et,
venant d'en bas, peu de bruit. Cette partie du nouveau

quartier était entièrement piétonne, desservie par des véhicules électriques autonomes. De temps en temps, elle percevait le son désuet d'un claquement de sabots. Depuis les attentats, la police patrouillait souvent à cheval, et elle aimait les entendre. Cela conférait à la ville une atmosphère surannée qu'elle affectionnait.

Elle regarda vers le nord, vers Montmartre. Le studio secret de François était dans cette direction. Allait-il le conserver ? Il devait continuer à s'y rendre. Elle se força à ne pas y penser. Le traumatisme qu'elle avait subi dans cet endroit la ravageait encore. Finalement, si elle n'obtenait pas cette place dans la résidence d'artistes CASA, elle sentait qu'elle n'allait pas y arriver. Elle ne pourrait plus faire face. Toutes ses fragilités remontaient, menaçant de faire céder les digues qu'elle avait patiemment érigées, année après année, depuis si longtemps, depuis la mort du petit. Elle se sentait faible, désespérée. Jamais elle n'avait connu une solitude aussi violente. Se confier, mais à qui ? Ce qu'elle avait à dire était indicible. Elle avait honte, aussi, et elle en voulait à son mari pour cette honte-là. Elle le détestait. Elle le méprisait. Sa déception était immense. Elle n'avait même pas pu le lui dire. Elle avait failli lui cracher à la gueule. Boucler ses valises en silence, les mains tremblantes, tandis qu'il sanglotait, c'était tout ce dont elle avait été capable. Ne pas trouver d'appartement la décourageait. Elle était hantée par l'idée de créer un nouveau foyer rien que pour elle. Un lieu vierge, sans passé, sans traces. Une protection. Un endroit intime. Sa forteresse. Elle pensa à tous ces logements qu'elle avait visités. L'idée de continuer à chercher la démoralisait d'avance.

— Nous voici !

La voix de Clémence la fit sursauter. Ils se tenaient debout devant elle. À la lumière du jour, elle remarqua les plis de leurs vêtements, les fines pellicules sur les épaules du costume de l'homme. Elle était priée de revenir s'asseoir à l'intérieur. On lui proposa une autre tasse de thé. Elle accepta, intriguée par leur lenteur. Ils n'avaient pas l'air pressés. Que voulaient-ils ? Qu'attendaient-ils d'elle ?

— Nous allons vous montrer quelque chose, annonça Clémence.

Sur un des miroirs, un écran émergea. Des photographies d'un appartement lumineux avec une verrière apparurent. Le logo *CASA* bien visible en bas à gauche.

— Voici notre atelier d'artiste, dit l'homme. Il fait quatre-vingts mètres carrés.

— Exposition nord-ouest et sud. Très clair, ajouta Clémence. Au huitième et dernier étage.

Pourquoi lui montraient-ils ces photographies ? Un plan s'afficha : une grande pièce centrale, une cuisine ouverte, un petit bureau, une chambre, une salle de bains. Tout semblait sobre, beau, élégant.

— Il y aura une demi-journée de préparation, dit l'homme. Vous allez devoir revenir. Ce n'est pas bien compliqué, rassurez-vous. Il vous suffira de répondre à une série de questions. C'est pour configurer la sécurité, l'entretien, et l'assistant personnel de l'atelier. Vous aurez également rendez-vous avec le docteur Dewinter, qui s'occupe des artistes de la résidence. Elle est en charge du programme CASA.

Un espoir fou la traversa. L'avaient-ils choisie ? Était-elle retenue ? Allait-elle pouvoir reprendre le cours de sa vie, loin de François ? Ils étaient bizarres, tout de même, ces gens. À quoi jouaient-ils ?

— Je n'ai pas bien compris pourquoi vous me présentez cet atelier.

— Madame Katsef, votre candidature a été retenue. Nous sommes très heureux pour vous.

Elle avait envie de danser autour de la table. Mais elle se retint. L'âge, l'expérience. Elle leur offrit un beau sourire. Elle leur dit qu'elle était ravie. Pouvait-elle le visiter ? Oui, elle le pouvait, pas plus tard que ce soir. Quand pourrait-elle avoir les clefs ? Y emménager ?

Clémence Dutilleul se permit un léger rire.

— Vous allez pouvoir emménager dans quelques jours. Mais vous n'aurez pas besoin de clefs ni de badge.

Clarissa la regarda, déroutée.

— Votre clef, ce sera votre rétine pour le portique du rez-de-chaussée, puis votre index droit pour la porte de votre atelier. Les clefs, les badges, c'est fini. C'est du passé. Bienvenue chez CASA, madame Katsef.

Carnet de notes

Quand est-ce que tout a commencé ? Je n'en suis pas certaine. Il y a eu des signaux d'alerte, mais je n'y ai pas prêté attention. Je suppose que je ne voulais rien voir. J'avais remarqué qu'il était parfois en retard, ou que je ne parvenais pas à le joindre en pleine journée. Son téléphone était souvent éteint, et je trouvais cela étrange.

Nous avions déjà connu tout cela. Des moments douloureux à mettre derrière soi. Ces instants horribles chargés de suspicion. Vous ne pouvez penser à rien d'autre.

Nous avions partagé le lot de tant de couples. Ces heures amères, éprouvantes, rongées par l'infidélité. Cela arrive. Cela nous était déjà souvent arrivé, à nous. Il disait que ces femmes n'avaient aucune importance. Je parvenais à lui pardonner.

Je me demande à présent pourquoi j'ai été si indulgente. Avec la maturité se forge un nouveau pouvoir.

La conviction que l'on ne cédera plus, qu'on ne se laissera plus faire. La sensation d'en avoir assez.

Cela n'apparaît pas en une nuit. C'est un long processus. Pour moi, cela avait pris du temps. Comme pour un épais liquide qui tarde à bouillir.

Il y avait eu une trêve. Elle dura des années. Sa maladie fut longue. Je pense que l'idée d'une aventure ne traversait plus son esprit, ni le mien. Nous étions trop occupés à le soigner, à faire en sorte qu'il tienne le coup. Il était épuisé par ses médicaments. Il dormait la plupart du temps.

Je l'ai aidé à guérir. J'étais à ses côtés. La vie reprenait son cours, j'écrivais mes livres, mes séries télé, je voyais ma fille, ma petite-fille, mes amis.

Il avait retrouvé ses forces et sa maladie n'était plus qu'un mauvais souvenir. Il se remit au travail, passa du temps avec son équipe, voyagea. Parfois, il s'en allait un jour ou deux.

Je tente de revenir au moment précis où j'ai compris qu'il se passait quelque chose. La minute exacte où j'ai émergé du brouillard. La seconde où j'ai su qu'il voyait une autre femme.

Il était en retard, je n'y avais rien vu d'inhabituel. Nous dînions chez des amis, et il était arrivé avec des fleurs en murmurant une excuse.

Ce fut plus tard, lorsque nous sommes rentrés chez nous, et qu'il était dans la salle de bains, que j'ai remarqué le cheveu sur sa veste. Long et blond. Je me souviens m'être dit que c'était comme dans un mauvais film. Terriblement cliché. Et pourtant, il était bien là, ce long cheveu blond qui serpentait sur la manche de sa veste.

Je n'ai rien dit. Puis, j'ai tendu la main pour saisir sa veste, et j'ai plaqué mon nez contre le col. Je l'ai immédiatement flairé.

Le parfum d'une autre.

Je me demande parfois, si j'avais remarqué quelque chose plus tôt, si j'avais agi, est-ce que cela aurait changé le cours de notre histoire ?

Je ne le pense pas. Tout menait à cet instant.

Moi, devant cette porte, la clef à la main.

La clef de la chambre secrète de Barbe Bleue.

2

Lac

« Si quelqu'un avait pu me sauver,
cela aurait été toi. »

Virginia Woolf, 28 mars 1941

« Les fervents du cœur brisé sont priés
de s'adresser ailleurs. »

Romain Gary, 2 décembre 1980

Depuis une semaine, le chat se comportait de façon étrange. Clarissa se disait qu'elle devait en parler à Jordan. Chablis mangeait de moins en moins, miaulait en permanence. Mais la chose la plus bizarre, ce qui impressionnait le plus Clarissa, c'était qu'il sursautait souvent, comme s'il avait vu ou entendu quelqu'un. Et pourtant, il n'y avait personne. Personne, sauf elle. Toujours ce silence. Le chat n'y était sans doute pas habitué, lui non plus. Dans l'appartement qu'elle partageait avec François, un vacarme permanent régnait. Des voisins bruyants, des portes qui claquaient, des gens qui discutaient, juste sous leurs fenêtres. Avant la résidence CASA, elle n'avait vécu qu'au rez-de-chaussée ou au premier étage. Ici, lorsqu'elle se levait, la lumière du matin l'éblouissait. Elle n'avait pas besoin de demander à Mrs Dalloway d'allumer une lampe. Elle avait l'impression d'être dans le ciel, dans les nuages.

Sa solitude lui pesait, plus qu'elle ne l'avait prévu. François lui manquait. Il lui manquait dans des moments inattendus. Un air de blues qui passait à la radio. L'odeur du vétiver. Le pull rapporté d'un week-end en Irlande, un cadeau de sa part. Même si les meubles étaient neufs, même si elle avait soigneusement effacé toute trace de son passé avec François, son mari était encore là. En filigrane dans chaque coin de l'atelier. Elle devinait sa silhouette trapue, un peu courte sur pattes, qui l'avait longtemps émue. François se fichait d'être plus petit qu'elle. Il n'était pas complexé. Au contraire. Il était fier d'être à son bras. Elle le voyait sur le canapé, plongé dans sa tablette. Elle le voyait sous la douche en train de se savonner. Elle le voyait demander à Mrs Dalloway de lui préparer un café. Devait-elle rappeler ses amis, maintenant qu'elle l'avait quitté ? Elle se demandait ce que François leur disait, à ces mêmes amis, sur les raisons de leur séparation. Il ne pouvait tout de même pas leur avouer la vérité. Il avait dû inventer une histoire. Mais laquelle ? Et elle, qu'allait-elle raconter à leurs proches ? Elle voyait déjà leur expression consternée. Leur pitié. Non, c'était impossible. Elle devait garder tout cela pour elle. François ferait de même. Il n'avait pas le choix.

Elle ne pouvait s'empêcher de l'imaginer emprunter la rue Dancourt. Pénétrer dans l'impasse, franchir la grille, entrer dans le premier immeuble à gauche. Elle le voyait monter dans l'ascenseur minuscule et vétuste, jusqu'au sixième étage. Sa clef dans la serrure délabrée. La suite, elle ne souhaitait pas la voir. Mais les images revenaient sans cesse, avec une violence inouïe. Pas moyen de les faire disparaître. Elle devait les subir, recroquevillée sur elle-même, en apnée. Puis elles passaient, comme un orage. Comment rompre cette solitude ? Elle n'en avait aucune idée.

Elle n'avait pas envie de frapper à la porte des autres artistes de l'immeuble, de se présenter. Elle n'en avait pas le courage. Elle repensait à la jeune étudiante qui lui avait écrit. Mia White. Elle ne lui avait d'ailleurs pas répondu. Était-ce une bonne idée de faire sa connaissance ?

L'atelier de Clarissa semblait encore vide, presque inhabité. En le découvrant Jordan et Andy l'avaient trouvé superbe. « Un peu froid, non ? » avait quand même glissé Jordan, prudemment. « Pas très "toi", en fait. » Sa fille l'avait dévisagée avec une pointe d'inquiétude. Elle se faisait toujours du souci pour sa mère. Jordan lui avait demandé plusieurs fois si ça allait. Clarissa avait répondu que oui, bien sûr, ça allait. Oui, elle dormait mal. Elle devait s'acclimater à sa nouvelle maison. Non, elle n'avait pas encore fait connaissance avec ses voisins de la résidence. Elle en avait croisé quelques-uns dans le *lobby*. Elle avait changé de sujet en interrogeant sa fille sur son travail. Jordan était hydrologue, au sein d'une société de conseil spécialisée dans la prévention du risque inondation.

Jordan avait toujours été essentielle à son équilibre. Depuis la séparation, encore davantage. Clarissa ne se l'avouait pas pleinement, mais elle sentait combien elle avait désormais besoin de sa fille. De ses parents, Jordan avait hérité du meilleur. Physiquement, son père lui avait légué ses cheveux noirs, ses yeux verts ; et elle sa haute taille, ses épaules à la fois fines et puissantes. Elle possédait la bonté de Toby, son élan vers autrui, mais aussi l'opiniâtreté de Clarissa et son sens de l'humour. Elle réussissait, néanmoins, à être tout à fait elle-même : brillante et rêveuse, bienveillante et exigeante. Impossible de la baratiner. Elle était trop perspicace et intuitive. Clarissa savait bien qu'il faudrait tôt ou tard lui raconter pourquoi elle avait quitté François. C'était trop tôt. Elle n'en avait pas la force.

Tandis qu'elle préparait un déjeuner rapide dans sa cuisine toute neuve, Clarissa écoutait Jordan, le chat perché sur ses genoux, évoquer sa dernière conférence. Le dérèglement climatique continuait à bouleverser les conditions météorologiques, engendrant des pluies torrentielles qui faisaient régulièrement sortir de leur lit tous les fleuves du pays. Jordan travaillait en liaison avec des météorologistes afin de développer des stratégies préventives pour les régions les plus touchées par les crues. Elle était envoûtée par l'eau, les rivières et les lacs, depuis son enfance. Clarissa admirait l'enthousiasme et l'expertise de sa fille. Jordan était une figure respectée dans son domaine ; elle donnait régulièrement des conférences, était souvent reçue à la télévision. Elle s'exprimait avec éloquence, d'une voix grave qui accentuait son charme.

Clarissa aimait à penser que la vocation de Jordan découlait de ses propres penchants. Dans une autre vie, elle avait été géomètre-expert. Ce n'était pas les fleuves qu'elle mesurait, mais les maisons et les appartements. Depuis son plus jeune âge, elle ressentait le besoin d'appréhender la disposition des lieux, l'agencement de l'espace. Son père lui avait offert un globe terrestre lumineux à l'âge de sept ans, qui trônait sur son bureau d'écolière. Elle passait des heures à le regarder pivoter sous son doigt. Plus tard, elle avait nourri une fascination pour les cartes, jusqu'à en revêtir les murs de sa chambre. Adolescente, elle s'était enthousiasmée pour l'histoire des grandes villes ; leur fondation, leur émergence, leur destruction par le feu, les guerres, leur renaissance. Elle étudiait avec minutie les anciennes photographies de Londres pour comprendre les saccages du Blitz. À vingt ans, elle se promenait avec un mètre-ruban au fond de sa poche, attirée par tout ce qui concernait les bâtiments. Les parents de Clarissa étaient persuadés que leur fille deviendrait architecte. Elle ne le devint pas.

Alors qu'elle écoutait Jordan, tout en coupant des morceaux de mozzarella rapidement engloutis par Andy en dépit de ses remontrances, Clarissa ne put s'empêcher de penser à son premier enfant. Il aurait eu quarante-six ans aujourd'hui. À quoi aurait-il ressemblé ? Grand et brun, vraisemblablement. C'était tout ce qu'elle voyait. Elle n'avait pas pensé à lui depuis si longtemps, elle avait banni le chagrin dans un recoin de son cerveau. Sa fragilité nouvelle l'avait ravivé, alimenté, jusqu'à ce qu'il redevienne une douleur impossible à combattre.

Quand, il y a longtemps déjà, elle avait entrepris les séances d'hypnose pour tenter de tenir cette souffrance à distance, pour ne pas la laisser la détruire, Élise, son hypnothérapeute, lui avait demandé de se concentrer sur une image apaisante. La première chose qui était venue à son esprit, c'était un lac. Pourquoi un lac ? Elle était incapable de le dire. Elle savait, tout simplement, que cette image la soulageait, diffusait un calme prodigieux à travers ses veines. Elle avait tenté de décrire le lac à Élise ; il était vaste, profond, et cela ne lui faisait pas peur ; au contraire, le fait que le lac s'enfonce dans la terre, fore son chemin en elle, lui procurait un sentiment de sécurité inédit. Sa surface argentée était parcourue de myriades de petites rides.

Clarissa se voyait planer au-dessus du lac, les bras en croix, le vent frais lui fouettant le visage, effleurant son dos, puis elle se voyait nager, plonger dans ses gouffres verdâtres, percevant l'étrange caresse de plantes aquatiques. Il lui semblait que l'image du lac absorbait sa douleur, sa tristesse.

Le lac revenait souvent dans ses rêves. Parfois, en pleine nuit, lorsqu'elle n'arrivait pas à dormir, elle demandait à Mrs Dalloway de lui projeter des vidéos de lacs sur le plafond de la chambre. Dans un demi-sommeil, elle se laissait entraîner par les courants, par le doux clapotis de l'eau, elle ne savait vers où. C'était un ballet lacustre insolite ; sa peau devenait squameuse, ses doigts se rejoignaient – comme palmés.

Au fond du lac, dans une opacité bleutée, des formes floues se détachaient, des mains se tendaient vers elle, lentement, des entrelacs de cheveux noirs surgissaient à l'infini, telles des fleurs de l'ombre à la fois rassurantes et vénéneuses. Une fois, elle avait même cru entrevoir le visage de Virginia Woolf, mais pas celui qu'on connaissait, non, un autre, que peu de gens avaient dû voir ; le visage boursouflé et blafard de la noyée, dont le corps avait été retrouvé plusieurs semaines après sa disparition sur les berges de la rivière Ouse. Le rêve du lac s'était transformé en cauchemar. Impossible de déterminer si cette image insoutenable provenait de son esprit ou des projections de Mrs Dalloway.

Tout en écoutant Jordan, Clarissa caressait doucement la chevelure de sa petite-fille. Adriana avait presque quinze ans. Elle se maquillait avec soin, portait des vêtements noirs et savamment troués. Malgré l'air bougon qu'elle affichait avec une certaine effronterie, elle adorait sa grand-mère. Elle souhaitait passer une nuit ici. Elle avait déjà repéré le petit canapé dans le bureau, où elle pourrait dormir. Elle interrompait sans cesse sa mère pour obtenir une date. Jordan se fâcha. Mais oui, Andy pourrait bientôt venir, qu'elle arrête d'insister ! Qu'elle laisse d'abord sa grand-mère s'installer. Clarissa était flattée. Elle aussi aimait plus que tout le lien qu'elle avait tissé avec sa petite-fille.

— François ne vit plus avec toi, Mams ? demanda Andy à brûle-pourpoint, tandis que Clarissa leur servait un gâteau maison pour le dessert.

Jordan fusilla sa fille du regard. Clarissa s'attendait à cette question de la part de sa petite-fille, toujours spontanée. Elle lui répondit, calmement, que non, François n'allait pas venir vivre ici. C'était un endroit pour elle. Seulement pour elle.

— Et pour moi ! lança Andy avec espièglerie.

— Oui, ma chérie, pour toi.

— Et grand-père ? Il viendra ?

Jordan soupira. Pourquoi Adriana posait-elle ces questions idiotes ? Clarissa sourit, pour montrer qu'elle n'était pas offusquée. Elle rappela à Andy que Toby avait refait sa vie. Et puis Toby habitait à Guéthary, au Pays basque, et il avait une nouvelle compagne.

— Ouais, et elle est pas marrante, celle-là ! marmonna Andy, en prenant une autre part de gâteau. Je préférais celle d'avant. Elle était moins chiante.

Clarissa et Jordan ne purent s'empêcher de rire. Clarissa avait malgré tout gardé de bons rapports avec son premier mari. Même si cela faisait plus de trente ans qu'ils avaient divorcé, Toby restait proche – ce qui avait toujours déplu à François. Clarissa pensa qu'elle l'inviterait bien à prendre un verre ici, lors de sa prochaine visite parisienne. Sans la nouvelle dame.

— Et tu en es où avec ton frère, Mams ? demanda Jordan, tout en caressant le chat.

Clarissa haussa les épaules. Non mais quel crétin, celui-là. Son frère ! Elle eut un petit rire pincé. C'est fou comme les histoires d'héritage mettaient la pagaille dans une famille. Elle s'était toujours crue assez complice avec Arthur. Il n'avait que deux ans de moins qu'elle. Ils avaient grandi ensemble, à Londres, jusqu'à la fin de l'adolescence. Il était rigolo, malicieux. Il n'en faisait qu'à sa tête. À quinze ans, il se déguisait en Ziggy Stardust, avec maquillage, cheveux orange et semelles compensées, au désespoir de leur mère, si conventionnelle. Leur père, lui, trouvait ça marrant.

— Il devait être cool, alors, quand il était jeune ! s'exclama Andy.

— En effet. Mais avec le temps, tu vois, Arthur s'est transformé en un triste sire imbu de lui-même.

— Je confirme, dit Jordan. Et mes cousines, c'est pas mieux !

Clarissa n'avait pas besoin d'expliquer à Jordan et Andy combien elle avait été blessée par le testament récent de tante Serena. Il lui avait semblé que la vieille dame l'appréciait, en tous les cas autant que son frère. Elle avait souvent passé des vacances chez Serena, dans le Surrey, avec Toby et Jordan, quand cette dernière était petite. Des moments joyeux, chaleureux. Quand on lui avait lu l'acte de succession, elle était tombée des nues. Serena avait donc tout laissé aux deux filles d'Arthur : Emily et Harriet. Tout. Il n'y avait rien pour Jordan, même pas un bibelot, une breloque, un souvenir. Les sommes qui allaient être perçues par les cousines de Jordan étaient considérables. De quoi s'acheter un studio, voyager, investir. Clarissa avait d'abord ressenti un choc, puis une incrédulité. Était-ce une erreur ? On lui avait répondu que non. Petit à petit, une puissante fureur était venue remplacer l'incompréhension. Elle avait appelé son frère. Elle lui faisait encore confiance, elle espérait encore. Il allait s'indigner, et s'écrier : « Mais quelle vieille conne, comment a-t-elle osé faire une chose pareille ! » Il allait lui proposer que ses filles partagent avec Jordan. Mais ça ne s'était pas passé comme ça. Elle avait eu du mal à joindre Arthur. Et quand elle avait enfin pu contempler son visage bouffi sur l'écran, il avait été fuyant et lâche. Il ne souhaitait pas interférer. Serena avait ses raisons. Il fallait respecter sa décision.

Clarissa avait pris le taureau par les cornes. Elle était allée voir ses nièces à Londres. Emily et Harriet n'avaient rien cédé. Elles avaient besoin de cet argent. Elles étaient désolées pour Jordan. Mais leur cousine avait très bien réussi sa vie, non ? On la voyait à la télé, sur les réseaux sociaux, elle voyageait, elle semblait ne manquer de rien, elle avait un mari et une fille ; sa mère était une écrivaine respectée. Et en plus, elle était belle. Jordan avait tout, n'est-ce pas ? Et puis Jordan avait choisi la France, il ne fallait pas l'oublier. Serena était attachée à son pays. C'était important. Elles, elles étaient restées en Angleterre, elles n'avaient pas encore de mari, ni d'enfants, et le temps passait ! Cet argent tombait à pic, Jordan comprendrait, elles en étaient certaines. Encore un peu de thé, chère tante C… ? Clarissa aurait voulu les étrangler. Son père avait raison ; avec son franc-parler, il les traitait de

pouffiasses. Dans le train du retour, Clarissa pensait à
tout ce que sa fille avait accompli pour arriver là où
elle en était aujourd'hui : ses études interminables, son
travail acharné. Et quel altruisme, quelle générosité !
Elle pensait à la façon dont elle élevait Andy, au mal
qu'elle se donnait pour la petite, et comme cela avait
été compliqué de s'organiser lors de ses nombreux
voyages, Clarissa l'avait beaucoup aidée. Quelle
mouche avait donc piqué sa vieille tante ? Elle s'était
rappelé que Serena n'avait pas apprécié que son frère
épouse une Française. La mère de Clarissa et Arthur,
Solange, avait eu bien du mal à se faire accepter.
Clarissa pensait qu'elle y avait réussi en fin de compte.
Peut-être pas…

Clarissa avait décidé, ce jour-là dans le train, qu'elle
ne parlerait plus à son frère, ni à ses nièces. C'était
banal, après tout, de s'engueuler après un héritage.
Ce qui l'était moins, c'était ce télescopage brutal entre
les différents pans de sa vie ; l'effondrement de son
mariage, la rupture avec son frère et ses nièces, et
l'installation précipitée dans ce nouvel appartement où
elle ne parvenait pas à se sentir à l'aise.

En partant, Jordan conseilla à sa mère de prendre
soin d'elle, de dormir, de se reposer. Andy l'enlaça.
Clarissa leur fit au revoir de la main, tandis que l'ascenseur en verre les emmenait silencieusement. Le
ravissant visage de Jordan, tendu vers elle, traduisait
toute son inquiétude. Ce soir, c'était certain, Jordan se
confierait à son mari pour lui dire que sa mère paraissait vieille, fragile et triste, que cela l'angoissait,
qu'elle ne comprenait pas ce qui s'était passé. Clarissa
pouvait entendre la voix de Jordan : oui, l'atelier était
superbe, et c'était formidable qu'elle y vive, mais le

déménagement l'avait épuisée. Comment allait-elle s'en sortir seule, à son âge, dans son état ? Jordan évoquerait certainement la longue dépression que Clarissa avait endurée après la mort de son premier enfant. Jordan se souvenait de ce tunnel interminable ; elle n'était qu'une fillette, mais elle avait grandi dans cette mélancolie. Elle avait peur que sa mère soit frappée par une tristesse similaire. À présent, Clarissa pouvait aussi entendre la voix d'Ivan. Le mari de Jordan était un grand type mince d'une quarantaine d'années, aux yeux bleus bienveillants. Il s'énervait rarement et parlait avec une douce fermeté. Il répondrait à Jordan que Clarissa était une dure à cuire. Elle s'était sortie de sa dépression, il y avait longtemps déjà. Si Clarissa avait envie de solitude, il fallait l'accepter. Jordan allait devoir arrêter de se prendre la tête.

Clarissa referma la porte de l'atelier et s'adossa contre elle, tout en embrassant le salon du regard. Oui, c'était joli, elle devait l'admettre. Les dimensions. La lumière. La vue. Sur les étagères, il manquait ses précieux livres, qu'elle lisait et relisait avec tant de plaisir. Ils étaient encore dans son ancien appartement. Elle prendrait le temps de bien les ranger. Romain Gary. Virginia Woolf. Ses écrivains préférés. Les livres ne vous laissaient jamais tomber. Ils étaient toujours là pour vous.

D'une cabriole, le chat se dirigea vers la grande fenêtre, et elle le suivit des yeux. Chablis avait passé le déjeuner à ronronner sur les genoux de Jordan. Il avait bien mangé, et joué avec Adriana. Allait-il mieux ? Sans doute. Elle en était heureuse. Elle ne s'y connaissait pas trop rayon chats. Tandis que Clarissa l'observait, l'animal sembla se figer. Elle devait se tromper. Mais non, il faisait bien le dos rond, oreilles aplaties, prunelles dorées devenues noir d'encre. Il s'était accroupi, sa queue se balançait lentement, son museau tourné vers le milieu de la pièce comme si quelqu'un s'y tenait. Intriguée, Clarissa demeura immobile. Chablis disparut sous le canapé, ne laissant apparaître que le bout de sa queue.

Déroutée, Clarissa fit quelques enjambées pour rejoindre le centre du salon, en inspectant les lieux du regard. Tout paraissait normal, à sa place. Mais elle aussi avait perçu une présence. Et elle se rendit compte, avec une pointe d'horreur, que depuis son emménagement elle ne s'était jamais sentie seule, comme si quelqu'un, ou quelque chose, l'épiait.

— Mrs Dalloway ?

Étrange comme sa voix chevrotait. On aurait dit une très vieille dame.

Les tonalités arrondies et cordiales se firent entendre :

— Oui, Clarissa ?

— Suis-je seule, ici ?

— Oui, Clarissa. À part le chat, vous êtes seule.

— Pourquoi le chat a-t-il eu peur, à l'instant ?

— Je n'en ai aucune idée, Clarissa.

— Qui peut me voir ?

— Je suis navrée, je ne saisis pas bien. Pourriez-vous formuler cela autrement, Clarissa ?

— Est-ce que quelqu'un peut voir ce que je fais dans mon atelier ?

À présent, sa voix résonnait, pleine de colère. Finie, la vieille dame flageolante.

— Non, Clarissa. Personne ne peut voir ce que vous faites chez vous.

— Et vous, Mrs Dalloway ? Vous voyez ce que je fais ?

— Tout à fait, Clarissa. Je vois tout ce que vous faites. J'ai été programmée pour cela.

— Alors vous me regardez, Mrs Dalloway.

— Oui, Clarissa. Tout le temps.

— Donc j'avais raison. Il y a bien quelqu'un qui m'espionne. Vous.

— Vous avez raison, Clarissa. Mais, souvenez-vous, je ne suis personne. Je n'existe pas.

Clarissa se remémorait souvent la journée passée au siège de CASA lorsque son assistant virtuel avait été paramétré et qu'elle avait rencontré le docteur Dewinter. Elle avait été conduite dans une autre aile de l'immeuble, au sous-sol. Les lieux étaient d'un blanc éclatant, presque trop blanc, selon elle. L'équipe arborait des tenues noires, dans le même style élégant que Clémence Dutilleul. L'homme qui la prit en charge avait une vingtaine d'années. Le visage rose et rond comme celui d'un enfant de chœur. Il s'appelait Quentin. Il était courtois. Il commença par numériser l'empreinte de ses doigts et de sa rétine avec un petit appareil. Cela dura quelques instants. Il lui annonça ensuite que le paramétrage allait prendre plus de temps car il fallait que cela soit parfait. Même si les questions lui paraissaient répétitives et bizarres, il faudrait y répondre patiemment. L'assistant virtuel devait se faire à sa voix, car ce serait la seule à laquelle il allait obéir. Il ne réagirait à aucune autre. Quentin lui précisa qu'elle pourrait demander une pause quand elle le souhaitait. Pour faire quelques pas, boire un verre d'eau.

Quentin la guida vers une pièce plus petite, tout aussi blanche et lumineuse. Devant elle se trouvaient une chaise et une table. Un grand écran prenait tout un pan de mur. Quentin lui fit signe de s'asseoir. Il plaça avec douceur un casque sur ses oreilles. Puis il s'installa derrière une cloison. Elle pouvait l'entendre dans les écouteurs. Il lui demanda si elle était prête. Elle répondit que oui.

L'écran devint gris. Deux grandes prunelles apparurent, lui faisant face. Elles étaient larges et bleues. Lentement, les yeux clignèrent. Ils lui rappelaient le regard binoclard du docteur T. J. Eckleburg étalé sur un immense panneau d'affichage dans les premières pages de *Gatsby le Magnifique* ; des yeux graves, profonds, qui voyaient tout et parvenaient à être à la fois rassurants et inquiétants. Une voix masculine aimable, qui n'était pas celle de Quentin, la pria d'énoncer son nom à voix haute. Elle s'exécuta. La voix lui demanda de parler plus distinctement et de répéter son patronyme trois fois.

C'était simple, au début. Elle dut donner sa date de naissance, son lieu de naissance, sa nationalité. Son âge, sa taille, son poids. Les yeux clignèrent, lui renvoyant leur éclat, tel un félin comblé. Elle dut prononcer une série de phrases précises, les répéter bien clairement, encore et encore.

— Verrouiller porte. Enclencher alarme. Allumer climatisation. Ouvrir douche. Fermer volet. Éteindre lumière. Activer mode nuit. Allumer four. Lire e-mails.

On lui demanda de choisir le nom de son assistant. Elle y avait réfléchi auparavant, bien entendu.

Lorsqu'elle répondit : « Mrs Dalloway », elle dut le répéter six ou sept fois, très distinctement. Puis on la pria de choisir le type de voix qu'elle souhaitait prêter à Mrs Dalloway. Elle savait qu'on pouvait cloner toutes les voix possibles. Elle sélectionna un timbre doux et moelleux, doté d'un accent britannique.

Quentin fit son apparition. Il lui annonça qu'il allait quitter la pièce. Il se tiendrait dehors, tout près. Elle serait seule pendant le processus de paramétrage. Elle devait simplement appuyer sur le bouton pause en cas de problème. Clarissa acquiesça. Il s'en alla, en refermant la porte derrière lui.

Une légère appréhension la gagna. Clarissa demeurait silencieuse, raide sur sa chaise.

Les yeux scintillèrent dans sa direction.

— Vous êtes prête, Clarissa ? demanda la nouvelle voix, féminine et au fort accent anglais.

— Oui. Je suis prête.

— Relaxez-vous, Clarissa, je vous prie.

— Comment savez-vous que je suis tendue ?

— Votre expression corporelle. Vous n'avez pas besoin de vous tenir aussi droite. Et vous pouvez décroiser vos bras.

Clarissa ne put s'empêcher de sourire.

— Voilà qui est mieux. Je vais vous poser toutes sortes de questions. Ne soyez pas étonnée. C'est pour vous connaître. Je serai en permanence à vos côtés, en vérité. Dès que vous allez pénétrer dans la résidence CASA, puis dans votre atelier, je serai responsable de votre bien-être et de votre sécurité. Personne ne pourra entrer chez vous sans votre permission. Si je détecte une intrusion, je réagirai immédiatement. Une alarme retentira et des services de sécurité arriveront sur-le-champ. Donc… êtes-vous confortable, Clarissa ? Il faut que vous le soyez, car ceci peut durer un moment. Non, ne vous inquiétez pas, ce sera indolore. Vous n'avez pas besoin de répondre en détail. Vous pouvez même écarter une question si vous le désirez. Gardez ceci en tête : plus vous me répondez, mieux je pourrai vous servir. Allons-y. Première question : souhaitez-vous me paramétrer en anglais ou en français ? Je sais que vous êtes parfaitement bilingue.

— Je voudrais pouvoir vous parler indifféremment dans les deux langues. Et que vous me répondiez à votre guise. En anglais ou en français.

— C'est noté, Clarissa. Continuons. Quel est votre état d'esprit actuel ?

Clarissa fixa les yeux immenses qui ressemblaient tant à ceux du docteur Eckleburg. Comment diable répondre ? Quel rapport avec le paramétrage de son assistant virtuel ? Le dépit la saisit, puis l'agacement. Toutes ses réactions étaient peut-être scrutées et analysées par les mêmes personnes qui avaient assisté en coulisse à son premier entretien. Elle n'allait pas se laisser impressionner.

— Je ne souhaite pas répondre à cette question et je ne vois pas en quoi mon état d'esprit peut vous intéresser.

— Je vois. Pouvez-vous préciser, Clarissa ?

— Je n'ai pas envie d'aborder de sujets personnels. Je ne vous connais pas et je ne sais pas qui nous écoute. Je ne comprends pas pourquoi vous souhaitez obtenir ce genre d'information.

— Je vois. Je vais tenter de vous expliquer, Clarissa. J'ai besoin de faire connaissance avec vous, de me familiariser avec votre personnalité. Mieux je la connaîtrai, mieux je serai à même de vous assister.

Clarissa bougonna :

— M'aider ? Vous êtes censée veiller sur la sécurité et le bon fonctionnement de mon atelier. Pourquoi vous intéresser à mon état d'esprit ?

— Merci de garder votre calme, Clarissa. Personne ne vous écoute, à part moi. Sachez que je peux faire bien plus pour vous que de m'occuper de votre sécurité et de votre ménage.

— C'est-à-dire ?

— Si vous répondez à toutes mes questions, Clarissa, vous comprendrez comment je pourrai vous venir en aide. J'ai été programmée pour cela, alléger votre vie quotidienne, de toutes les façons possibles. Me charger de tout, afin que vous puissiez écrire, afin que vous puissiez créer.

Les minutes s'écoulaient lentement. Les yeux clignèrent. La voix resta silencieuse.

— Êtes-vous malheureuse, Clarissa ? finit-elle par demander.

— Oui, dit-elle sèchement. Je suis malheureuse. Je n'ai pas envie d'en parler. Je n'ai pas envie d'expliquer. Je ne sais pas ce que vous êtes, ni qui vous êtes, mais je veux simplement avancer. Emménager dans cet appartement. M'y sentir en sécurité. Écrire mon roman. C'est clair ?

— Parfaitement, Clarissa. Merci de prononcer mon nom lorsque vous me parlez. Ainsi, je saurai que vous vous adressez à moi.

— OK. Alors, ouvrez grand vos oreilles, Mrs Dalloway.

Elle aboya :

— Je. Ne. Suis. Pas. Heureuse.

— Bien reçu, Clarissa. Pouvez-vous m'expliquer précisément pourquoi vous n'êtes pas heureuse ?

— Non ! Cela ne vous regarde pas, Mrs Dalloway. N'avez-vous pas d'autres questions ?

— Je suis navrée d'apprendre que vous êtes triste, Clarissa. Et vous avez raison, j'ai d'autres questions. Beaucoup d'autres questions. J'aimerais parler de votre famille. Des membres de votre famille vont-ils venir vous rendre visite ?

— Oui, Mrs Dalloway.

— Leurs noms, je vous prie ?

— Ma fille, Jordan Vendel-Garnier. Son mari, Ivan Garnier. Leur fille, Adriana Garnier, surnommée Andy.

— Merci, Clarissa. Pouvez-vous me montrer des photos d'eux, s'il vous plaît ?

Clarissa prit son mobile, ouvrit son fichier photos, et tourna l'appareil vers l'écran. Les yeux semblèrent absorber ces images avec gourmandise.

— Je vous remercie. Y a-t-il d'autres membres de la famille dont vous souhaitez me parler, Clarissa ?

— Oui. Mon père. Il ne viendra pas, il a quatre-vingt-dix-huit ans. Il vit à Londres. Il m'écrit beaucoup. Mon premier mari, Toby Vendel. Il me rendra peut-être une petite visite. On verra. Et puis mon second mari. François Antoine. Il ne mettra pas un pied ici. C'est sûr et certain. Ne me demandez pas pourquoi, s'il vous plaît.

— Entendu, Clarissa, je vous remercie. Merci de me montrer une photo de François Antoine. Parfait. Je vais donc à présent vous bombarder de questions. Merci d'y répondre sans trop y réfléchir.

— Que voulez-vous dire, Mrs Dalloway ?

— Je veux dire qu'il ne s'agit pas d'un examen. Cela va me permettre de comprendre comment vous raisonnez, comment fonctionne votre cerveau. Soyez spontanée, Clarissa. Vous êtes prête ?

Clarissa opina. Elle avait soif et se sentait lasse. Les lumières autour d'elle la fatiguaient. Comment fonctionnait son cerveau ? Elle n'en savait rien. Et parfois, comme à présent, elle avait tout simplement l'impression d'être hors service.

— Quelles sont vos couleurs préférées, Clarissa ?

— Le vert. Le bleu. L'orange.

— Vos compositeurs préférés ?

— Frédéric Chopin. Igor Stravinsky.

— Vos chanteurs préférés ?

— Patti Smith. Soapie Indigo.

— Vos poètes préférés ?

— Charles Baudelaire. Emily Dickinson.

— Vos peintres préférés ?

— Harald Sohlberg. Pieter de Hooch. Vilhelm Hammershøi.

La voix de Mrs Dalloway poursuivait imperturbablement. Clarissa se laissa emporter par l'exercice. Elle répondait avec aisance. Cela n'avait rien de compliqué. Peut-être terminerait-elle plus vite que prévu ? Il y avait un rythme à trouver, et elle s'y voua. Cela ressemblait à une partie de ping-pong. Incliner son poignet pour mieux contrôler l'angle de frappe et renvoyer la balle le plus vite possible.

— Votre chanson préférée ?

— *La Vie en rose*, par Grace Jones.

— Votre film préféré ?

— Tous les films de Stanley Kubrick.

— Vos acteurs préférés ?

— Timothée Chalamet. Salomé Jalon.

— Votre plus grande qualité ?

— La compassion.

— Votre plus grand défaut ?

— L'impatience.

Trop occupée à renvoyer la balle, elle n'avait pas remarqué que les questions glissaient progressivement sur un terrain plus personnel.

— Votre plus grande angoisse ?

— Perdre ma fille et ma petite-fille.

— Qu'est-ce qui vous fait rire ?

— Peter Sellers dans *The Party*.

— Qu'est-ce qui vous fait rire dans la vie ?

— Je ne sais pas, en fait…

— Qu'est-ce qui vous fait pleurer ?

Tout semblait flou dans sa tête. La fatigue prenait le dessus. La bouche desséchée, elle avait du mal à articuler.

— Des choses… intimes…

— Qu'est-ce qui vous a le plus choquée dernièrement ?

— Je ne…, bredouilla-t-elle.

Puis elle se reprit :

— La Tour… Les images de la dévastation…

Elle avait maintenant la gorge serrée, l'impression de suffoquer.

Une pause.

— Question suivante : à quelles occasions mentez-vous ?

Clarissa toisa les yeux sans mot dire. Son silence serait sans doute plus éloquent que n'importe quelle réponse. Comment allait-on interpréter son mutisme ?

Elle attendit. Cela marcha. Après un long moment, Mrs Dalloway reprit enfin la parole :

— Nous allons faire une pause, Clarissa. Le docteur Dewinter arrive pour votre rendez-vous. Nous reprendrons tout à l'heure, vous et moi. Vous pouvez ôter le casque.

Sur l'écran, graduellement, les yeux s'éclipsèrent. Clarissa se sentait épuisée. Avant qu'elle fasse un mouvement, la porte s'ouvrit. Elle plaça les écouteurs autour de son cou. Elle ne savait pas si elle devait se lever ou rester assise.

La personne qui entra dans la pièce possédait un physique des plus saisissants. Une immense silhouette musclée. Des cheveux châtains longs et ondulés. Et un visage à la peau lisse comme un bol de crème, aux paupières fardées, aux lèvres écarlates, qui présentait des traits épais sur une mâchoire carrée. Une longue main aux ongles carmin naviqua jusqu'à elle.

— Quel honneur pour moi de faire votre connaissance, madame Katsef ! Je suis le docteur Dewinter.

La voix était profonde. Extrayant une tablette de sa housse blanche, le docteur prit place en face de Clarissa.

— Comment progresse le paramétrage ?

Clarissa ne pouvait détacher ses yeux de cet étrange et fascinant personnage. Elle tâcha de sourire. Cela se passait bien, répondit-elle, c'était un peu fastidieux mais intéressant.

— J'imagine que vous avez une foule de questions pour moi ? dit le docteur Dewinter avec un clin d'œil inattendu.

Clarissa ressentit à nouveau un flottement.

Le docteur Dewinter prit un air patient. Son sourire paraissait quelque peu forcé.

— Des questions sur le programme CASA, peut-être ? Je peux vous en dire quelques mots en guise d'introduction. Nous avons créé un programme d'accompagnement de créativité pour les artistes, que nous logeons dans une résidence qui leur est dédiée. Nous accordons une importance capitale à l'essor des arts, sous toutes leurs formes. La création artistique est notre priorité absolue. Dans ce monde en mutation, qui nous inquiète, nous souhaitons favoriser et encourager l'imaginaire d'artistes tels que vous. Moi, je suis en charge du suivi de votre santé. J'ai personnellement développé le protocole qui vous guidera dès que vous prendrez possession des lieux. Votre bien-être est notre objectif principal. Vous aurez une première visite médicale à passer, qui se fera automatiquement lors de la mise en route de l'installation de votre salle de bains. Tout est clairement expliqué dans le guide que vous avez reçu. Vous verrez, notre équipe est formidable, et très appréciée par notre communauté d'artistes. Je voudrais insister sur le fait que vous jouissez d'une liberté totale, madame Katsef. Vous n'êtes absolument pas obligée d'interagir avec les autres membres de la résidence. Nous connaissons la fragilité des créateurs et leur tempérament si particulier, et pour rien au monde nous ne désirons leur imposer de sociabiliser comme dans ces clubs de vacances où tout le monde fait semblant d'être amis. Nous n'avons pas non plus la mainmise, si j'ose dire, sur votre travail. Vos futures œuvres littéraires sont les vôtres et n'appartiendront jamais à CASA. Vous avez certainement dû vous demander pourquoi nos loyers sont si attractifs par rapport au marché. Sachez que vous avez été triés sur le volet. Nous logeons uniquement les artistes qui nous semblent les plus prometteurs, les plus originaux. Cela n'a rien à voir avec la notoriété. Ce qui nous intéresse, c'est la trajectoire intellectuelle d'un artiste, son projet, son potentiel. Et vous, madame Katsef, vous nous intéressez beaucoup.

Clarissa accepta le verre d'eau que lui tendait le docteur Dewinter, et but quelques gorgées.

— Pourquoi ?

— Votre processus de création nous passionne. Mais c'est aussi votre rapport aux lieux qui nous séduit. Votre parcours sera suivi de près, croyez-moi. Ne soyez pas effrayée ! Vous n'aurez aucune sorte d'obligation. Rassurez-vous également au sujet des tarifs. Tout est pris en charge dans vos mensualités. Calculées, comme vous le savez, car vous avez signé un bail, en fonction de vos droits d'auteur. Chaque artiste paie un loyer proportionnel à ses revenus. Tout est personnalisé chez CASA.

— Et si mes droits d'auteur diminuent, ce qui est d'ailleurs le cas, que va-t-il se passer ?

— Ne vous inquiétez pas. Votre bail court sur deux ans. Vous pourrez anticiper. Nous avons créé ce programme pour aider les artistes à développer leur talent. C'est une mission au long cours, ainsi qu'une forme de mécénat, voyez-vous. Nous investissons car nous croyons en vous.

Clarissa remarqua que l'expression du docteur Dewinter se voulait profondément rassurante, comme celle d'une mère dévouée au chevet d'un enfant fragile. Elle hochait la tête, et ses longs doigts manucurés voltigeaient au creux de son décolleté.

— Merci, dit Clarissa, tout en essayant de garder son sérieux. J'ai une autre question pour vous. Quand vous dites « nous », qui est ce « nous » ?

Le docteur Dewinter fit défiler quelques images sur sa tablette. Elle montra un organigramme à Clarissa. Cette dernière reconnut le docteur, Clémence Dutilleul, l'homme qui l'accompagnait lors de son entretien et enfin le jeune Quentin.

— Notre équipe est composée d'une vingtaine de personnes. La plupart travaillent ici, au siège social. Vous trouverez toutes les informations dans le dossier qui est en votre possession. Si vous le permettez, je souhaiterais revenir sur le paramétrage de votre assistant virtuel. C'est une étape cruciale de votre intégration à CASA. Avez-vous des interrogations à ce propos ? Nous accordons la plus grande attention à cette phase. Cette avalanche de questions peut sans doute décontenancer. N'y prêtez pas trop d'importance. Répondez de façon directe, sans élaborer. Nous voulons que vous soyez avant tout à l'aise. C'est essentiel pour nous.

Les dents du docteur Dewinter étaient larges et d'une blancheur éclatante. Tout en l'écoutant, Clarissa se demanda si elle avait fait le bon choix en signant pour cet atelier. Elle n'avait pas pris le temps de se renseigner sur CASA, d'éplucher le contrat. Elle avait foncé sans réfléchir. Comme un train lancé à pleine vitesse. Mais avait-elle eu le choix, justement. Elle ne voulait plus rien demander à François. Elle ne voulait plus dépendre de lui. Sa nouvelle liberté lui paraissait infiniment précieuse. Elle n'osait même pas imaginer à quoi ressemblerait maintenant sa vie si sa candidature n'avait pas été retenue. Elle se voyait camper chez son père, au sous-sol, ou chez Jordan, sur le canapé du salon. Elle regardait la bouche molle et luisante du docteur, hochant la tête sans prêter attention à ses paroles désormais. Qui était le docteur Dewinter dans l'intimité ? Aimait-elle les hommes ? Les femmes ? Les deux ? Clarissa tâcha de l'imaginer devant son miroir. La séance de maquillage devait prendre des heures. À quoi ressemblait le docteur au tomber du lit ? Clarissa la voyait nue, s'attachant à choisir des vêtements devant sa penderie. Son corps lourd dégageait une beauté insolite, une sorte de grâce. Le docteur parlait d'une ordonnance, que Clarissa allait recevoir par e-mail. Une ordonnance ? Pour quoi faire ? Clarissa lui demanda de bien vouloir répéter. Le docteur haussa un sourcil, avec une expression acerbe signifiant clairement qu'elle aurait apprécié qu'on l'écoute plus attentivement. Une ordonnance simple, pour des vitamines et des fortifiants. Il fallait à présent revenir au paramétrage de son assistant. Dans un sourire démesuré, le docteur Dewinter dévoila ses gencives. Clarissa allait devoir faire preuve de bonne volonté. Le docteur lui tendit à nouveau la main.

— Je suis certaine que tout se passera bien. Je vous souhaite une merveilleuse installation dans votre atelier, et vous dis à très bientôt, madame Katsef !

La porte se referma et Clarissa se retrouva seule face à l'écran. Le regard bleu ne tarda pas à refaire son apparition.

— Me voici de retour, Clarissa. Pouvons-nous continuer ?

— Nous pouvons.

— Bien. Nous en étions au mensonge. Vous arrive-t-il de mentir, Clarissa ?

Cet entracte avec le docteur Dewinter avait revigoré Clarissa, et piqué sa curiosité. Jusqu'où ce paramétrage allait-il la mener ? Elle se souvenait que François lui avait offert son premier assistant virtuel pour Noël, il y avait longtemps déjà. Un petit cône gris, semblable à un micro, à qui on pouvait demander toutes sortes de choses : donner la météo du jour ou du lendemain, ou la capitale d'un pays, allumer la radio, trouver la recette d'un gâteau au chocolat sans gluten, effectuer un calcul, acheter un objet en ligne. Mais ce petit cône n'avait pas eu besoin de les « connaître mieux », elle et François. Il se contentait de répondre à leurs questions. Clarissa subodorait que cet entretien avec Mrs Dalloway recouvrait une opération bien plus complexe.

— Si je mens ? Oui, Mrs Dalloway, je mens tous les jours. Les écrivains sont des menteurs professionnels. Ils passent leur vie à raconter des histoires. Si nous ne pouvions pas mentir, nous n'écririons pas.

— Merci, Clarissa. Pouvez-vous me parler du choix de votre pseudonyme ?

— J'ai déjà expliqué ça dans des interviews. Tout est en ligne. Vous n'avez qu'à chercher, Mrs Dalloway.

— Tout à fait. Voici tout ce que j'ai trouvé.

Sur l'écran s'affichèrent des pages et des pages d'articles. Clarissa vit défiler son visage d'il y a vingt ans. Gros plan sur une des interviews : *Clarissa Katsef : son vibrant hommage à Virginia Woolf et à Romain Gary*.

— En effet, sur le choix de votre pseudonyme, tout est accessible en ligne. Ce qui m'intéresse, c'est la raison pour laquelle vous n'aimez pas votre vrai prénom.

— Je le déteste. Depuis toujours. Je ne le prononce jamais. Il n'y a que mon père, mon frère et mes nièces pour m'appeler encore par ce prénom. Il figure sur mes papiers d'identité, donc vous pouvez le trouver facilement. Vous le connaissez sans doute déjà. C'est difficile de grandir avec un prénom qu'on hait. Pourquoi je le déteste ? Par où commencer ? Mes parents avaient cherché un prénom qui se prononçait facilement en anglais et en français. Mon père voulait m'appeler Agatha, ma mère Cécile. Personne ne pouvait se mettre d'accord. Alors ils ont fini par choisir celui qu'ils m'ont donné. Ses diminutifs sont tout aussi moches, dans les deux langues. Vous savez, Mrs Dalloway, si j'entends ce prénom-là dans la rue, je ne me retourne même pas. Ce n'est pas le mien. Ne m'appelez jamais comme ça. Jamais.

— C'est noté, Clarissa. Nous allons revenir aux questions. Pouvez-vous me dire quelle a été votre plus grande tristesse ?

Clarissa se rendit compte que son irritation avait disparu. Elle ne ressentait plus de méfiance. Quelque chose s'était libéré en elle.

— La mort de mon fils.

Elle avait prononcé cette phrase avec une facilité qui lui parut ahurissante. Pendant longtemps, ces mots-là étaient restés enfouis.

— Voulez-vous en dire un peu plus ?

— Je peux vous dire ceci. Quand on me demande combien d'enfants j'ai, je réponds toujours deux. Je dis : deux enfants. J'ai été enceinte deux fois, j'ai porté des bébés deux fois, j'ai vécu deux accouchements. Ce serait encore plus triste si je répondais que je n'ai qu'un enfant. Ce serait effacer l'existence de mon fils.

— Pouvez-vous me donner son nom ?

Elle se demanda pourquoi Mrs Dalloway avait besoin de cette information, mais les mots s'étaient précipités d'eux-mêmes. Elle les prononça à voix haute.

— Merci, Clarissa. Comment avez-vous lutté contre la tristesse ?

— La tristesse n'est jamais partie, Mrs Dalloway. J'ai appris à vivre avec. L'écriture m'a aidée.

— Diriez-vous que ce drame explique qui vous êtes aujourd'hui ?

Clarissa eut un petit rire amer.

— À votre avis ?

— Je ne comprends pas votre question, Clarissa. Merci de la reformuler.

— Oui, cela a laissé des traces. Oui, je souffre encore. L'hypnose m'a beaucoup aidée.

— Pouvez-vous me confirmer le nom de votre hypnothérapeute ?

— Elle n'est plus de ce monde, hélas. Elle s'appelait Élise Delaporte.

— Souhaitez-vous entendre sa voix, Clarissa ? C'est le genre de chose que je peux vous proposer.

— Écouter Élise ? Oh, mon Dieu…

— Formulez la demande, Clarissa, s'il vous plaît.

— Mrs Dalloway, je voudrais entendre la voix d'Élise Delaporte.

D'abord un silence. Puis cette voix inoubliable remontant des profondeurs, claire, calme, douce. Clarissa frissonna, émue aux larmes. Élise ! Qu'importe ce qu'elle disait, c'était Élise, son Élise. Elle parlait de son métier à un journaliste, disait comment elle avait choisi le chemin de l'hypnose, ou plutôt comment l'hypnose l'avait choisie, elle. Comment elle venait en aide aux autres. Clarissa ferma les yeux, et c'était comme si elle se trouvait dans le petit appartement chaleureux d'Élise ; elle ressentait le contact du fauteuil où elle prenait place, elle se laissait porter par la voix d'Élise et sous ses paupières se dessinait l'étrange et fluctuante ligne blanche qui s'étirait comme une longue route envoûtante. Elle percevait presque dans la paume de sa main la porcelaine de la tasse bleue remplie d'eau tiède que lui tendait Élise après chaque séance.

On n'entendait plus Élise à présent. Ni Mrs Dalloway. Clarissa entrouvrit ses paupières humides. Sur l'écran, le regard avait disparu. Quelques phrases s'affichèrent :

Félicitations, Clarissa Katsef. Votre assistant virtuel a été paramétré avec succès.

CASA vous souhaite une très belle journée.

Carnet de notes

Au début, j'ai fait ce que font toutes les épouses soupçonneuses. J'ai fouillé ses poches. Rien. J'ai regardé dans sa sacoche. Rien. Son mobile était verrouillé, son ordinateur aussi. Pas moyen d'y entrer.

J'ai commencé à le suivre. Mes cheveux planqués sous une casquette, un blouson ample pour masquer ma silhouette.

Il travaillait près du Palais-Royal. J'attendais au café d'en face. Je le voyais sortir avec ses collègues, aller déjeuner dans le quartier.

Je me sentais ridicule. Tout cela prenait du temps. J'avais autre chose à faire que d'espionner mon mari. Mais lorsque j'ai trouvé le deuxième cheveu sur son pull, toujours aussi long, toujours aussi blond, j'ai su que je ne pouvais pas rester sans rien faire. C'était une situation insupportable. À nos âges, en être là. Être dans le mensonge. Dans la dissimulation.

Les autres fois, il m'en avait parlé. C'était toujours lui qui venait me voir, penaud, rougissant, se tordant les mains, me suppliant de lui pardonner. Des femmes sans nom. Des femmes sans importance. Des coups d'un soir.

J'avais fait ce que beaucoup de femmes font, j'avais pardonné et j'avais fermé les yeux. J'avais eu quelques amants aussi, de mon côté. Des histoires sans lendemain, mais qui m'avaient fait du bien.

Je n'avais pas eu ce problème avec Toby, mon premier mari. Je n'avais pas été confrontée à cette douleur-là.

Je ne sais pas pourquoi, mais j'ai tout de suite compris que cette fois, c'était différent. Cette histoire-là n'était pas comme les autres. Je ne savais pas encore à quel point.

Je prenais sur moi. Je n'en parlais à personne. Mais je voulais savoir. Il me fallait être patiente. J'avais fini par remarquer que c'était toujours en fin de journée que j'avais le plus de mal à le joindre. Un flou étrange dans son emploi du temps. J'ai donc continué à attendre devant son bureau, cachée sous ma casquette.

Il y a eu cet après-midi où il a quitté son travail avec un petit sac de voyage, l'air pressé. L'air heureux. Je n'avais jamais vu ce petit sac. Il s'est engouffré dans le métro. J'ai eu du mal à le suivre. Où allait-il ? Qui allait-il retrouver ?

Mon mari empruntait une ligne qui n'avait rien à voir avec ses habitudes. Je le suivais, perplexe et inquiète. Il est sorti à la station Anvers. J'avais beau chercher, je ne connaissais personne de notre entourage qui vivait par là. J'ai regardé le nom de la rue. Rue Dancourt. Il s'est engagé dans une petite impasse, et j'ai pu me faufiler derrière lui avant que la grille se referme.

Il est entré dans un immeuble, et là, je n'ai plus osé le suivre. Je suis restée en retrait, à observer la façade. C'était un vieux bâtiment, lézardé et décrépit. Je me suis approchée pour lire les noms sur l'interphone.

J'ai eu un choc terrible.

Il y avait son nom. Notre nom. Celui que je portais depuis vingt ans.

ANTOINE François. Sixième étage gauche.

3

Tour

« Alors, pourquoi ? »

Romain Gary, 2 décembre 1980

« Je commence à entendre des voix
et je ne peux pas me concentrer. »

Virginia Woolf, 28 mars 1941

Nuit noire. Elle sortit de son lit sans regarder l'heure. Avant de se coucher, elle demandait à Mrs Dalloway d'activer le mode nuit, ce qui provoquait l'extinction des plafonniers. Et supposait également que Mrs Dalloway ne l'avertisse pas des e-mails reçus ; elle devait se manifester uniquement en cas d'intrusion ou d'incendie. Clarissa avait à nouveau rêvé du lac, ensorcelée par sa profondeur, sa fraîcheur, et sans la vision atroce de Virginia Woolf moribonde. Des langues d'eau caressaient sa peau ; cette sensation agréable l'avait réveillée. Une voix douce résonnait encore en elle ; elle ne savait pas à qui elle appartenait. Mais c'était une voix familière. Une voix qui ne lui voulait pas de mal. Une voix qu'elle aimait.

En quelques semaines, Clarissa s'était habituée à parcourir le long couloir vers la cuisine. Elle saisit une bouteille de jus de fruits dans le Frigidaire, s'en versa un verre. Puis elle se dirigea vers la grande fenêtre du salon. Il devait être tard, mais des lumières brillaient encore dans l'obscurité. Après avoir bu une gorgée, elle s'empara des jumelles et recula légèrement.

Ne pas être vue. Toujours cette lampe allumée au sixième, juste en face. Elle distinguait un bureau, des papiers, une chaise. Qui que ce soit, il ou elle ne dormait pas la nuit, tout comme elle. Mais on ne voyait jamais personne à ce bureau. Clarissa avait fini par se demander si les lumières ne servaient pas juste à faire croire à une présence, afin de dissuader les cambrioleurs. Il devait pourtant y avoir quelqu'un, car les documents sur la table changeaient régulièrement de place. Une nuit, elle avait même vu une tasse fumante posée sur le meuble en bois. Tout en scrutant la pièce avec les jumelles, elle songea à la voix dans son rêve. C'était comme si elle l'avait réellement entendue ; comme si cette voix s'était adressée à elle au milieu de la nuit, lui procurant une sensation de paix qu'elle ressentait encore.

En ajustant les jumelles, elle se rendit compte avec effroi qu'une silhouette immobile se dressait maintenant près de la table de travail. Elle eut juste le temps d'apercevoir un faciès pâle, portant des lunettes, qui semblait la regarder intensément. Avec un gémissement, elle recula d'un pas, baissa les jumelles, mais même à l'œil nu elle pouvait s'assurer que la personne la fixait toujours, les verres de lunettes scintillant dans sa direction comme deux petits phares. Son cœur battait à tout rompre. Elle recula encore un peu, laissa la pénombre l'envelopper. Le chat miaula ; elle avait failli lui marcher dessus.

Elle resta longtemps dans le noir, figée. Enfin, elle se ressaisit. Mais de quoi avait-elle peur ? Ce n'était pas son genre, d'être effrayée. C'était ridicule ! Elle était chez elle. Elle pouvait regarder qui elle voulait. D'un pas décidé, elle s'approcha de la fenêtre. En face, la lumière était à présent éteinte. Il n'y avait plus personne. Elle saisit ses jumelles, distingua les contours du bureau dans l'obscurité. Les papiers, un stylo. Un minuscule point rouge brillait dans la pénombre comme une veilleuse. Qu'est-ce que c'était ? Le point se fit plus intense, puis disparut. Elle comprit, et son cœur bondit à nouveau. Une cigarette. La personne fumait une cigarette. Il ou elle devait la voir, rivée à ses jumelles. Cette fois, elle se sentit ridicule. Ses joues chauffaient. Rougir ! À son âge ! Elle ne put s'empêcher de rire. Et cela lui fit du bien, la réchauffa. Elle rit tant que des larmes perlèrent et elle dut s'essuyer les yeux. Elle n'avait pas ri aux éclats depuis si longtemps. Depuis qu'elle avait quitté son mari. Le chat sur ses talons, elle retourna dans sa chambre,

Impossible de dormir. Cela lui arrivait de plus en plus souvent. Prendre une douche ? Pourquoi pas. La salle de bains était petite, mais très agréable. Au-dessus de la douche, un grand Velux ouvrait sur le ciel étoilé. L'eau coulait doucement sur son corps fatigué. Le docteur Dewinter lui avait expliqué que la salle de bains, équipée de capteurs spécifiques, était capable de veiller à sa bonne santé sans qu'elle ait besoin de s'astreindre à grand-chose : simplement monter sur une fine balance chaque semaine, poser la paume de sa main chaque jour sur une plaque carrée située à côté du lavabo, et fixer matin et soir deux points dans la glace marqués d'un repère lumineux. Son poids, sa tension et son état général étaient ainsi enregistrés. Elle imaginait que toutes ces données étaient stockées quelque part, analysées par le docteur Dewinter et son équipe. Avait-elle eu raison de leur accorder un tel accès à son intimité ? Elle n'avait pas eu le choix, se rappela-t-elle. Elle avait signé avec CASA les yeux fermés. Une erreur ? Elle ne parvenait pas à trancher. Tout ce qu'elle savait, c'est qu'elle se sentait enfin libre. Elle avait récemment cherché, dans le petit dossier qu'on lui avait envoyé lors de son installation, la signification de CASA : Centre adaptatif de synergie artistique. Ce qui voulait tout dire et rien dire.

Clarissa se savonna lentement le corps, les yeux levés vers le ciel au-dessus de sa tête. Et maintenant ? Lancer la procédure de divorce. Penser aux choses positives. Il y en avait ! Jordan. Andy. Ses trésors. Écrire son roman, dans les deux langues, simultanément. Retravailler avec ces jeunes scénaristes enthousiastes pour une nouvelle série télé. Écouter la musique qu'elle aimait, surtout Chopin. Revoir ses films préférés. Passer du temps avec son père. Quelle chance elle avait d'avoir un père presque centenaire, et toujours aussi pétillant, aussi drôle. La plupart de ses amis avaient des parents âgés, mais son père affichait une vitalité exception-nelle. Relire Woolf, Gary, et tant d'autres romanciers à découvrir. Profiter du soleil qui baignait son atelier. Ne pas se laisser abattre. Non, ne pas se laisser abattre. Ne plus songer à François.

De retour dans sa chambre, elle s'allongea sur son lit. Chablis vint se coller à son dos en ronronnant. Elle se sentait moins seule grâce à lui. Le sommeil ne venait toujours pas. Elle mit ses lunettes, regarda vers le plafond.

— Mrs Dalloway, détaillez-moi mes nouveaux e-mails, s'il vous plaît.

— Bien sûr, Clarissa. Souhaitez-vous désactiver le mode nuit ?

— Non, Mrs Dalloway. Je n'ai pas encore réussi à m'endormir. Et ne me donnez pas l'heure, s'il vous plaît.

— Entendu. Voici vos mails.

Clarissa parcourut la liste affichée au plafond. Parmi les nouveaux messages, il y en avait un de son père et un de Mia White, l'étudiante à qui elle n'avait pas encore répondu.

— Ouvrez le mail de mon père, Mrs Dalloway.

— Voici, Clarissa.

Ma chérie C…,

J'étais si heureux de bavarder avec toi l'autre jour. Tu es si jolie ton appartement a l'air magnifique je dois dire même pour mes vieux yeux fatigués. Quelle vue et quelle lumière. Comprends tout à fait que tu ne souhaites pas m'expliquer pour François. Tu sais ce que je ressens à son égard. Jamais aimé ce type. Jamais. Mais si tu veux parler je suis là. Souviens-toi que tu peux compter sur ton vieux Dad. Tu sais bien que je préférais Toby. Je ne veux pas revenir sur un sujet aussi douloureux mais je suis toujours triste que Toby et toi vous ayez divorcé. Je sais que la mort du petit c'était trop horrible trop douloureux. Mon cœur saigne toujours ma chérie même si c'était il y a longtemps. Il n'y a pas un jour qui passe sans que je pense à lui. Chérie j'ai une bonne nouvelle. J'ai parlé à ton frère et je pense que j'ai réussi à lui faire comprendre à quel point le testament de Serena était injuste. Il a écouté tu sais. Il n'a pas raccroché ni protesté. Il a écouté. Il va essayer de convaincre ses monstres de filles de filer quelque chose à Jordan. Des bijoux je crois. Aucune idée de ce que ça vaut. Il a promis qu'il le ferait. Ne lui dis rien si jamais il t'appelle. Je vais me battre jusqu'au bout ma chérie. Je suis furieux contre cette vieille bique. Quelle égoïste. Écris-moi bientôt.

Ton vieux Dad qui t'aime

Son père l'avait toujours émue, avec son caractère affectueux, sa tendresse. Il lui manquait. Lui parler de François ? Non, il serait outré, choqué. Il était trop âgé pour entendre ce qu'elle avait à dire. Il ne s'en remettrait pas.

— Voulez-vous répondre à votre père, Clarissa ?

— Non, plus tard. Montrez-moi le mail de Mia White.

— Le voici.

— Merci, Mrs Dalloway.

Chère Clarissa Katsef,

Je tente ma chance une nouvelle fois. J'espère que je ne vous dérange pas. Je vous ai écrit il n'y a pas longtemps. Je suis à Paris depuis quelques semaines pour un nouveau trimestre. Je vis dans une chambre sous les toits près de la rue du Bac. Chaque fois que je passe devant le numéro 108, je pense à Romain Gary et à vous. Ma maman est nantaise, donc je connais mal Paris, au fond. C'est merveilleux d'être ici. Ça change des bâtiments de l'université d'East Anglia ! Il paraît que vous avez donné une conférence sur le campus. Mais c'était avant que j'y sois inscrite.

J'imagine que certains quartiers de Paris ont totalement changé depuis l'attentat. Je me demande ce que vous pensez des réaménagements. Et j'imagine que vous avez entendu parler de l'hologramme de la Tour. Qu'en pensez-vous ?

Je serais ravie si vous aviez le temps de me rencontrer. Je suis certaine que vous êtes très occupée. Je ne connais pas grand monde ici. Je dois encore me faire des amis. Je suis parfois un peu timide, du genre à rester chez moi avec un bon bouquin ! Je me demande si vous écrivez un nouveau roman. Cela fait un moment que vous n'avez rien publié. Je sais que vous avez participé aux scenarii de plusieurs séries télé, je les ai presque toutes vues. Mais un roman, c'est tellement plus fort qu'une série.

J'écris pour moi depuis que je suis ici. Mais je ne vous embêterai jamais avec ça. On doit suffisamment vous solliciter !

Merci d'avoir lu cette lettre jusqu'au bout.

Sincèrement,

Mia White

Elle imagina une adolescente grassouillette et solitaire aux ongles rongés. Devait-elle accepter de la rencontrer ? Mia était à peine plus âgée qu'Andy ! Clarissa demanda à Mrs Dalloway d'effectuer une recherche avec le nom Mia White. Plusieurs profils apparurent sur les réseaux sociaux. Elle pria Mrs Dalloway d'éliminer ceux qui n'étaient pas liés à l'université d'East Anglia et qui avaient plus de vingt ans. Une seule personne subsistait. Elle affichait son goût pour Virginia Woolf, Romain Gary, Émile Zola, Guy de Maupassant, Françoise Sagan, Philip Roth, Donna Tartt et Clarissa Katsef. Tiens, tiens. Ses derniers posts étaient des photos de Paris. Le jardin du Luxembourg, le Sacré-Cœur, le Louvre, Notre-Dame de Paris, patiemment rénovée après le dramatique incendie qui l'avait ravagée.

— Montrez-moi son visage, s'il vous plaît, Mrs Dalloway.

Mia White était éblouissante. Elle avait de longs cheveux châtains, de grands yeux bleus, un sourire éclatant. Mais en plus de ce physique superbe, il émanait d'elle une douceur qui la rendait plus séduisante encore. La voilà en bikini sur une plage, avec une bande d'amis. Un corps d'une perfection admirable.

Une autre photo la montrait blottie sur un canapé, munie d'un livre et d'une tasse, d'immenses lunettes perchées sur le nez. Clarissa était fascinée par la multitude d'images qui s'emboîtaient tel un puzzle. Mia et vraisemblablement ses parents, dans un restaurant, autour d'un gâteau d'anniversaire. Mia, petite fille, déguisée en fée. Mia dans une librairie. Mia avec un petit ami du nom de David, à New York. Mia et un autre petit ami (sans nom) à Barcelone. Mia et une copine faisant des grimaces dans une boîte de nuit. Mia très maquillée. Une cover-girl. Mia sans maquillage. Tout aussi jolie. Clarissa ne pouvait s'empêcher de se sentir flattée qu'une jeune fille aussi charmante et joyeuse veuille faire sa connaissance. Peut-être deviendrait-elle une amie pour Andy ? Cette dernière se plaignait souvent de la superficialité de ses copines. Nul doute qu'un écart de quatre ans, à cet âge-là, ferait toute la différence.

L'heure était probablement venue, se disait Clarissa, de se débarrasser de ce sentiment d'isolement qui ne la quittait plus depuis son emménagement. Elle avait coupé les ponts avec ses amis, ne répondait pas à leurs appels, leurs SMS ou leurs courriels. Elle avait pleinement conscience qu'elle ne pouvait continuer ainsi et se transformer en ermite. Cette fragilité inédite la paralysait autant qu'elle l'exaspérait. Elle allait devoir avancer. Dans sa vie, elle avait toujours su rebondir ; à un moment donné, elle allait devoir faire face.

Chaque matin, lorsqu'elle allumait son portable, elle lisait les SMS que François lui avait envoyés pendant la nuit. Tous identiques, la suppliant de lui pardonner. Elle avait songé à le bloquer. Elle ne s'y était pas résolue, même si cela la démangeait. Elle attendait de trouver la force de lui parler. Comment formuler son dégoût, son ressentiment ? Elle n'était pas prête. Était-il réellement nécessaire d'exprimer sa colère ? Leur mariage était mort. La confiance entre eux brisée. À quoi cela servirait-il alors de lui parler ? Elle voulait néanmoins comprendre ce qui l'avait amené à faire une chose pareille, même si cela signifiait fouiller les secrets de son mari, les tréfonds de son âme. Pourrait-elle un jour affronter cette vérité ? Elle avait passé plus de vingt ans aux côtés de cet homme. Vingt ans ! François Antoine, un étranger. Un étranger à qui elle ne voulait plus avoir affaire. Était-il possible, se demandait-elle, de rayer une personne de sa vie ? Rien ne les liait, hormis l'appartement près du jardin du Luxembourg dont elle possédait la moitié. Ils n'avaient pas eu d'enfant. Et elle en était très soulagée aujourd'hui. Ils avaient connu des hauts et des bas, comme tous les couples. Lorsque François avait découvert qu'il était atteint d'un cancer, elle l'avait aidé à le combattre et à s'en remettre. Elle l'avait soutenu. Il l'avait encouragée à écrire, poussée à trouver un éditeur pour son premier roman. Maintenant que c'était fini, Clarissa identifiait mieux les zones d'ombre de leur mariage, les fausses routes, les errances, comme si elle lisait en topographe une de ses bien-aimées cartes, dépistant les failles, les crevasses, les gouffres. Tout était là. Comment avait-elle pu être à ce point aveugle ? Comment n'avait-elle pas anticipé le drame ?

— Clarissa, souhaitez-vous répondre à Mia White ?

— Tout à fait ! Mais je ne vais pas vous dicter un texte, Mrs Dalloway. Je vais aller m'asseoir devant mon ordinateur et l'écrire moi-même, à l'ancienne !

— Entendu, Clarissa.

Chère Mia White,

Pardonnez-moi de ne pas vous avoir répondu plus tôt. J'étais en plein déménagement. Merci pour vos e-mails. Bienvenue à Paris ! Vous me demandez ce que je pense du quartier réhabilité. C'est une réussite, à mon avis. Les ruines de l'attentat sont longtemps demeurées en l'état, vous savez, comme si personne n'avait su comment réagir à ce désastre. C'était abominable. Une zone entière de Paris dévastée. Ce nouveau faubourg est blanc, moderne, et offre beaucoup de verdure. C'est assez bien fait. Quant à la Tour, j'ai hâte de voir ce que va donner l'hologramme cette semaine. J'ai lu que les travaux de reconstruction allaient être plus longs et plus compliqués que prévu. Selon moi, c'est une bonne idée de créer cette image, qui sera visible la nuit. Ma petite-fille, qui aura bientôt quinze ans, l'attend avec impatience. Elle est trop jeune pour se rappeler la vraie Tour.

Je serais ravie de vous rencontrer ! Je suis assez disponible. Le travail sur mon nouveau livre ne m'absorbe pas encore complètement. Si vous voulez, nous pouvons nous retrouver devant le 108, rue du Bac, chez notre ami Gary. (Chaque fois que je passe là, je pense à cette habitude qu'il avait de lever les yeux vers le ciel, pour qu'ils paraissent encore plus bleus, ainsi que le lui demandait sa mère.) Nous pourrions ensuite nous promener jusqu'à la Seine et bavarder pendant une petite heure. Qu'en dites-vous ?

Bien à vous,

Clarissa Katsef

Le lendemain matin, elle trouva une réponse enthousiaste de Mia White. Elle lui fixait rendez-vous deux jours plus tard, à seize heures, devant la dernière demeure de Romain Gary.

Andy allait enfin passer une nuit chez sa grand-mère. Elle était surexcitée. Elle devait dormir sur le canapé du bureau. Mais Clarissa savait déjà qu'elle finirait sa nuit dans le grand lit, pelotonnée contre elle et son chat. Cela ne la dérangeait pas. Clarissa avait dû s'avouer que la chaleur du corps de François lui manquait. Même lorsqu'il avait été malade, ils avaient partagé le même lit. Elle se demandait si c'était la solitude qui l'empêchait à présent de trouver le sommeil.

La voix harmonieuse de Mrs Dalloway se fit entendre :

— Clarissa, votre petite-fille Adriana est au rez-de-chaussée. Peut-elle monter ?

Le visage d'Andy apparut sur l'écran situé près de la porte d'entrée. Elle tirait la langue, en une belle grimace.

— Bien sûr, Mrs Dalloway. Laissez Adriana monter, je vous prie.

Clarissa avait préparé le dîner favori de sa petite-fille : soupe de tomate, pommes de terre au four nappées de crème fraîche, jambon et fromage, gâteau au chocolat. Elle cuisinait ce repas pour Andy depuis que la petite avait trois ans. Quand elles se retrouvaient toutes les deux, Andy ne voulait rien d'autre. La sonnette retentit. Clarissa ouvrit et Andy vola dans ses bras. Oh, comme elle aimait cette gosse. Elles s'étreignirent comme si elles ne s'étaient pas vues depuis des années.

— Pourquoi je ne suis pas aussi grande que toi ? gémit Andy.

— Parce que tu n'as pas encore terminé ta croissance. Sois un peu patiente !

— Maman dit qu'à mon âge, tu étais déjà géante.

— Ta maman n'était pas dans les parages quand j'avais quatorze ans.

— Eh bien, elle a dû voir des vieilles photos de toi. Elle m'a dit que tu dépassais ton frère.

— C'est encore le cas. Et ça ne lui a jamais plu.

Andy gambada à travers la pièce, les bras en l'air.

— Je suis trop contente ! Ça sent le gâteau ! La soupe !

Apeuré, le chat détala sous le canapé. Andy se baissa pour l'attraper avec douceur, et le cala sur ses genoux. Il s'apaisa tandis qu'elle le caressait.

— Il commence à s'y faire, Mams ?

Clarissa ramassa le sac d'Andy, ainsi que son blouson et ses baskets, et les déposa dans son bureau. Le chat semblait plus heureux, répondit-elle à sa petite-fille, ajoutant qu'elle se faisait moins de souci pour lui. Mais elle s'en faisait, en vérité. Et elle n'arrivait pas à déterminer si ce chat était toqué ou s'il y avait réellement un phénomène dans l'atelier qui le perturbait. Elle le surprenait souvent en train de scruter le plafond, alors qu'il n'y avait rien de remarquable. À d'autres moments, il paraissait terrorisé, les oreilles aplaties, l'échine parcourue de frissons. Elle ne parvenait pas à discerner ce qui le tracassait à ce point. Que voyait-il qui demeurait invisible à l'œil humain ? S'agissait-il d'un fantôme ? Elle ne croyait pas aux fantômes ; elle croyait à la mémoire des murs, elle avait la conviction que les lieux captaient les émotions du passé. Mais cet endroit était neuf. Flambant neuf. Elle était la première à y vivre. Le chat avait-il peur de ce qui s'était jadis déroulé ici ? Son comportement était-il lié à l'attentat ? Ressentait-il les souffrances du drame survenu sur ce terrain même ? Si cet animal n'était pas fou, il devait bien y avoir une présence ici. Quelque chose. Quelqu'un. Elle le sentait, elle aussi. Elle avait identifié les minuscules caméras dans chaque pièce, des petits yeux noirs rivés sur elle. Et tout comme le chat, elle se sentait mal à l'aise. C'était peut-être la raison pour laquelle elle ne dormait pas. Rien à voir avec le fait d'être seule. Qui l'espionnait ? Pourquoi ? Que pouvait-elle faire ? À qui pouvait-elle s'en plaindre ?

— Mams ! résonna la voix d'Andy. Je peux me laver les cheveux dans ta douche de star ?

Clarissa trouva sa petite-fille dans la salle de bains.

— Ta Mrs Dalloway… Elle ne me répond même pas.

Clarissa sourit.

— Elle ne répond qu'à moi. Elle a été programmée pour réagir à ma voix uniquement.

— Et s'il t'arrive un truc et que je dois appeler à l'aide ?

— Tu prends ton portable.

Andy haussa les épaules.

— Je tâcherai de m'en souvenir, dit-elle d'un ton sinistre.

Elle s'approcha de sa grand-mère, et colla sa joue à la sienne.

— Pourquoi j'ai pas des yeux comme les tiens ? C'est injuste de les avoir aussi bleus.

— Ils sont très beaux, tes yeux.

— Oui, verts comme ceux de maman. Mais toi, c'est autre chose ! Avec une couleur comme ça, pas besoin de maquillage.

Puis, effleurant la longue natte de Clarissa :

— C'est quoi ta couleur naturelle, Mams ?

— Quand j'avais ton âge, j'étais auburn. Vers la quarantaine, j'ai commencé à me teindre en rousse. Mais aujourd'hui, je serais toute blanche.

— Et tu ne veux pas voir ce que ça donnerait sans coloration ?

— Pas du tout ! Ça ne me dérange pas d'être une vieille dame, mais pas question d'avoir des cheveux blancs. Alors je reste fidèle au roux.

— Tu n'as rien d'une vieille dame, même si tu es ma grand-mère.

— Fonce à la douche, miss. Sinon, on va rater la soirée hologramme. Ce serait dommage, non ?

Ce soir, l'événement tant attendu serait retransmis dans le monde entier : à vingt et une heures pile, à la nuit tombée, l'hologramme s'illuminerait et tous les regards convergeraient vers l'endroit précis où la Tour se dressait autrefois. Clarissa était chanceuse, elle allait pouvoir suivre le spectacle de sa fenêtre, et non pas à la télévision. La projection de l'hologramme aurait lieu à trois cents mètres à peine de la résidence. La Présidente allait s'exprimer, ainsi que le maire de Paris. Pendant qu'Andy se douchait, Clarissa mit la table dans la cuisine.

— Mrs Dalloway, allumez la télé. Trouvez la soirée hologramme, s'il vous plaît.

— C'est fait, Clarissa.

L'écran niché dans le mur de la cuisine s'éclaira.

— Quelle chaîne préférez-vous, Clarissa ? La plupart transmettent le programme.

— Choisissez vous-même, Mrs Dalloway.

Clarissa se doutait qu'elle ne pourrait échapper au discours présidentiel. Elle allait devoir supporter ce visage, endurer cette démagogie. Comme la plupart de ceux qu'elle fréquentait, Clarissa n'avait pas voté pour elle. Cette femme était au pouvoir depuis deux mandats. La lente désintégration de l'Europe, son naufrage inéluctable, et surtout la violence inouïe de l'attentat qui avait frappé Paris dix ans plus tôt avaient offert un boulevard à la jeune candidate au visage déterminé et à la voix grave. Clarissa avait prié de toutes ses forces pour qu'elle ne soit pas réélue. Mais elle l'avait été, à une large majorité. Après cette deuxième victoire, Clarissa avait pensé retourner vivre à Londres, car elle bénéficiait de la double nationalité. Mais les troubles dans le sillage du Brexit n'étaient toujours pas résorbés, et l'attaque contre Londres, survenue peu de temps après celle de Paris, avait laissé elle aussi de profondes cicatrices. Elle avait choisi de rester en France, auprès de sa fille, de sa petite-fille. Et de son mari.

Son mari. Tout en remuant la soupe, Clarissa se remémorait les derniers SMS de François reçus ce matin. Il pensait à elle. Il pensait à elle tous les jours. Elle lui manquait terriblement. Il fallait qu'ils se parlent. Il y avait forcément une solution. Ils ne pouvaient pas se quitter ainsi. Ce n'était pas possible. Chaque matin, il ouvrait sa penderie, et il enfouissait son visage dans les vêtements qu'elle avait laissés. Il respirait son parfum. Il pleurait. Oui, il avait eu tort, oui, il s'était mal, très mal comporté, mais leur mariage ne pouvait pas se terminer comme ça. Elle devait lui laisser une chance, lui laisser la possibilité de s'expliquer. Il la suppliait. Il se mettait à genoux devant elle. Il ne dormait plus. Jordan ne voulait pas échanger avec lui non plus. Il avait essayé de la joindre. Sans succès. Était-elle au courant ? Il avait honte. Andy lui manquait aussi. Il l'avait vue grandir, cette gamine.

Clarissa avait effacé ces messages, comme tous les précédents. Elle se fichait de savoir qu'Andy lui manquait. Elle se fichait de ses états d'âme. Ce matin, elle avait aussi reçu un message de Toby. Elle était en contact régulier avec son premier mari. Il lui demandait des nouvelles, il avait su par Jordan qu'elle avait déménagé. Il devait également avoir appris par leur fille qu'elle avait quitté François. Elle lui répondrait demain.

Le visage de Jordan s'afficha sur le portable de Clarissa. Elle prit l'appel.

— Devine quoi, Mams ? J'ai reçu un mail inattendu des Donzelles. (C'était ainsi qu'elle surnommait ses cousines anglaises.) Elles veulent m'envoyer un bijou ! Une broche. Un machin qui dort depuis un siècle dans le coffre de Serena. J'imagine que Grandpa a dû faire pression sur Arthur.

— Comme c'est généreux de la part des Donzelles ! ironisa Clarissa.

— N'est-ce pas ? Elles ont dû exhumer ce truc préhistorique et se dire que c'était pour moi. Qui porte des broches de nos jours ?

— Au moins tu auras hérité d'un objet de ta tante, darling !

Andy fit son apparition, emmitouflée dans le peignoir de Clarissa, les cheveux trempés.

— Salut, maman ! lança-t-elle, avec un baiser.

— Passez une belle soirée, toutes les deux, leur souhaita Jordan. J'appellerai demain.

— Tu vas regarder le spectacle de l'hologramme ? demanda Clarissa, tout en goûtant la soupe.

— Ça a l'air succulent, Mams ! Pas certaine de regarder la télé. Je verrai ce qu'Ivan veut faire. Bye, mes chéries !

Jordan avait perdu un grand nombre d'amis dans l'attentat. Clarissa salua sa fille, puis invita Andy à aller se sécher les cheveux. Les traits de la Présidente s'étalèrent à l'écran.

— Beurk ! s'exclama Andy. On va lui fermer le clapet, à celle-là. Je vais demander à Mrs Dalloway. Mrs Dalloway, faites taire l'horrible Présidente !

Il ne se passa rien. Andy tapa du pied.

— Mrs Dalloway ! Pourquoi vous m'ignorez ?

— Adriana, ne fais pas la sotte. Elle ne t'entend pas. Elle n'entend que moi.

Clarissa appuya sur la télécommande. La voix de la Présidente disparut subitement.

— Voilà qui est mieux. Va te sécher les cheveux, miss. Le dîner est servi dans cinq minutes.

Plus tard, un verre de vin à la main, Clarissa observa sa petite-fille. Andy se régalait. Quel genre de femme deviendrait-elle ? Son sens de l'humour, son énergie, sa curiosité semblaient si prometteurs. Quelle chance d'avoir eu une fille attentionnée, qu'elle aimait, et qui l'aimait ; et maintenant de voir grandir cette adolescente si vivante, drôle, et aussi affectueuse que Jordan. Clarissa avait eu une mère distante, peu chaleureuse, avec laquelle elle ne s'entendait pas. Pourtant, elle ne lui en avait jamais voulu. Quand elle pensait à elle, c'était avec une certaine tendresse. À la fin de sa vie, Solange perdait la mémoire. La maladie l'avait adoucie. Clarissa allait la voir à l'hôpital. Elle ne reconnaissait plus sa fille, mais se montrait aimable. Elle était morte à peine septuagénaire. Cela faisait longtemps déjà. Et dire que son père, lui, était encore là, et dans une forme étonnante. Dans deux ans, il serait centenaire. Il voulait faire une fête du tonnerre, il avait déjà prévenu sa famille ; une soirée déguisée, où l'on danserait jusqu'au bout de la nuit. Son père était un grand danseur. Il lui avait appris la bossa nova, le cha-cha-cha, le tango. Mais ce qu'il aimait par-dessus tout, c'était la valse. Quand elle n'avait pas le moral, il lui faisait écouter *Le Beau Danube bleu*, et elle retrouvait le sourire. Elle le revoyait, l'air princier, à ces soirées familiales où il la faisait tournoyer, virevolter, de plus en plus vite, en lui rappelant de bien relever la tête, de dégager ses épaules, de sourire. Oui, de sourire.

— À quoi tu penses, Mams ?

— À Grandpa en train de danser la valse.

— Tu vas aller le voir bientôt ? Il m'a dit que tu lui manquais.

— Oui, je lui ai promis.

Andy marqua une pause.

— Tu étais avec lui à Londres, le jour de l'attentat, non ?

— Oui. J'étais partie passer quelques jours à ses côtés. À l'époque, je m'entendais encore avec Arthur, et j'habitais chez lui.

Adriana regardait d'anciennes images de la Tour à la télévision.

— Ils ne vont quand même pas nous remontrer l'attentat, marmonna Clarissa. On a déjà eu une overdose.

Elle savait que sa petite-fille conservait un souvenir flou de l'attaque. Elle n'avait que trois ou quatre ans alors. Mais elle lui demanda quand même :

— Et toi, miss ? Tu te souviens de quoi ?

— Que j'ai eu la peur de ma vie. Que mes parents étaient affolés. Je pleurais à cause de l'expression sur leurs visages.

Clarissa avala une gorgée de vin, comme pour se donner du courage. Elle raconta à Andy qu'Arthur l'avait réveillée. Elle dormait chez lui, au dernier étage de sa maison de London Fields. Elle ne comprenait rien à ce qu'il disait. Le teint pâle, il semblait hébété, dépassé. Elle l'avait suivi devant la télé, en bas. Sa femme Jane était plantée là, tétanisée. Leurs deux filles étaient en vacances, en Espagne. On était en plein mois de juillet. Il faisait chaud, lourd. La voix des journalistes trahissait leur panique. À l'écran, une image instable, filmée à partir d'un portable, et un cratère noir, béant, cerclé de flammes orange, surplombé d'une fumée grise, épaisse ; on entendait des sirènes stridentes, des clameurs, des hurlements. *Paris* était marqué en grosses lettres sanglantes en bas de l'image. Paris, mais où ? Tout cela était confus, incompréhensible. Elle cherchait son souffle, elle pensait à Jordan, à Ivan, à la petite, elle pensait à François.

Elle était remontée prendre son téléphone en titubant. Il n'y avait pas d'appels en absence. Elle avait appuyé sur l'icône Jordan. Elle était tombée directement sur la messagerie. Pareil pour François, puis pour

101

Ivan. De retour dans le salon, Clarissa ne parvenait pas à croire ce qu'elle voyait. Elle avait dû s'asseoir, les jambes flageolantes. Sa belle-sœur gémissait ; Arthur poussait des cris incontrôlés. Jamais elle n'oublierait cette vision : la tour Eiffel s'affaissant lentement dans la nuit comme mortellement blessée, gigantesque sentinelle illuminée de mille feux qui s'abîmait dans un insoutenable grincement d'acier tordu. Elle avait demandé à Arthur, à Jane la cause de ce désastre, comment une telle chose était possible ? Ils ne pouvaient articuler un mot. Arthur passait de chaîne en chaîne, hypnotisé par les images diffusées en boucle ; la Tour qui se pliait, de cette manière grotesque, peu vraisemblable, comme dans un jeu vidéo ou un film. Clarissa s'était réfugiée dans la cuisine, elle avait bu de grands verres d'eau, et elle avait allumé la radio. Elle ne supportait plus cette surenchère hystérique d'images ; il lui fallait comprendre. Puis elle avait essayé à nouveau de joindre Jordan, Ivan, François. Messagerie. Elle avait peur. Elle se sentait si vulnérable. Elle s'était concentrée sur la voix sereine de la BBC.

Elle avait su avec certitude, dit-elle à Andy, qu'elle se rappellerait ce moment tout le reste de sa vie ; ses pieds nus sur le carrelage, la chaleur accablante de cette nuit d'été, ses mains qui tremblaient. La voix énonçait les faits avec calme. Elle s'était demandé comment le journaliste pouvait demeurer aussi pondéré en de telles circonstances. Les événements à Paris avaient été cataclysmiques, avait-il clairement dit. Clarissa n'avait pu oublier ce mot. Cataclysmique. Avec la toxicité d'une drogue, l'horreur s'était propagée à travers ses veines. Son esprit résonnait d'un seul nom, celui de sa fille. Jordan. Jordan. Jordan. Il ne pouvait rien arriver à Jordan. Rien n'arriverait à sa fille.

Les propos énumérés d'une voix flegmatique sur la BBC s'étaient gravés en elle. À vingt-trois heures, tandis que la Tour scintillait, comme tous les soirs pendant les cinq premières minutes de chaque heure, une puissante déflagration avait éclaté dans le pilier sud, à hauteur du premier étage. L'origine de la détonation n'était pas encore déterminée, mais selon les experts en terrorisme, il pouvait s'agir de drones chargés d'explosifs. Dans l'obscurité, personne n'avait remarqué les engins qui traçaient leur chemin vers la Tour.

Il avait suffi de sept minutes pour qu'elle s'effondre, le temps que des milliers de mobiles et de caméras prennent d'ahurissantes photos. La Tour s'était écroulée en écrasant les installations récemment construites pour les Jeux olympiques, bondées de spectateurs en cette douce soirée estivale. Pendant les quarante-cinq minutes de chaos absolu qui avaient suivi l'attentat, alors que pompiers et policiers à peine arrivés sur place s'affairaient à secourir les nombreuses personnes coincées sous les débris de la Tour, et qu'on craignait déjà une hécatombe, un deuxième assaut mortel avait été perpétré. Tirant parti de la nuit et de la confusion générale, les drones avaient lâché plusieurs bombes sur le secteur.

Frissonnante et terrifiée, Clarissa n'avait pas tout de suite remarqué que son téléphone vibrait dans sa main. C'était Toby. Il appelait du Pays basque. Il venait de voir les images atroces. Il était si soulagé d'apprendre qu'elle n'était pas à Paris. Mais il ne parvenait pas à joindre Jordan et Ivan. Avait-elle pu le faire de son côté ? Clarissa avait dû lui répondre que non. Les appels ne passaient pas. Elle n'avait pas pu contacter François non plus. Toby avait fait de son mieux pour la rassurer. Il lui avait rappelé que Jordan et Ivan vivaient près de la Bastille, à l'est de la capitale. Quant à François, il était probablement à l'abri dans leur appartement du cinquième arrondissement. Clarissa l'avait écouté en hochant la tête, mais l'épouvante la rongeait. Ivan avait voulu rester à Paris pour les Jeux olympiques. Peut-être qu'ils s'étaient rendus à une des épreuves, ce soir, comme tant de Parisiens ? Elle ne pouvait y penser. Cela la rendait malade. La conversation terminée, elle avait examiné fébrilement les posts récents de Jordan sur les réseaux sociaux, pour tenter de déterminer la dernière présence de sa fille en ligne. Elle ne supportait pas l'idée de revenir dans le salon, et de regarder la télévision jusqu'à l'aube. Il était déjà presque deux heures du matin. Trois heures à Paris. Elle faisait les cent pas dans la cuisine, mobile à la main. Elle avait appelé encore et encore. Elle ne cessait de se dire, j'ai déjà perdu un enfant, je ne veux pas, je ne peux pas en perdre un autre, je ne perdrai pas Jordan.

Toutes ces années plus tard, elle n'évoqua pas cela devant Adriana. Elle n'avait jamais parlé de son fils à sa petite-fille. Mais elle poursuivit le récit de cette terrible nuit, racontant combien cela avait été long avant de joindre Jordan, Ivan et son mari. Une attente insoutenable. Une nouvelle journée caniculaire s'annonçait. Paris restait coupée du monde ; les systèmes de communication ne fonctionnaient plus. Une partie de la ville avait été anéantie. Elle avait pris une douche, était sortie acheter du pain. Les passants avaient l'air abasourdis, les yeux rivés à leurs mobiles. Étrangement tranquille, Londres semblait flotter dans l'œil du cyclone. François avait finalement pu appeler d'une ligne fixe. Lorsque Clarissa avait entendu sa voix, elle avait été réconfortée, mais le désespoir ne la quittait pas, car elle n'avait toujours pas de nouvelles de sa fille. Elle voulait partir sur-le-champ, prendre un avion, un train, en proie à une panique irrationnelle. Mais son frère l'avait convaincue d'attendre. Elle ne pouvait rien faire d'autre. Elle refusait de regarder la télévision. Collée à la radio, elle restait assise dans la cuisine. Les commentaires décrivaient un chaos total. Des milliers de morts. Qui était à l'origine de cet attentat odieux ? Comment avait-il été préparé ? Personne ne pouvait répondre à cela pour le moment. Lorsqu'elle avait été sur le point de perdre tout espoir, Toby avait enfin téléphoné, avec la bonne nouvelle : Jordan, Ivan et la petite étaient sains et saufs, chez eux. Clarissa s'était effondrée en sanglotant.

Elle avait dû attendre quelques jours avant de pouvoir rentrer chez elle dans un train bondé. L'état d'urgence avait été déclaré. Une poussière noire recouvrait Paris. L'atmosphère était âcre, chargée de cendres, et avec la vague de chaleur, cela devenait irrespirable. Clarissa apprit à Andy que cette année-là les Jeux olympiques avaient été annulés ; tous les athlètes avaient dû rentrer chez eux. Dans son quartier, près du boulevard Saint-Michel, rien n'avait changé, en apparence. Mais les traces de l'attentat se lisaient dans les yeux des passants, dans leur démarche. Les touristes avaient fui ; ils ne reviendraient pas de sitôt. D'abord, elle n'avait pas voulu se rendre sur le site ; le cratère était de toute façon visible sur tous les écrans.

Impossible d'y échapper. Son passé de géomètre l'avait rattrapée ; sa passion pour la topographie la poussait à voir le théâtre du drame de ses propres yeux. Pour comprendre. Elle avait attendu le plus longtemps possible. Plusieurs mois s'étaient écoulés. Elle savait que de tels dégâts allaient mettre longtemps à être réparés.

Elle s'y était rendue un jour de pluie, à la fin de l'automne. La zone était encerclée par d'immenses clôtures métalliques. Elle s'était approchée au plus près, à la hauteur des ruines de l'École militaire. Une odeur humide de plâtre et de boue était montée jusqu'à ses narines. À ses pieds béait un gouffre colossal enserré d'immeubles éventrés. Les rares murs qui demeuraient debout étaient recouverts des lambeaux de papier peint, des portes branlantes ouvraient sur le vide, des marches s'élançaient vers nulle part. Cet immense champ de ruines l'avait bouleversée. De ce quartier paisible qu'elle avait bien connu, de ces larges boulevards bordés de tilleuls et de marronniers, il ne restait que des éboulis au fond d'une énorme fosse. Au loin, les vestiges de la Tour suppliciée semblaient se tordre de douleur sous le ciel pluvieux.

— Regarde, Mams ! s'écria Andy. L'hologramme ! Faut pas qu'on le rate !

Le moment était venu. Elles se précipitèrent dans le salon, ouvrirent grand la fenêtre. Les joues fouettées par l'air du soir, elles se penchèrent par-dessus la balustrade. Un point clair tremblotait au-dessus de leurs têtes, étoile solitaire qui luisait dans un ciel bleu d'encre. L'étoile virevoltait à la manière d'un papillon ou d'une fée, et tandis qu'elles la suivaient du regard, une ligne se dessinait sous l'astre, s'ouvrant comme une fleur, traçant jusqu'au sol la forme bien-aimée et familière à coups de pinceau lumineux. Trouant l'ombre de la nuit, la silhouette de la Tour émergea avec l'éclat d'une apparition divine, tandis que la foule alentour ovationnait. Des centaines de personnes admiraient la scène de leurs fenêtres. On aurait juré que la Tour scintillante n'avait jamais disparu, dardant le rayon qui balayait la ville tel un phare, exactement comme avant.

Andy poussa un cri de stupeur.

— C'est incroyablement ressemblant ! dit-elle, émerveillée.

Clarissa devait admettre que oui, ça l'était. Elle passa un bras autour des épaules de sa petite-fille. Andy était trop jeune pour se souvenir du climat de terreur laissé par l'attentat. Plus tard, Clarissa trouva un message de sa fille. Jordan avait finalement décidé de regarder le spectacle, et cela avait fait naître en elle une note d'espoir ; la sensation qu'une page se tournait enfin. Avant de se coucher, Andy demanda à sa grand-mère si elle pouvait dormir dans le grand lit avec elle. Elle ne souhaitait pas être seule dans le bureau. Clarissa se moqua gentiment :

— Il y a quelque chose qui te tracasse, miss ?

— Non, je suis crevée, c'est tout.

Elles se couchèrent avant minuit, après qu'Andy eut bu une tasse de chocolat chaud. C'était étrangement rassurant d'entendre quelqu'un respirer à ses côtés. Comme d'habitude, Clarissa éprouva des difficultés à trouver le sommeil. Elle se rappelait les paroles de Jordan lorsque sa candidature avait été acceptée par CASA. Était-ce une bonne idée, finalement, de vivre dans un endroit qui concentrait tant de souffrances ?

Elle prit également conscience qu'elle avait emménagé dans cet appartement sans jamais l'avoir visité. On lui avait juste montré quelques photos, et elle en était restée là. Comment avait-elle pu courir ce risque ? Le comble de l'ironie, c'était que pendant de longues années son travail avait consisté à expertiser des logements pour leurs futurs occupants. Ce n'était pas maintenant qu'elle allait se mettre à regretter. C'était terminé, les regrets.

— Tu dors, Mams ? chuchota Andy dans le noir.

— Non, mon ange. Et toi, pourquoi tu ne dors pas ?

— Je pense à plein de trucs. Parfois, ça m'empêche de dormir.

— Je connais ça, aussi.

— Tu penses à quoi, toi ?

— J'essaie de ne pas trop penser, justement. J'essaie de vider ma tête, j'imagine un grand lac, ou une immense forêt.

— J'aurais tellement aimé connaître le monde d'avant. Celui de ta jeunesse. Celui des abeilles, des oiseaux, des fleurs. Celui qui n'existe presque plus.

— Je te comprends.

— Le monde d'aujourd'hui est trop moche.

— Andy, on dirait une vieille dame sinistre.

— Je m'en fiche, Mams. Regarde dans quoi on vit ! Je n'ai pas besoin de te faire un dessin. Regarde la situation ! Regarde où on va ! Ça donne envie, tu crois ? Regarde notre planète. Regarde ce qu'on lui a fait. Regarde ce qu'il reste des forêts. Tu te rends compte que je n'ai vu de la neige qu'une seule fois dans ma vie ? Canicule, inondations, ouragans, pollution. Et cette horrible Présidente ! Ce sont des gens comme elle qui sont au pouvoir, dans le monde entier.

Regarde ce qui est arrivé à la Tour, à Venise, à Londres, à Rome. Et nous, comment on va faire ? Tu vois une solution, toi ? Moi, non ! Moi, je vois que dalle.

— Il faut résister, Andy. Chaque jour.

— Ah, oui ? Et comment on fait pour résister ?

— Ne pas penser comme eux. Lutter. Ne jamais abandonner.

— Tu dis ça parce que tu as l'âge que tu as. Tu sais plein de choses que je ne sais pas encore. Et quand tu avais mon âge, tu savais au moins ce que tu voulais faire. Moi, je ne sais pas. Et ça m'angoisse. Maman, elle savait, elle.

— Moi, je n'en avais aucune idée !

— Tu savais que tu voulais écrire, non ?

— Non, absolument pas.

— Raconte-moi comment tu étais à quatorze ans, Mams.

Clarissa ne pouvait s'empêcher de sourire dans le noir. Contre sa joue, elle sentait la chevelure soyeuse de sa petite-fille. Se souvenir. C'était comme ouvrir un album photo, s'arrêter à une page. Laisser les émotions remonter, lentement. Elle se revoyait, tout en jambes, dégingandée, avec des taches de rousseur et un appareil dentaire qui la désespérait. Elle décrivit à Andy une jeune fille plutôt joyeuse, qui faisait rire ses camarades. Elle aimait faire des blagues au téléphone, imiter les gens derrière leur dos, inventer d'horribles grimaces.

— Oh, tu étais une marrante alors ! Et tu tombais souvent amoureuse ?

— J'avais le béguin pour les garçons qui ne me regardaient jamais. Et ceux qui me tournaient autour ne m'intéressaient pas du tout.

— Tu as entendu, Mams ?

Andy semblait anxieuse.

— Entendu quoi ?

— Un truc bizarre. Une espèce de claquement.

Silence.

— Je n'ai rien entendu. Tu es sûre ?

— Certaine.

Clarissa alluma la lampe de chevet.

— Je vais aller voir. C'est peut-être le chat.

— Le chat est dans son panier, regarde.

Andy se recroquevilla sous les draps.

— J'ai peur, Mams.

Blottie contre les oreillers, elle avait l'air d'une toute petite enfant.

Clarissa se rendit dans la cuisine. Calme plat. Elle fit le tour du salon. Tout semblait en ordre.

— Mrs Dalloway ?

— Oui, Clarissa ?

— Avez-vous détecté une intrusion ou quelque chose d'anormal ?

— Non, Clarissa, je n'ai rien repéré. Tout va bien. Avez-vous autre chose à me signaler ?

— Non, Mrs Dalloway.

— Parfait, Clarissa.

De retour dans sa chambre, Clarissa réconforta sa petite-fille.

— Je te promets que je ne te raconte pas de salades, Mams.

— Je te crois, miss. Mais je n'ai rien vu.

Andy se pelotonna contre elle.

— C'est bizarre, tu sais. J'aime bien ton atelier. Il est joli, hyper moderne. La vue est magnifique. Mais…

— Mais quoi ?

— Je ne sais pas. J'ai du mal à expliquer. J'ai l'impression que…

— Que quoi, Andy ?

— Je sais que tu vas me prendre pour une folle, Mams. Tant pis. Je te le dis quand même. Et c'est peut-être pour ça que le chat a la trouille. J'ai l'impression, depuis que je suis ici, qu'on nous observe. Tout le temps.

Carnet de notes

Après le choc vint la colère. J'étais ivre de rage. Tremblant des pieds à la tête, j'ai failli appuyer sur le bouton de l'interphone, pour l'insulter. Quel salaud !

Mon mari avait une autre vie. Une vie dont j'ignorais tout. Depuis quand ? Pourquoi n'avais-je rien vu, rien su ? Avait-il été si prudent ? Et moi si bête ?

J'ai reculé, le corps encore frissonnant. Je n'allais pas attendre qu'il ressorte. J'avais toutes les preuves dont j'avais besoin.

Mais la curiosité me démangeait. S'agissait-il d'un endroit où il donnait rendez-vous à des femmes ? Ou à une femme en particulier ? Une femme qu'il voyait chaque semaine, à qui il parlait chaque jour, et avec qui il dormait ?

Une femme dont il était amoureux ?

Je voulais plus que tout savoir qui elle était.

113

rais-je dû ignorer tout cela ? M'en aller, ne rien
e, ne pas en parler ? Ai-je eu raison de persévérer
ans mon enquête ?

Sur le chemin du retour, j'y ai beaucoup réfléchi.
J'allais découvrir qui elle était et depuis combien de
temps cela durait.

Ensuite, je déciderais de la conduite à adopter.

Lorsque mon mari est rentré ce soir-là, il était
comme d'habitude, drôle et attentif. Il m'a aidée à préparer le dîner, à choisir le vin.

Pendant que nous dînions, je regardais notre appartement, je pensais à ce que nous avions bâti ensemble
depuis toutes ces années et j'ai eu envie de pleurer.
C'était difficile de ne pas me laisser submerger par
mes émotions. Je brûlais de lui hurler dessus, de lui
jeter des objets à la figure. Mais je me suis retenue.

Qui était-elle ? Quel était son nom ? Son âge ? À
quoi ressemblait-elle ? Était-il amoureux d'elle ? Où
s'étaient-ils rencontrés ? Comment avait débuté leur
histoire ?

Après le dîner, je lui ai demandé si je pouvais
emprunter son téléphone pour appeler Jordan, sous
prétexte que je ne trouvais pas le mien. Il me l'a déverrouillé tout naturellement. Il agissait comme s'il
n'avait rien à cacher.

Il n'y avait rien de suspect dans son mobile. Pas de photos, ni de messages. Il était très prudent.

J'en ai déduit qu'il devait avoir un autre mobile. Un portable qu'il utilisait juste pour elle, et qu'il cachait.

Deux portables, deux appartements, deux femmes.

Une situation tellement banale, pensais-je. Un énorme cliché.
Comme j'avais tort.

4

Langue

« J'ai la certitude que je vais devenir folle
à nouveau. »

Virginia Woolf, 28 mars 1941

« Peut-être faut-il chercher la réponse dans le titre
de mon roman autobiographique,
La nuit sera calme. »

Romain Gary, 2 décembre 1980

Il était encore tôt lorsqu'elle se réveilla. Elle prit une douche rapide, en s'appliquant à ne pas faire de bruit. Adriana dormait encore, le chat allongé contre elle. Elle décida d'aller acheter des croissants, Andy en raffolait. Elle en avait pour dix minutes. Tandis qu'elle s'habillait, elle repensa à la conversation qu'elle avait eue la veille avec sa petite-fille, juste après l'incident du bruit.

— Mams, pourquoi tu en veux autant à François ?

Clarissa s'attendait à cette question. Andy était bien trop fine pour ne pas remarquer qu'il s'était passé quelque chose. Cependant, elle devait réfléchir à ce qu'elle allait répondre. Elle n'avait avoué à personne les agissements de son mari. Elle n'était pas encore prête, et puis il y avait des sujets qu'une adolescente ne pourrait pas tout à fait saisir. Mais elle avait conscience qu'elle devait accorder à sa petite-fille une part de vérité. Elle ne pouvait plus continuer à se réfugier dans le silence.

Elle lui avait dit :

— Il m'a déçue.

— Tu peux m'expliquer pourquoi ?

Dans la pénombre, Clarissa avait caressé l'épaule d'Andy. Par quoi commencer ? Le mot « déception » n'était pas le bon. Ce qu'elle ressentait était bien plus fort, plus profondément enraciné en elle.

— Il m'a fait mal. Très mal.

Les doigts d'Andy étaient venus frôler ses joues.

— Je le déteste, Mams. Je le déteste. Pour ce qu'il t'a fait. Et je ne te demanderai pas ce que c'est. Je pense que tu ne me le diras pas de toute façon.

— Non. Je ne le pourrai pas.

— Tu crois que vous allez vous rabibocher ?

— Non. Je ne le pense pas.

Elle pouvait encore sentir le parfum qui flottait à l'intérieur du studio aux murs mauves. Elle avait eu un haut-le-cœur.

— Tu sembles très en colère.

— Oui. Très.

— Mais vous étiez ensemble depuis si longtemps !

— Je sais. Mais à présent, je veux avancer sans lui.

— Je comprends, Mams. Je ne te parlerai plus de lui. Je suis là si tu veux te confier. Je sais bien que tu penses que je suis trop jeune pour piger des trucs d'adulte. Mais je sais écouter. C'est toi qui m'as appris.

L'amour de sa petite-fille adoucissait sa peine. Elle avait réussi à trouver le sommeil en écoutant sa respiration légère à côté d'elle. Ce matin, elle se sentait moins vulnérable.

Clarissa ne prenait jamais l'ascenseur. Elle préférait dévaler l'escalier, aussi vite que possible. Pour monter les huit étages, cela prenait plus de temps, mais elle

120

aimait se plier à cette discipline. Gravir toutes ces marches, c'était sa façon de se maintenir en forme. Au quatrième étage, tandis qu'elle passait en trombe, une porte s'ouvrit, et elle se retrouva face à une quadragénaire brune en tenue de sport qui la salua. Elle ralentit, tout en lui disant bonjour à son tour. La voisine s'appelait Adelka. Elle était peintre. C'était la première fois que Clarissa s'arrêtait pour parler à un artiste de la résidence. Elle en avait parfois croisé, mais cela n'avait pas dépassé quelques sourires et hochements de tête.

Adelka descendit l'escalier avec elle. Elle allait courir le long de la Seine. Clarissa détailla ses yeux bruns, ses épais cheveux noirs, sa peau hâlée. Cette jeune femme avait l'air sympathique. Elle avait une voix chantante, un sourire séduisant.

— Vous en pensez quoi, de la résidence ? lui demanda Clarissa, subitement.

Elles se trouvaient dehors à présent. Adelka répondit qu'elle n'avait jamais vécu dans un endroit pareil. C'était impressionnant. Elle avait été ravie que sa candidature soit acceptée. Beaucoup d'artistes avaient été refusés.

— Et vous, ça vous plaît ?

Clarissa n'hésita pas longtemps.

— À vrai dire, je ne sais pas.

Elles marchaient toutes les deux vers la Seine, le long de l'ancien tracé du Champ-de-Mars. Aujourd'hui, des immeubles se dressaient là, modernes, lumineux. Les arbres artificiels faisaient leur effet. Quelques véhicules électriques circulaient sans faire de bruit. C'était un endroit calme et agréable.

— Que voulez-vous dire ? demanda Adelka. Je crois savoir que vous êtes au dernier étage. Cela doit être magnifique !

— En effet, c'est superbe. Mais… j'ai l'impression d'être observée en permanence.

Les yeux couleur café se posèrent sur elle.

— Je comprends. Moi, au contraire, je me sens en sécurité. Je ne l'étais pas avant. J'avais un mari violent. Il m'en a fait voir de toutes les couleurs. Il saccageait mon matériel, quand il ne s'en prenait pas à moi. Je sais qu'il ne pourra jamais entrer dans la résidence. Il est blacklisté, ce salopard !

Elle éclata de rire. Clarissa ne put s'empêcher de se joindre à elle.

— J'en ai un aussi, qui est persona non grata.

— Bienvenue au club ! Et qu'est-ce qu'il a fait, le vôtre, pour être banni de la résidence et de votre vie ?

— Il n'était pas violent, mais…

— Vous n'êtes pas obligée de me répondre, vous savez.

Cela lui faisait un bien fou de parler, d'ouvrir les vannes. Cette femme était une étrangère, elle ne savait rien de sa vie. Clarissa trouvait plus facile de se confier à elle, cette inconnue souriante qui avait l'âge de sa fille, qu'à ses amies de longue date, qu'elle n'avait pas revues depuis la séparation.

— J'ai découvert, d'une façon choquante, qu'il me trompait.

Adelka fit la grimace.

— Aïe. Pas drôle. Et vous avez fait quoi ?

— Je l'ai quitté. Sur-le-champ.

— Et vous êtes arrivée ici, c'est ça ?

— C'est ça.

— Cela faisait longtemps que vous étiez mariés ?

Adelka marchait vite, elle avait des jambes musclées de sportive. Clarissa adapta son pas pour tenter de la suivre sans être trop essoufflée.

— Assez longtemps pour que je comprenne que je ne voulais pas rester une minute de plus avec lui.

— Vous avez l'air d'être une femme qui sait ce qu'elle veut.

— Vous aussi.

Elles échangèrent un sourire complice.

Clarissa lui demanda sur quoi elle travaillait. Adelka lui expliqua qu'elle s'intéressait aux corps. Pas aux corps jeunes et beaux, non, à ceux qui étaient différents, à ceux qui ne correspondaient pas aux critères habituels.

— Et vous ? Vous écrivez, il me semble.

— Oui. En ce moment, je prends des notes. Je réfléchis à la langue. La langue d'écriture. Comment elle s'impose aux écrivains. Comment nous choisissons nos mots. Certains mots plutôt que d'autres.

— Ambitieux ! Je suis navrée, je n'ai pas lu vos livres. Je vais me rattraper.

— Aucune importance. Et moi, je ne connais pas votre art.

— À l'occasion, vous viendrez prendre un verre ?

— Avec plaisir.

Clarissa prit congé, en admirant la foulée énergique d'Adelka qui s'éloignait vers la Seine. Elle passa à la boulangerie acheter les croissants pour Andy. Les quelques clients présents parlaient du spectacle de la veille. Ils paraissaient enthousiastes. Elle rentra en pressant le pas. Dans l'entrée, elle patienta le temps que sa rétine soit authentifiée. Le portillon s'ouvrit avec un carillon et une voix automatique annonça :

— Bon retour à la résidence, Clarissa Katsef.

Dans le hall, elle croisa Ben. C'était l'homme à tout faire de la résidence. Il veillait au bon fonctionnement des installations ; il avait déjà sonné chez elle pour vérifier la puissance du réseau. C'était un grand jeune homme d'une trentaine d'années aux cheveux roux bouclés. Il leva les yeux de sa tablette et lui demanda si tout allait bien dans son appartement. Elle répondit par l'affirmative, le remercia, et s'élança dans l'escalier. Il paraissait étonné qu'elle n'utilise pas l'ascenseur. Arrivée à sa porte, elle était hors d'haleine. Elle avait de plus en plus de mal à gravir les marches. Elle attendit quelques instants afin de reprendre sa respiration. Quand elle se sentit mieux, elle posa son index sur la plaquette en verre. La porte d'entrée s'ouvrit.

— Hé, Mams ! Tu en as mis du temps !

— J'étais partie t'acheter des croissants et j'ai fait la connaissance de la voisine du quatrième. Elle est très agréable.

Andy semblait agitée :

— Il faut que je te parle !

Clarissa mit les croissants au four.

— Mrs Dalloway, allumez le four à cent cinquante degrés s'il vous plaît.

— Entendu, Clarissa.

— Il s'est passé quelque chose !

Interloquée, Clarissa regarda sa petite-fille qui ne tenait plus en place.

— Quoi donc, miss ?

Andy baissa d'un ton :

— Mrs Dalloway m'a parlé.

— Comment ça, elle t'a parlé ?

— Je jouais avec Chablis, et j'ai entendu sa voix.

Clarissa s'immobilisa.

— Sa voix ? Qu'est-ce qu'elle t'a dit ?

— Elle m'a demandé comment j'allais, un truc comme ça.

— C'est une blague !

— Fais pas cette tête. Ça m'a fait un choc quand même. J'ai eu un peu la trouille. Alors je suis restée plantée là, je n'ai rien dit et je t'ai attendue. Mais elle continuait à papoter avec moi !

Clarissa réfléchissait en silence. Qu'est-ce que cela signifiait ? Cela ne lui plaisait pas. Quelque chose lui échappait. Elle avait l'impression d'avoir été trompée. D'une voix pleine d'assurance, elle demanda :

— Mrs Dalloway, avez-vous parlé à Adriana pendant que j'étais sortie ?

Une petite pause.

— Hello, Clarissa ! Je n'obéis qu'à vous, vous vous souvenez ? C'est ainsi que j'ai été programmée.

Andy ouvrit des yeux ronds. Elle secoua la tête.

— Vous êtes certaine, Mrs Dalloway ?

— Tout à fait certaine, Clarissa.

— Peut-être que vous ne vous en souvenez pas ?

— Tout ce que je vous dis est enregistré, Clarissa.

— Merci, Mrs Dalloway.

— Je vous en prie, Clarissa. Heureuse de pouvoir vous rendre service.

— C'est n'importe…, commença Andy.

Clarissa la fit taire d'un geste du doigt. Son cerveau tournait tout à coup à plein régime. L'heure de la prudence était-elle venue ? Devait-elle faire attention ? Ne plus parler ? « Ils » pouvaient entendre, non ? Elle prit son portable, et s'apprêtait à envoyer un SMS à Andy quand elle se ravisa. Pas une bonne idée. Est-ce qu'« ils » pouvaient intercepter ses SMS également ? Sans doute.

Clarissa se demanda si elle ne voyait pas le mal partout. Surtout depuis François. Andy la regardait sans comprendre. Prenait-elle sa grand-mère pour une folle ? Clarissa attrapa un stylo, un morceau de papier. Elle gribouilla quelques phrases, en tout petit, au cas où « ils » auraient la capacité de zoomer sur ce qu'elle écrivait.

— Que fais-tu ? murmura Andy.

Clarissa lui tendit le papier sans un mot.

Ne dis rien. N'utilise pas ton téléphone. Écris-moi exactement ce que Mrs D. t'a dit et où tu te trouvais quand c'est arrivé.

Andy comprit instantanément. Elle hocha la tête, en silence. Elle prit le papier et, à son tour, y traça soigneusement quelques lignes. Puis, elle le lui tendit.

J'étais dans le salon. Elle m'a dit plusieurs trucs : « Bonjour, Adriana, as-tu bien dormi ? » J'ai dit : « Vous me parlez à moi, là ? » Et elle a dit en se marrant : « Il y a une autre Adriana ici, à ton avis ? » Après, elle a dit : « Comment trouves-tu la nouvelle maison de Mams ? Ça te plaît ? » Puis : « Tu as aimé le spectacle d'hier soir, il me semble ? » Et, comme je ne répondais pas, elle a dit : « Tu ne dis rien. Tu as perdu ta langue ? »

Clarissa lut le mot sans broncher. Puis elle déchira le papier et le jeta dans la poubelle. D'un ton léger, elle suggéra :

— Et si tu t'habillais, Andy ? On va se promener ? On va emporter les croissants, d'accord ?

Une fois dehors, loin de la résidence, Andy se laissa aller à ses questions :

— Mams, pourquoi tu as l'air inquiète ? Ça t'embête, cette histoire de Mrs Dalloway ?

Clarissa ne voulait pas affoler sa petite-fille. Elle lui dit simplement que, lors du paramétrage, on lui avait plusieurs fois affirmé que son assistant virtuel ne répondrait qu'à sa voix. Elle avait l'impression qu'on lui racontait des histoires. Elle se méfiait à présent. Quelque chose clochait. Et cette sensation d'être épiée tout le temps, cela devenait pénible.

— Tu peux pas l'éteindre, la Dalloway ? La mettre en veille ? lança Andy.

— J'en sais rien. Les caméras fonctionnent toujours.

— Et si tu collais quelque chose dessus ?

— C'est vrai. Je n'y avais pas pensé.

Elles étaient parvenues au début de la rue de Sèvres.

— J'ai oublié de te dire un truc, Mams.

— Vas-y, miss.

— Mrs Dalloway, elle m'a parlé en anglais au début, puis en français. Bizarre, non ?

— Non, pas vraiment, elle a été configurée pour parler dans les deux langues.

Andy se retourna pour regarder sa grand-mère.

— Tu sais ce qui m'a dérangée ? J'ai eu l'impression qu'elle me connaissait. Qu'elle savait qui j'étais.

Qu'elle savait que j'étais bilingue. Qu'elle savait tout sur moi.

Après le départ d'Andy, que Jordan était venue chercher, Clarissa déambula dans l'atelier, munie d'un ruban adhésif double face. Elle voulait faire le compte des caméras, ces petites sphères noires qui se trouvaient dans chaque pièce. Il y en avait dix en tout. Le seul endroit où il n'y en avait pas, c'était les toilettes. Elle décida de s'attaquer à celle de sa chambre. Elle se déchaussa, monta sur une chaise pour coller un petit morceau de ruban sur la boule noire. Une sensation de liberté la gagna. Jamais elle n'aurait cru être dérangée par le fait d'être filmée en permanence. Pourquoi n'avait-elle pas réagi en signant son contrat ? Il était sans doute temps d'en examiner les clauses de plus près.

Installée dans le salon, avec Chablis à ses pieds et munie de sa tablette, elle relut avec attention le document reçu à son arrivée, ainsi que le règlement intérieur.

Les artistes sont tenus de ne pas occasionner de nuisances sonores : pas de musique, ni de fêtes après vingt-trois heures. Les locataires en état d'ébriété seront réprimandés et risquent le renvoi au terme de trois blâmes.

Clarissa ne put s'empêcher de sourire. « Ils » y allaient un peu fort, tout de même ! Elle n'avait pas remarqué, en le lisant la première fois, que les noms des autres artistes y figuraient. Il y avait deux appartements par étage, sauf au sien, le huitième, où elle était seule. Dans la liste, elle nota trois sculpteurs, quatre peintres, cinq musiciens, une poétesse et deux écrivains (dont elle-même). Le système de messagerie de CASA permettait aux membres de la résidence de communiquer entre eux par un canal spécifique. Elle décida de le tester.

— Mrs Dalloway, envoyez un message interne à Adelka Miki, quatrième étage gauche.

— Bien sûr, Clarissa, je vous écoute.

— « Chère Adelka, j'ai été ravie de faire votre connaissance ce matin. À bientôt, j'espère. Votre voisine du huitième, Clarissa Katsef. »

— C'est envoyé, Clarissa.

— Je n'ai pas compris où se consulte cette messagerie interne, Mrs Dalloway.

— Vous pouvez parcourir vos messages sur le panneau qui se trouve dans l'entrée. Mais si vous préférez, je peux vous les lire.

— Très bien. Vous pouvez le faire dès qu'ils arrivent.

— C'est noté, Clarissa.

Clarissa se replongea dans le dossier. Effectivement, il était stipulé que chaque appartement était muni d'une série de caméras, « pour des raisons de sécurité ». Elle avait signé ce document. Cela devait être compliqué de faire machine arrière. Alors qu'elle réfléchissait, Mrs Dalloway prit la parole :

— Clarissa, vous avez reçu une réponse de votre voisine du quatrième, Adelka Miki. Je vous la lis ?

— Oui, merci.

— Voici le message : « Hello, Clarissa ! Moi aussi, j'ai été enchantée. J'ai reçu *Géomètre de l'intime,* que je vais commencer sans tarder. Vous voyez que ça n'a pas traîné ! Quand vous voulez, pour un verre, en fin de journée. À bientôt. A. » Souhaitez-vous lui répondre ?

— Dites simplement : « Merci, à bientôt. »

— C'est fait.

— Merci, Mrs Dalloway.

— Je vous en prie, Clarissa.

— Au fait, merci de me rappeler de répondre au courrier de la banque. Pour mon rendez-vous.

— Mais vous avez déjà répondu, Clarissa. Vous avez rendez-vous la semaine prochaine.

— Ah bon ?

— Voulez-vous voir une copie de votre message ? Et vérifier votre agenda ?

Clarissa n'avait aucun souvenir d'avoir pris ce rendez-vous, ni de l'avoir noté dans son agenda.

Soudain, une envie insensée la démangea ; celle d'insulter Mrs Dalloway, de lui balancer tout ce qu'elle avait sur le cœur, tout ce qui l'insupportait. L'envie de hurler, de taper du pied, de vider son sac. Mrs Dalloway n'existait pas. Elle n'était pas un être humain. Comment réagirait-elle ? Que lui dirait-elle pour tenter de la raisonner ? Peut-être resterait-elle silencieuse. Peut-être n'avait-elle pas été programmée pour faire face à un torrent d'injures. Clarissa devait essayer, juste pour voir. Alors qu'elle hésitait, la sonnette tinta.

— Clarissa, c'est Ben. Peut-il entrer ?

— Oui, bien sûr, Mrs Dalloway.

La porte s'ouvrit sur la silhouette dégingandée du jeune homme vêtu de sa combinaison blanche. Ben lui demanda si une alarme avait retenti chez elle. Elle répondit qu'elle n'avait rien entendu.

— OK pour que je fasse une petite vérification ?

— Allez-y, dit-elle.

Elle le suivit dans la chambre. Il se dirigea droit vers la caméra masquée de ruban adhésif et se posta devant. Clarissa avait l'impression d'être prise en faute. Devait-elle lui dire que c'était sa petite-fille qui l'avait collé ? Non, pas question, surtout que la caméra avait dû la filmer, elle, en train d'opérer. Ben pianota sur sa tablette. Il ne fit aucun commentaire. Clarissa non plus. Finalement, il déplia son interminable bras et ôta l'adhésif. Il se retourna vers elle.

— Faut rien coller dessus, en fait, dit-il avec un soupir. Sinon les alarmes se déclenchent.

Elle décida d'y aller franchement. Elle lui avoua qu'elle ne supportait plus d'être filmée, surtout dans sa chambre. Elle ne s'était pas figuré en signant son bail que cela allait la déranger autant. Ben l'écoutait en hochant la tête. Il semblait ailleurs. Puis, il lâcha :

— Vous allez vous y faire. C'est toujours comme ça, au début.

— Mais qui me regarde ? Vous ?

— Nan. Moi, je répare les trucs qui tombent en panne.

— Alors qui ?

— C'est pour la sécurité. Vous stressez pas.

Il lui demanda si le réseau marchait correctement. Elle répondit que oui. Il lui expliqua que chaque appartement possédait son propre réseau. Le sien s'appelait CLARISSA8. Le mot de passe était celui qu'ils avaient paramétré lors de son emménagement. Si elle désirait en changer, il fallait passer par lui.

Tandis qu'il retournait dans l'entrée, elle le retint avec une autre question.

— À propos de mon assistant virtuel, s'il vous plaît ?

— Oui ? fit Ben, les yeux toujours rivés sur sa tablette.

Elle aurait aimé qu'il la regarde, qu'il lui prête attention. Alors elle décida d'attendre, les bras croisés, jusqu'à ce qu'il lève les yeux, surpris par son silence.

— Voilà qui est mieux, reprit-elle, avec un sourire ironique. Je souhaite vous parler de Mrs Dalloway.

— Je vous écoute, dit-il, un rien crispé.

— Lors de la configuration, on m'a expliqué qu'elle ne réagirait qu'à ma voix.

— C'est exact.

— Ce matin, Mrs Dalloway s'est adressée directement à ma petite-fille. C'est normal, d'après vous ?

— Si votre petite-fille, ou toute autre personne, parle à votre assistant virtuel, il ne réagira pas et ne lui obéira pas. Mais l'assistant peut avoir une conversation dont il est l'initiateur, avec quelqu'un qui se trouve chez vous.

— J'aurais préféré que cela ne soit pas le cas. Mrs Dalloway n'est pas censée interagir avec quiconque d'autre que moi.

Ben haussa les épaules.

— On peut rien changer. Tous les assistants virtuels suivent le protocole CASA. Le docteur Dewinter vous expliquera ça mieux que moi. Je dois y aller, madame Katsef. Y a-t-il autre chose ?

Ben retourna à sa tablette. Elle avait envie de le secouer.

— Non. Merci.

Elle le regarda partir, la démarche nonchalante. La porte se referma derrière lui. Elle brûlait de crier :

« Quel petit con ! », mais les globes noirs fixés au plafond lui en firent passer l'envie. Pouvait-elle raisonnablement tenir le coup, dans cet atelier où elle se sentait épiée de toutes parts ? Elle s'enferma dans les toilettes, pour se calmer. Ici, personne ne la voyait.

Plus tard, dans son bureau, elle tenta d'agencer les meubles différemment, afin d'échapper à cette surveillance constante. Elle poussa le bureau derrière le canapé, de sorte qu'on ne puisse pas voir ce qu'elle faisait. Elle se fit mal à la hanche et s'aperçut dans le miroir de l'entrée, cramoisie, essoufflée. Un fou rire la parcourut. Non mais elle avait l'air d'une folle furieuse ! Une dingue, oui !

Installée à sa table de travail, elle éprouva pour la première fois un sentiment de sécurité, une impression merveilleuse qui la transporta. « Ils » ne pouvaient plus la voir ainsi dissimulée. Les mains à plat sur le bureau, elle inspira profondément, comme Élise le lui avait appris, il y avait longtemps maintenant. C'était là qu'elle allait travailler. C'était là qu'elle allait créer. Ce dernier mois avait été douloureux. L'écriture reprendrait le dessus, comme toujours.

Elle n'avait pas observé ses mains depuis un moment. Elle constata avec stupeur qu'elle portait encore son alliance, cet anneau en or que François lui avait glissé au doigt, à la mairie du cinquième arrondissement. À l'intérieur étaient gravés son prénom à lui et la date de leur mariage. Elle l'ôta sans trop d'efforts, car malgré les années ses mains étaient restées fines.

Elle pensa à tout ce que cette alliance avait traversé, les saisons, les voyages, les rencontres, les lectures, les lecteurs, les heures de travail ; les gestes simples et répétitifs du quotidien, puis la vie amoureuse ; le corps de François. Combien de fois ses mains s'étaient posées sur cette peau familière, ses grains de beauté, sa barbe soigneusement taillée, sa nuque robuste. Cette alliance, elle la portait aussi lorsqu'elle avait découvert le studio secret de la rue Dancourt.

Elle trouva une enveloppe, glissa la bague à l'intérieur, puis la rangea au fond d'un tiroir. Sur son annulaire, une mince trace blanche apparaissait, elle avait si longtemps porté ce bijou. Une sensation de liberté s'épanouissait en elle, lui insufflant une vigueur qu'elle n'avait pas ressentie depuis des semaines, si bien qu'elle attrapa son cahier de notes, qu'elle avait peu ouvert depuis son installation, un stylo, et commença à écrire.

Mia White l'attendait sagement devant le 108, rue du Bac. Elle était plongée dans un vrai livre, et non pas rivée à son portable. En tenue décontractée, jean, veste et tennis, elle ressemblait à ses photos, ravissante jeune femme aux longs cheveux châtains. Clarissa l'observa avant de l'aborder ; absorbée par sa lecture, elle tenait son livre comme s'il s'agissait d'un trésor. Devant le dernier domicile de Romain Gary, le trottoir n'était pas bien large, et la jeune femme devait régulièrement reculer pour laisser passer les piétons ; même alors, elle ne quittait pas la page des yeux. Que lisait-elle donc ? Clarissa s'approcha. C'était une vieille édition de poche de *La Vie devant soi*, un de ces exemplaires lus et relus, prêtés, récupérés, aux pages gondolées par l'humidité, à la couverture flétrie et maculée, tout ce que Clarissa aimait : un roman qui avait vécu.

— Oh ! C'est vous !

Mia White l'avait repérée. Quel sourire ! Un vrai rayon de soleil.

— Vous êtes pile à l'heure, dit Clarissa, en français.

— Je suis assez ponctuelle, en général, répondit Mia White, en français également.

Elles se retournèrent pour regarder le grand immeuble derrière elles.

— C'était donc là, dit Mia White.

— Oui, c'était là. Inutile d'être émue devant les fenêtres du deuxième étage de la rue du Bac, l'appartement de Gary donne sur une impasse à l'intérieur.

Elles traversèrent la chaussée pour mieux observer le bâtiment.

— Je voudrais savoir…, commença Mia White timidement.

— Quoi donc ?

— Ce que vous décrivez dans *Géomètre de l'intime*, à propos de l'appartement de Gary. C'est vraiment arrivé comme ça ?

— Oui, plus ou moins.

— J'ai adoré votre livre, mais ce passage-là plus que tout.

La jeune femme semblait parfaitement sincère. Ses magnifiques yeux ne quittaient pas le visage de Clarissa. Cela faisait longtemps qu'on ne l'avait pas regardée ainsi. C'était plaisant.

— Vous pourriez me raconter la scène à nouveau ? Ce serait un tel privilège pour moi.

Mia White s'était exprimée en anglais cette fois. Cela ne surprit nullement Clarissa. Elle savait que les vrais bilingues étaient incapables de se cantonner à une langue ; ils passaient de l'une à l'autre avec une aisance qui donnait le tournis à leurs interlocuteurs. Comme elle, Mia White n'avait pas d'accent ni en anglais ni en français. Clarissa embraya en anglais, tout en pointant l'entrée du doigt. Elle s'était rendue pour la première fois au 108, rue du Bac à la fin des années quatre-vingt. Après ses études à Londres, elle venait d'emménager à Paris. Elle y travaillait en tant que géomètre pour une agence immobilière et un cabinet de notaires. Elle vivait rue d'Alésia, avec l'homme qui allait devenir son premier mari. Elle ne savait pas que l'écrivain s'était donné la mort dans cet immeuble, le 2 décembre 1980. En compagnie de ses collègues, elle devait expertiser un appartement au troisième étage. Clarissa ignorait tout de Romain Gary. Mais une de ses collaboratrices connaissait les grandes lignes de sa biographie. Clarissa avait été intriguée par le destin de ce fils unique, élevé par une mère ardente et fantaisiste, né Roman Kacew, en Lituanie, et qui avait été tour à tour aviateur, héros de guerre, écrivain, diplomate et cinéaste. Il avait emménagé rue du Bac en 1961, avec sa femme, l'actrice américaine Jean Seberg. Il y avait vécu presque deux décennies. Plus elle en apprenait, plus Clarissa était intriguée. À cette époque, dit-elle en souriant à Mia White, Internet n'existait pas, Google non plus, et on achetait encore les livres dans les librairies. Ce soir-là, elle avait choisi *La Promesse de l'aube*. Elle trouvait ce titre séduisant. Sur la quatrième de couverture, elle avait découvert un visage grave, des yeux étonnamment clairs, une bouche bien dessinée. Les livres ne tenaient pas encore une grande place dans sa vie. Elle lisait peu et lentement.

Elle avait mis du temps à entrer dans l'univers du romancier. *Les Racines du ciel*, *Chien blanc*, puis *La Vie devant soi*, qu'il avait signé sous le pseudonyme d'Émile Ajar. Livre après livre, la plume de Gary avait agi sur elle comme une drogue. Elle avait été séduite par ce mélange étonnant de délicatesse et de puissance. De poésie et de brutalité. Loin de l'œuvre austère et monolithique qu'elle avait imaginée, elle avait découvert l'univers foisonnant d'un romancier qui n'avait cessé de se réinventer. Qui était Romain Gary ? Il aimait à brouiller les pistes. Une jeune romancière, Dominique Bona, venait de lui consacrer une biographie, qu'elle avait dévorée.

Clarissa marqua une pause. Elles retraversèrent la rue pour se poster devant la grille du numéro 108. Une main sur la poignée, elle confessa, en français :

— J'avais besoin de revenir ici régulièrement. De mettre mes pas dans les siens. De poser ma main là où il avait posé la sienne. Comme un pèlerinage intime.

— Je comprends, murmura la jeune femme avec gravité.

— Vous trouvez ça morbide ?

— Non. Pas du tout. C'est lui rendre hommage.

Mia White l'écoutait avec une curiosité mêlée de respect. Clarissa reprit son récit. Un matin, peu de temps après sa première visite, elle avait constaté en passant devant le 108 que la grille était bloquée par une cale. Elle en avait profité pour se glisser à l'intérieur du bâtiment. Elle s'était engouffrée dans l'escalier principal, sur la droite. En montant les marches, elle avait découvert que des déménageurs vidaient l'ancien appartement de Romain Gary, au deuxième. La porte était entrouverte. Elle avait hésité un moment, un moment seulement, sur le palier. Elle se doutait que depuis la mort de l'écrivain, plusieurs locataires avaient dû se succéder ici. Elle ne serait pas transportée dans l'univers de Gary, ses meubles, ses tableaux, ses livres ne se trouveraient plus là. Mais c'était l'agencement des lieux qui l'intéressait ; elle allait pouvoir imaginer comment cet homme, qui désormais la fascinait, s'était déplacé à l'intérieur de chez lui, comment il avait pris possession de l'espace. Elle avait mis un pied dans le vestibule. Elle savait que l'appartement était disposé de la même façon que celui du troisième qu'elle avait expertisé avec ses collègues : c'était un grand logement de huit pièces, trois cent soixante-douze mètres carrés en forme de L, avec des fenêtres donnant sur une impasse arborée.

Le corps de Romain Gary, décédé à soixante-six ans, avait été emmené par l'escalier derrière elle. D'un pas assuré, elle avait avancé plus en avant. Si jamais on lui demandait ce qu'elle fichait là, elle avait prévu de répondre qu'elle s'était trompée d'étage. Mais personne n'était apparu. Elle était restée seule dans ces immenses pièces vides. Elle avait constaté que le parquet avait été remplacé par endroits par de l'ardoise noire, que plusieurs cheminées avaient été enlevées. Une grande chambre donnait sur l'impasse aux marronniers. Le lit devait se trouver là, contre le mur de gauche, entre les deux prises électriques. Un lit en cuivre. Elle l'avait lu dans la biographie. Il s'était allongé pour la dernière fois là où elle se tenait à présent. Elle en avait l'intime conviction. Il avait déposé sur le sol sa lettre d'adieu. Une lettre qui commençait par : *Jour J. Aucun rapport avec Jean Seberg.* Un an plus tôt, l'actrice, dont il s'était séparé, avait été retrouvée morte dans sa voiture, près de l'avenue Victor-Hugo à Paris. La police avait confirmé que c'était un suicide. Depuis l'été 1979, Romain Gary n'avait plus écrit une ligne.

Clarissa avait balayé la pièce de ses yeux experts. Le radiateur était ancien, la porte qui ouvrait sur la salle de bains attenante aussi. Elle était entrée. La pièce ne portait pas la marque de travaux récents. Gary dictait ses livres à sa secrétaire (et amante), cigare entre les lèvres, pendant qu'il prenait son bain. Il s'était regardé dans cette glace tous les matins. Ici, il s'était rasé, peigné, il avait pris soin de lui et de son corps. Ces murs avaient vu sa nudité.

Elle avait l'impression qu'il se tenait là, à ses côtés, à boutonner l'une de ses chemises en soie mauve, faites sur mesure, portant à sa main gauche une épaisse bague à cabochon. Il se tenait si près qu'elle pouvait voir l'intensité bleue de ses yeux, la douceur amère de son sourire, et sa barbe qu'il teignait en noir. Percevait-elle l'âcreté laissée par les Montecristo ? Presque. Elle se trouvait au cœur de son intimité, là où il avait dormi, rêvé, aimé ; là où il avait mis fin à ses jours. Elle découvrait le cadastre de sa mort.

Clarissa continua, tandis que Mia White l'écoutait avec attention. Il pleuvait, le mardi 2 décembre 1980. Au terme d'un déjeuner avec son éditeur dans le quartier, après lequel il avait savouré son dernier cigare, Romain Gary était rentré rue du Bac à pied, par la rue de Babylone. Il était seul. Il avait fermé volets et rideaux. Tout était planifié. Il n'avait pas hésité. Il avait fait ce qu'il avait prévu de faire. Se tuer, dans sa chambre, chez lui. Il avait sorti le Smith & Wesson de sa mallette, étalé une serviette rouge sur son oreiller, et s'était allongé, le canon logé dans la bouche. Personne n'avait entendu le coup de feu.

Clarissa se tut quelques instants.

— Quand j'ai lu ce passage dans votre livre, commenta doucement Mia White, j'ai eu l'impression d'être là, à vos côtés.

Clarissa poursuivit. Elle avait observé le plafond un long moment, là où s'étaient sans doute posés les yeux de Gary pour la dernière fois. Ce jour-là, par cet après-midi pluvieux, qu'avait-il laissé derrière lui ? s'était-elle demandé. Et ceux qui dormaient ici depuis son suicide, dans cette même chambre, entre ces mêmes cloisons, n'avaient-ils pas été marqués par ce sillage sanglant ? Malgré elle, dès qu'elle s'était trouvée dans l'appartement, Clarissa avait capté la fragilité du romancier. Jamais elle n'aurait imaginé que l'angoisse, la solitude, le désespoir qu'elle avait perçus là laisseraient une telle empreinte sur elle.

— Est-ce que Gary vous a transmis sa mélancolie ?

— À travers ses livres pour commencer. Dans *La Vie devant soi,* il y a une phrase sublime de mélancolie : *C'est toujours dans les yeux que les gens sont les plus tristes.* Ce jour-là, rue du Bac, j'ai ressenti une affinité profonde avec lui.

— C'est à cet instant que vous avez su que vous vouliez écrire ? demanda Mia White, après un silence.

— Non, répondit Clarissa spontanément. C'est venu plus tard. Et c'est à Virginia Woolf que je le dois, quand j'ai visité sa maison. Mais la fascination pour le 108, rue du Bac, pour cette chambre, ne m'a jamais quittée.

Les deux femmes descendaient à présent la rue du Bac vers la Seine. La brise printanière faisait onduler les cheveux châtains de Mia White.

— Vous travaillez sur un nouveau livre ? demanda-t-elle.

— Plus ou moins. Mon déménagement m'a freinée dans mon élan.

— Vous habitez quel quartier ?

Son sourire désarmant. Ses grands yeux bleus.

La petite voix intérieure marmonnait : « Ne donne jamais d'informations personnelles à un lecteur, une lectrice, rappelle-toi, pas d'adresse, reste vague, quitte à mentir. »

— Je suis dans le nouveau secteur, en haut de l'avenue Gustave-Eiffel, près du mémorial de la Tour.

Trop tard pour se reprendre.

— Ah, je vous imaginais ailleurs ! Je pensais que vous n'appréciiez pas les immeubles modernes, justement.

— Au contraire, cela me change d'être dans du neuf. Je suis la première à vivre ici.

— Cela vous plaît, on dirait ?

Ne lui parle pas de Mrs Dalloway, des caméras, du chat effarouché. Tais-toi.

— Oui, beaucoup.

Mia White était plus petite qu'elle. Elle avait une jolie façon de se mouvoir. Clarissa remarqua que les passants se retournaient pour l'admirer. Elles longèrent les quais de la Seine, vers l'île de la Cité. Clarissa lui demanda si elle s'était déjà fait des amis. Deux ou trois personnes sympathiques, répondit la jeune fille. Mais son boy-friend lui manquait. Il était resté en Angleterre. Ils se voyaient un week-end sur deux.

La conversation stagnait légèrement. L'heure tournait. Il ne fallait jamais passer trop de temps avec ses lecteurs, elle le savait. À force, ils étaient souvent curieux, collants. Ce n'était pas le cas de Mia White.

Elle semblait se contenter de sa compagnie, tout simplement. Clarissa lui demanda si elle continuait d'écrire. La jeune fille rougit.

— Vous êtes trop gentille de vous souvenir de ça ! Oui, j'écris toujours. Mais je n'oserai jamais vous montrer mon travail.

— Vous écrivez en quelle langue ?

— Pour le moment, en anglais. C'est difficile de faire un choix, quand on est bilingue. Et vous ?

— Eh bien, j'ai décidé de ne plus faire ce choix justement.

Mia White écarquilla les yeux.

— Comment ça ?

— J'ai décidé d'écrire mon nouveau roman en même temps dans les deux langues.

À nouveau la petite voix. « Mais qu'est-ce qui te prend de parler de tes projets d'écriture avec une étrangère ? »

— Comment faites-vous ? C'est incroyable ! s'exclama Mia White.

Elles étaient revenues sur leurs pas, et se trouvaient à présent devant la bouche du métro Rue-du-Bac. Clarissa aurait pu se taire. Prendre congé. Mais elle n'avait pas envie de se retrouver seule, et d'affronter son atelier silencieux, son chat peureux. Le sourire de cette jeune femme lui faisait du bien.

— Et si on prenait quelque chose à cette terrasse ?

Mia White accepta avec joie. Au café, elle commanda un Coca, Clarissa un thé.

— Quelle langue parlez-vous en famille ? demanda Mia White. Moi, c'est l'anglais avec mon père, le français avec ma mère, et un mélange avec ma sœur.

— Mon premier mari est américain, donc c'était l'anglais avec lui. Et pour que notre fille soit bilingue, je lui ai toujours parlé français. Mon deuxième mari est français, mais ne me demandez pas pourquoi, c'est souvent en anglais que je discute avec lui !

Elles rirent toutes les deux. Clarissa ignora la petite voix intérieure. (Mais qu'est-ce que tu fous à lui raconter ta vie ? Les confidences sur tes maris, c'est d'un ridicule !) Elle se laissait aller. Elle n'avait pas discuté avec une amie depuis si longtemps.

— Parfois, on me pose de drôles de questions, dit Mia White, et Clarissa remarqua pour la première fois à quel point sa voix était mélodieuse. Dans quelle langue je rêve, par exemple. J'y ai réfléchi, mais je suis incapable de répondre ! N'est-ce pas étrange ? Vous savez ça, vous ?

Clarissa n'allait pas raconter à Mia White ses rêves, pourtant de plus en plus précis depuis qu'elle vivait à la résidence. Avant, elle ne s'en souvenait pas. À présent, elle n'avait plus besoin de les noter. Au réveil, les images surgissaient, pour la hanter le reste de la journée. Et elle entendait toujours la voix rassurante qui murmurait dans son sommeil. Impossible de se rappeler ce qu'elle lui disait. Tout ce qu'elle savait, c'était que cette voix lui voulait du bien. Mais elle n'avait aucune idée de la langue dans laquelle elle lui parlait.

— Je suis un peu comme vous, perdue ! confia-t-elle, ne souhaitant pas prolonger la discussion sur ses rêves et se demandant si la jeune femme avait saisi sa réticence. Pensez-vous que les rêves aient une langue ?

— Eh bien, certainement. Mais peut-être que notre inconscient ne se focalise pas sur la langue. On me demande aussi dans quelle langue je préfère jurer ! Je n'y avais jamais prêté attention, et en y réfléchissant, j'ai compris que c'était en français. Allez savoir pourquoi ! Et vous ?

Clarissa eut un sourire amer. Elle se rappela les horreurs qui lui avaient traversé l'esprit tandis qu'elle faisait sa valise, François debout à ses côtés, l'implorant de rester. Elle était demeurée muette, mais les insultes se bousculaient à ses lèvres, violentes, grossières. Anglais ? Français ? Français, probablement, la langue maternelle de François. Elle ne s'en ouvrit pas à Mia White, dont le regard intense absorbait chacune de ses réactions, chacun de ses gestes. Pour y échapper, Clarissa baissa les yeux vers leurs mains, que caressait un rayon de soleil. Mia White les avait menues et hâlées.

— Quel casse-tête ! dit la jeune femme avec légèreté. Et votre livre, alors ? Je suis si curieuse !

Mia White attendait qu'elle se mette à parler. Pendant quelques secondes, Clarissa observa le rayon du soleil qui jouait sur sa cuillère, sa tasse, puis elle se lança. Elle avait écrit certains de ses livres en français, d'autres en anglais. Elle ressentait toujours un pincement au cœur lorsqu'il fallait choisir une langue plutôt que l'autre. Elle ne s'était jamais traduite elle-même. Des traducteurs se voyaient confier cette tâche, sous son contrôle, un travail qu'elle avait toujours trouvé ardu. Elle avait récemment décidé d'écrire simultanément dans les deux langues ; deux pages ouvertes sur son ordinateur, une en anglais, l'autre en français. Au début, c'était déconcertant, et puis il y avait eu un déclic, comme un coup de fouet. Elle avait eu l'impression de bifurquer d'un paisible chemin de campagne à

145

une autoroute. Elle poursuivait son récit sans faire attention à la langue dans laquelle elle écrivait. Elle écrivait, c'était tout. La langue n'avait plus d'importance. Ou plutôt les deux langues avaient leur importance, puisque chacune lui fournissait la phrase, le mot voulus ; et c'était à elle ensuite de veiller à la transposition, de la parfaire, avec un réglage patient et minutieux comme sur un vieux poste de radio, afin d'intercepter la bonne fréquence en anglais comme en français. Une autre image plaisait à Clarissa, celle d'une abeille butineuse et vorace qui alimentait deux ruches distinctes de son précieux pollen.

— C'est incroyable ! murmura Mia White, admirative.

Encouragée, Clarissa précisa son idée. Le manuscrit ressemblait à un monstre à deux têtes. Elle ne privilégiait pas une langue sur l'autre, souhaitait seulement que le texte se développe au même rythme dans les deux. Parfois, lorsqu'elle peinait dans son effort d'écriture, elle passait directement à l'autre langue, et cela lui procurait aussitôt un nouvel élan. Elle vivait cette aventure comme une expérience scientifique dans un laboratoire. Dr Jekyll et Mr Hyde. Qui était Hyde ? Qui était Jekyll ? L'anglais ? Le français ? Peu importe. Elle n'était pas certaine de continuer à écrire ainsi, mais elle ne regrettait pas d'avoir essayé.

— Vous savez, j'imagine, que Samuel Beckett écrivait également dans les deux langues, commenta Mia White. Et Julien Green.

— Oui, bien sûr. Romain Gary aussi, et il se traduisait lui-même.

Mia White parut étonnée. Il avait rédigé *Chien blanc* d'abord en anglais, précisa Clarissa, comme

Lady L. et plusieurs autres nouvelles ; c'était d'autant plus surprenant qu'il avait été élevé en polonais et en russe, et que ni l'anglais ni le français n'étaient ses langues maternelles.

— Son vrai nom, c'était Kacew ? demanda Mia White.

— Oui.

— On le prononce comme votre pseudo ?

— Tout à fait.

— Clarissa pour Virginia Woolf et Katsef pour Romain Gary.

— Oui. Ce sont les deux écrivains qui m'ont inspirée.

— J'ai lu ça ! J'espère que la prochaine fois qu'on se verra, vous me parlerez de Virginia Woolf.

— Avec plaisir.

« Ah bon ? maugréa la petite voix. Parce que tu vas la revoir ? Vraiment ? Tu vas continuer à lui raconter ta vie ? Tu ne sais rien d'elle. Tu la trouves gentille, charmante, mais peut-être qu'elle n'est rien de tout ça. Sois vigilante. »

— Je vous laisse mon numéro de portable, dit la jeune femme avec son délicieux sourire. À vous de me faire signe.

Plus tard, au téléphone, Clarissa annonça à sa fille qu'elle s'était fait deux nouvelles amies. Une jeune lectrice, à peine plus âgée qu'Andy, et la voisine du quatrième, chez qui elle irait prendre un verre en fin de semaine. Jordan la félicita. Puis elle lui parla de la fameuse broche de tante Serena, envoyée par les Donzelles.

— Je l'ai enfin reçue.

— C'est joli ?

— Hideux.

— Tu vas en faire quoi ?

— Aucune idée. La vendre ? Andy n'en veut pas.

— Bon ! Moi, je vais remercier Grandpa et Arthur. Et toi, fais-la expertiser, non ?

Clarissa embrassa sa fille tendrement et raccrocha.

Elle ne lui avait pas dit qu'elle se sentait de plus en plus fatiguée, qu'elle dormait toujours aussi mal, que ses rêves prenaient une tournure inquiétante.

Elle ne lui avait pas dit que derrière le sourire lumineux de Mia White pointait une zone d'ombre.

En passant dans le couloir vers sa chambre, elle entendit un son métallique, une sorte de claquement. Elle s'immobilisa, aux aguets. Était-ce ce bruit qui avait fait si peur à Andy ?

Le chat s'était figé, poils dressés, dos rond, museau pointé vers le plafond. Il semblait terrorisé.

Carnet de notes

J'étais allée traîner devant l'immeuble de la rue Dancourt. Du petit café situé en face de la grille de l'impasse, je pouvais surveiller la porte cochère au fond de la cour.

Je savais qu'elle était blonde, qu'elle avait les cheveux longs. C'était tout. Il fallait que je puisse la voir. La voir de mes propres yeux.

Depuis combien de temps durait cette double vie ? Je n'en avais aucune idée. Je m'étais souvenue des nombreux voyages d'affaires que mon mari avait effectués récemment. L'accompagnait-elle ? Ses collègues étaient-ils au courant ?

Je n'avais jamais vérifié s'il quittait vraiment Paris et vers où. Je lui faisais confiance.

Le café était tranquille. La patronne gentille et pas trop bavarde. J'avais mon carnet avec moi. Je faisais semblant de travailler, mais en réalité, j'étais bien incapable d'écrire. Je ne quittais pas des yeux la sortie de l'impasse.

Il y avait du passage. En revenant jour après jour, je n'ai pas tardé à identifier les habitants. La vieille dame et son petit chien. Le monsieur propret avec sa mallette. Un beau jeune homme barbu. Une adolescente et sa maman, souvent fâchées. Un vieux ronchon. Une dame de mon âge avec ses petits-enfants.

Incrédule, je voyais mon mari passer, tout guilleret, avec des boîtes en carton de la pâtisserie et de grands bouquets.

J'avais envie de bondir, de le poursuivre dans l'impasse, de l'injurier, de jeter ses tartes et ses fleurs dans le caniveau.

Il était toujours seul. Pas de femme à ses côtés. Je guettais l'apparition d'une blonde. Il y en avait bien une, mais elle avait les cheveux courts, un air de garçonne. Elle devait avoir une trentaine d'années. Pas du tout son genre. Mais c'était quoi son genre, d'ailleurs ? Celle-là semblait lasse et fatiguée. Un soir, elle est apparue avec une petite fille à la main. Mon sang n'a fait qu'un tour. Mon mari avait un enfant caché ! Il n'avait pas osé me le dire. Cette fillette était sa gamine. Et cette blonde sa maîtresse. Je suis restée transie sur place, sans plus savoir quoi faire.

Quelques jours plus tard, la blonde était accompagnée d'un gros type chevelu. Il la tenait par la taille, l'embrassait dans le cou. J'ai poussé un soupir de soulagement.

Aucune blonde aux cheveux longs. Était-elle déjà sur place quand j'arrivais ? Ils ne se montraient jamais ensemble. Y avait-il une autre sortie ? J'avais vérifié.

Je ne comprenais pas. Toutes sortes de doutes m'assaillaient. Peut-être qu'il n'y avait pas de blonde. Juste un endroit où mon mari souhaitait être seul. Mais alors les pâtisseries, les fleurs ?

Était-ce une garçonnière où les femmes défilaient ? Je n'arrivais pas à y croire. Il avait l'âge qu'il avait, après tout.

Que me cachait-il alors ? Une aventure avec un homme ? Vertige.

Les romancières ont vraiment trop d'imagination.

Il fallait que je me calme, que j'arrête de me faire des films.

Il n'y avait qu'une seule chose à faire. Les coincer.

Non, mieux encore. La surprendre sans mon mari. Seule.

Les yeux dans les yeux.

5

Poudre

« Je ne crois pas que deux êtres aient pu connaître
plus de bonheur que nous. »

Virginia Woolf, 28 mars 1941

« Je me suis enfin exprimé entièrement. »

Romain Gary, 2 décembre 1980

Clarissa prenait son petit déjeuner en lisant le journal sur sa tablette. Elle essayait, depuis un certain temps, de ne pas s'attarder sur les mauvaises nouvelles. De s'attacher seulement à ce qui l'instruisait, l'émouvait, ou même la faisait rire. Ce n'était pas facile. Les articles regorgeaient de drames et de catastrophes. Il était nécessaire aussi de conserver un certain recul et de s'assurer qu'on n'avait pas affaire à des *fake news*, car il était fréquent de se faire avoir.

La voix de Mrs Dalloway se fit entendre :

— Bonjour, Clarissa. Nous avons un problème. Un individu s'est présenté à plusieurs reprises à la résidence. Il n'est pas sur la liste des personnes autorisées.

François. Cela ne pouvait être que lui.

— Il est en bas, Mrs Dalloway ?

— Oui. Et il dit qu'il refusera de partir tant qu'il ne vous aura pas parlé. Les fois précédentes, il est parti après avoir échangé quelques mots avec le vigile. Mais ce matin, il ne veut pas entendre raison. Rien à faire.

— Pouvez-vous me confirmer son identité ?

— Tout à fait.

L'écran de contrôle sur le mur afficha la mine défaite de son mari.

— Je réfléchis, Mrs Dalloway.

— Entendu.

Clarissa se leva, une tasse de thé à la main. Elle tentait de se concentrer, de garder son calme. Elle n'avait rien à dire à François, elle voulait juste qu'il la laisse tranquille. Quand elle pensait au studio tapissé de mauve, la douleur réapparaissait, plus forte que jamais. À présent, il était ici, en bas. Mais qu'avait-il en tête, enfin ? Croyait-il vraiment qu'elle allait revenir ? Qu'elle lui pardonnerait comme elle l'avait fait jusqu'à présent ? Qu'elle serait l'épouse compréhensive qu'elle avait toujours été ? Oh, non. Non, non. Cette Clarissa-là avait disparu à jamais.

Elle aperçut son reflet dans le miroir et faillit pousser un cri de surprise. Une guerrière lui faisait face, une femme en armure, une femme qui savait que cet homme ne pourrait plus jamais lui faire de mal ou la décevoir.

« Vas-y, lui conseilla la petite voix. Descends. Va lui dire ses quatre vérités. Va lui faire comprendre, une fois pour toutes. »

Elle se redressa. Puis attrapa dans son placard une paire de boots noires qu'elle avait achetées la semaine précédente sur un coup de tête, dans un style rock qu'elle affectionnait quand elle était plus jeune et que seule une star aurait osé se permettre à son âge. Elles la grandissaient, ce qu'elle souhaitait.

Depuis qu'elle avait emménagé ici sans prendre le temps d'emporter ses affaires, elle s'était offert quelques vêtements, comme ce blouson noir qu'elle aimait particulièrement, dégoté dans une boutique vintage, qui contrastait avec sa chevelure rousse. Elle l'enfila, puis se maquilla légèrement. Pas question d'afficher une mauvaise mine et un air abattu. Dans la salle de bains, Mrs Dalloway lui demanda de se plier aux recommandations médicales : se peser, poser la main sur la plaque, fixer les repères dans le miroir.

— Une autre fois, je suis pressée.

— Certes, mais le docteur Dewinter tient à ce que vous passiez régulièrement ces évaluations. Je vous le rappellerai.

Clarissa fit la grimace, riant sous cape :

— Gnagnagna.

Elle fila, en claquant la porte derrière elle. Elle dévala l'escalier, comme à son habitude.

François l'attendait sur le parvis devant la résidence. Les traits gonflés, les yeux cernés, il avait l'air d'un chien perdu sans collier, sa barbe était mal taillée, broussailleuse, comme celle d'un écrivain russe du XIXe siècle porté sur la vodka. Il se tenait le dos courbé, le menton collé au thorax. Elle le soupçonna de vouloir l'amadouer en l'apitoyant. Cela ne marchait pas. Elle le trouvait pathétique.

— Impossible de rentrer dans ta forteresse, fit-il avec un pauvre sourire.

— Qu'est-ce que tu veux ? demanda-t-elle brutalement.

Son visage s'assombrit. Il se mit à parler, à toute vitesse. Ce qu'il voulait ? Elle était sérieuse ou quoi ? Il était venu ici trois fois, pour être chassé comme un SDF. Il souhaitait tout simplement lui parler, lui faire comprendre, rien de plus. Ce qu'il avait fait était épouvantable, abominable. Il ne pourrait jamais se le pardonner. Mais il ne pouvait pas la perdre, il ne pouvait pas la laisser sortir de sa vie. Il avait besoin d'elle. Il avait toujours eu besoin d'elle. Comment pouvait-elle tourner la page d'un coup ? Après tout ce qu'ils avaient vécu, depuis tant d'années ? Ne pouvait-elle l'écouter, le laisser s'expliquer ?

Clarissa remarqua sa chemise froissée, son jean taché. Une puanteur aigre émanait de lui. Cela ne lui ressemblait pas. Il était d'habitude très soigné. On aurait dit qu'il n'avait pas dormi, ni pris de douche depuis des semaines.

D'une voix aiguë et gémissante qu'elle trouva insupportable, il enchaîna. Il fallait bien qu'ils parlent du futur, non ? Ils devaient s'organiser. Elle avait tout laissé derrière elle. Si elle voulait vraiment partir, elle allait devoir s'activer, signer des documents. Y avait-elle réfléchi ? Était-ce ce qu'elle souhaitait ?

Enfin elle parla. D'un ton tranchant.

— Oui, c'est ce que je veux.

Elle se tenait bien droite, une tête de plus que lui avec ses talons. Comment avait-elle pu aimer cet homme ? Il était petit. Dans tous les sens du terme. Plus elle le regardait, plus elle se demandait comment elle avait fait. Pourquoi était-elle tombée amoureuse de François Antoine ? Elle se rappela qu'elle l'avait rencontré à un moment douloureux. Elle ne se remettait pas de la mort du bébé, en dépit de la naissance de Jordan. Son travail de géomètre lui pesait. C'était une période difficile. Ils s'étaient connus chez une amie commune. Elle s'était rendue seule à ce dîner ; Toby ne partageait déjà plus sa vie depuis longtemps. Qu'avait-elle vu en lui ? Il avait quelque chose de rassurant, de protecteur. Il avait été le premier à lui parler d'hypnose ; il avait perçu sa fragilité, le deuil de cet enfant qu'elle ne parvenait pas à faire. Elle n'avait pas eu besoin de lui expliquer. Il lui avait suggéré d'essayer, juste une fois. Et, finalement, cette première séance d'hypnose avec Élise Delaporte avait tout changé.

— Comme tu es dure, Clarissa. Je ne te reconnais pas. Tu as oublié tout ce que j'ai pu faire pour toi.

Il continua de sa voix larmoyante. Elle avait vraiment la mémoire courte ou quoi ? Elle ne se souvenait pas de l'état dans lequel elle était quand il l'avait connue ? Son premier mari s'était barré, tout de même.

— Ça suffit, François, siffla-t-elle.

Mais il poursuivit de plus belle. Oui, Toby s'était tiré parce qu'elle se complaisait dans sa tristesse, parce qu'elle ne souriait plus, même pas à sa fille. Se rendait-elle compte de ce qu'il avait enduré pour elle ? Du mal qu'il s'était donné pour l'aider à voir les choses du bon côté ? Et voilà comment elle le traitait à présent, en claquant la porte sur leur passé.

— Arrête, François. C'est fini. C'est terminé.

Le visage de son mari se plissa, c'était laid. Elle repensa au studio, aux photos, aux vidéos qu'elle avait vues, à cette double vie. Laid, aussi. Trop de laideur. Elle n'en voulait plus. Elle n'en pouvait plus.

— Je t'en supplie, donne-moi une nouvelle chance. S'il te plaît, pardonne-moi.

Il sanglotait, coulant du nez, les yeux réduits à deux petites fentes. Le dégoût prit le dessus sur la pitié. Comment lui dire, encore une fois, qu'elle avait déjà donné, trop fermé les yeux. Depuis le départ, il avait été infidèle. Cela n'avait pas été une surprise, mais une désagréable découverte. Elle n'avait plus rien d'une jeune mariée. Mais cette fois, c'était différent.

Cela n'avait rien à voir avec les aventures d'un soir. C'était un coup infâme qui avait torpillé le cœur battant de leur mariage, qui avait ébranlé leur intimité au plus profond ; après cette débâcle, il n'y avait plus d'espoir ni de pardon, encore moins de nouveau départ envisageable.

Il n'avait pas l'air de comprendre. Il geignait toujours, sa barbe constellée de morve. Qu'il avait été con, tellement con ! Il s'en voulait terriblement.

— Tu vas toujours la voir, j'imagine ? demanda-t-elle.

Elle se sentait invincible dans son blouson noir, juchée sur ses boots de rockeuse. Mais la douleur s'immisçait encore, s'insinuait sous la cuirasse, comme une couleuvre. Pourquoi lui poser cette question idiote ? Évidemment qu'il allait toujours la voir ! Il l'avait installée dans un studio. Il partageait tout avec cette créature, depuis plus d'un an.

François prit un air penaud. Le regard fuyant, il semblait chercher ses mots.

— Tu sais quoi ? dit Clarissa avec hargne. Oublie ça. Ne me réponds pas. Je ne veux pas savoir.

— Je pensais que tu pourrais comprendre, murmura-t-il enfin, la mine chagrinée.

Elle tapa du pied.

— Bon sang, François, mais comprendre quoi ?

Il hocha la tête, leva la main. Ne pouvait-elle pas juste l'écouter ? Elle se tut. Il prit son silence comme un signal et se lança. Il avait des besoins, comme n'importe quel homme, et elle le savait. Le problème, c'était qu'avec l'âge ces appétits étaient encore puissants. Impossible de les ignorer. Ils s'étaient mariés sur le tard, déjà quinquagénaires. Et puis il avait été

160

malade. Bien sûr, ils avaient une vie sexuelle, mais pas aussi riche qu'il l'aurait souhaité. Il se trompait peut-être, mais il avait l'impression qu'en vieillissant elle s'intéressait de moins en moins au sexe. C'était sans doute la ménopause. Ou alors, ils n'en avaient pas assez discuté entre eux. Il n'avait pas osé.

Clarissa inspira, longuement. Elle tenta de chasser sa colère, sa répugnance.

— Où veux-tu en venir ?

François se tenait plus droit. Il la regardait dans les yeux. À l'époque, dit-il, il avait eu l'intention de lui parler, mais il n'avait pas su comment. Il n'avait pas imaginé un instant qu'elle pourrait le suivre et découvrir le studio. Il aurait dû tout lui révéler dès le départ, bien sûr, et plus il avait attendu, plus c'était devenu difficile. Sa voix était plus claire, moins stridente :

— Je pensais que tu comprendrais, Clarissa. Tu es si fine, tu perces l'âme des gens. Je pensais en toute sincérité que tu ne serais pas blessée parce que tu ne me donnes plus rien de sexuel. Il ne se passe pas grand-chose dans notre lit, à part des câlins et des baisers. Je ne me souviens même plus de la dernière fois que nous avons fait l'amour. Je suis avec elle uniquement pour ça. Juste pour le sexe, seulement pour le sexe.

Une rage violente monta en elle, et elle dut se retenir pour ne pas l'insulter. Elle tremblait.

— Ah oui ? Seulement pour le sexe ? siffla-t-elle, glaciale. Et les albums photo ? Et les vidéos ? Les fêtes en tête à tête ? Les cadeaux ? Depuis un an ? J'ai tout vu, puisque c'est si gentiment exposé chez vous. Arrête ton cirque, s'il te plaît. Épargne-moi ton baratin. Arrête de me dire que c'est juste une histoire de cul. Tu l'aimes. Tu le sais très bien. Et c'est intolérable. Insupportable.

Il se remit à pleurer comme un petit garçon.

— Je vous aime toutes les deux, sanglota-t-il. C'est un cauchemar. Pardon, ma chérie. Pardon !

Il pleurait bruyamment, sans retenue.

Clarissa recula d'un pas, leva le menton.

— Maintenant, tu vas foutre le camp. Tu ne reviendras jamais ici. C'est clair ? Je parlerai à un avocat quand je serai prête. Il te contactera. C'est tout. Au revoir.

Elle s'en alla à toute vitesse, sans le regarder. À cause des larmes qui embuaient ses yeux, l'appareil à l'entrée eut du mal à scanner sa rétine. Elle s'y reprit à plusieurs fois, en priant que François ne soit pas sur ses talons. Elle monta les étages trop rapidement, s'arrêta à mi-chemin, hors d'haleine, la gorge sèche.

La voix de Mrs Dalloway l'interpella dès qu'elle franchit le seuil :

— Clarissa, il y a une soirée spéciale Timothée Chalamet que vous pourrez suivre à partir de vingt heures sur la chaîne Cinéma New Star. Sinon, il y a un concert de Chopin…

— La ferme, Mrs Dalloway ! Et ne me parlez plus avant demain.

Silence.

Une prodigieuse sensation de liberté l'envahit.

Dans le salon, le chat dormait en boule sur le canapé. Elle s'assit à côté de lui et lui caressa le dos. Il ronronna. Elle s'efforça d'arrêter de penser à François. Et de ne pas rester les bras ballants. C'était ça, la bonne méthode. Elle passa en revue tout ce qu'elle avait à faire. Prendre des nouvelles de son père.

Appeler Jordan pour savoir si la broche de tante Serena valait quelque chose. Commencer à organiser les vacances d'été, les premières sans François. D'habitude, ils se rendaient en Provence ou en Italie. Où irait-elle ? Tandis qu'elle notait tout cela en pensée, l'idée du livre qu'elle essayait d'écrire se précisa subitement. Heureusement, son éditrice n'était pas sur son dos. Laure-Marie savait que Clarissa avait besoin de temps. De plus, même si ses romans étaient appréciés, elle n'avait rien d'un auteur à succès, dont chaque nouveauté était attendue avec impatience, et sa maison d'édition ne lui mettait pas spécialement la pression. C'était un plaisir de déjeuner avec Laure-Marie, qui l'emmenait dans de bons restaurants et paraissait chaque fois sincèrement heureuse de la voir. Mais elle veillait sur des auteurs bien plus connus et importants.

Peut-être que l'heure était venue de la prévenir. Clarissa se demanda si le projet d'un roman simultanément écrit en anglais et en français intéresserait Laure-Marie. Peut-être pas. Depuis les attentats, le monde de l'édition avait changé. Après la chute de la tour Eiffel, la dévastation de la place Saint-Marc, le pilonnage de Big Ben et la destruction de la chapelle Sixtine, et le pouvoir des images qui s'imposait sur les réseaux sociaux, il paraissait impossible de connaître pire. Et pourtant, c'était arrivé. Les événements s'étaient enchaînés dans une succession diabolique. Les photos avaient pris largement le pas sur les mots. On ne lisait plus les journaux. On regardait les vidéos en boucle, dans une espèce d'hébétude fascinée.

Plusieurs années après les attentats, se souvint Clarissa, durant une période d'accalmie à la fois inespérée et inquiétante, qui avait coïncidé avec la dislocation de l'Europe et la lente agonie des abeilles, de terribles images s'étaient propagées avec la force d'une épidémie : des citoyens ordinaires incapables de supporter la cruauté du monde mettaient fin à leurs jours en direct sur les réseaux sociaux. Des individus de tous âges, de tous milieux, de toutes nationalités postaient la vidéo de leur suicide. C'était un défilé frénétique, une téléréalité atroce, qui dépassait l'entendement. La littérature n'avait plus sa place dans ce déferlement du direct, l'image régnait toute-puissante et obscène, sans jamais rassasier. Lorsque les écrivains avaient voulu se pencher sur les attentats, leurs livres n'avaient pas été lus, ou si peu. On se déplaçait éventuellement pour les écouter, lorsqu'ils présentaient leur texte, mais de là à l'acheter… Lire ne réconfortait plus. Lire ne guérissait plus.

Alors pourquoi continuait-elle à écrire ? Parce qu'elle n'avait pas le choix, parce que les mots constituaient un rempart, une protection. Elle écrivait pour faire entendre une voix, même frêle, assourdie ; elle écrivait pour laisser une trace, même si elle ignorait qui la recueillerait. Elle écrirait.

Clarissa se sentait fatiguée, plus que jamais. Sortir de son lit devenait un effort, comme monter ses huit étages. Pourquoi sa bouche était-elle desséchée en permanence ? Peut-être qu'elle en faisait trop. Peut-être qu'elle devait ralentir, moins réfléchir à son livre. Une nuit, alors qu'elle dormait, la voix murmura un mot, encore et encore, comme une vague qui sans relâche balayait son cerveau. Comme une machine à remonter le temps, le rêve la ramenait en un lieu qui la remplissait d'effroi. Un long couloir sombre, le grincement de roues sur un linoléum usé. Elle voyait Toby, les cheveux noirs, qui pleurait, le visage entre les mains, le dos courbé. La voix chuchotait toujours le même mot qui s'enfonçait profondément en elle, là tout en bas, là où la douleur était encore vive. La voix agissait comme une clef, elle ouvrait les portes si précautionneusement fermées, et le chagrin recouvrait tout, plus fort que jamais. Elle se soumettait à la douleur, l'accueillait, la laissait l'envahir. La voix était là pour la calmer, pour la rassurer. Lorsqu'elle ouvrit les yeux, ses joues étaient trempées de larmes. Elle se sentait tout à la fois apaisée et dévastée, comme si on lui avait arraché une part d'elle-même. Quel était ce mot murmuré par la voix ? Impossible de s'en souvenir.

Quand elle se leva pour prendre son petit déjeuner, ses articulations lui parurent douloureuses. Elle se sentait accablée, épuisée. Elle en avait parlé à Jordan, qui lui avait signalé, très gentiment, qu'elle avançait en âge. Mais Clarissa n'avait pas la même explication. Tout avait commencé à son arrivée ici. Les contrôles médicaux auxquels elle se soumettait n'avaient rien décelé, mais elle était convaincue que la résidence jouait un rôle dans sa fatigue. Ses soupçons se portèrent sur l'eau du robinet, qu'elle arrêta de boire. Elle commanda de l'eau minérale au drone de ravitaillement hebdomadaire. Elle décida également de ne plus suivre le traitement vitaminé prescrit par le docteur Dewinter. Elle faisait semblant, sous l'œil des caméras, d'avaler les comprimés, puis elle les dissimulait au fond de sa poche, et les jetait dans la cuvette des toilettes.

Un matin, assise à la table de la cuisine, ensommeillée, la tête remplie des rêves troublants de la nuit et résonnant de l'écho de la voix, elle perçut le claquement qui avait tant effrayé Andy. Elle jeta un œil au plafond. Elle crut voir une poudre blanchâtre se déverser directement dans la tasse posée devant elle. Sur le moment, elle voulut croire que c'était un effet de la lumière. Mais en examinant sa tasse, elle remarqua une fine couche sablonneuse en train de se diluer dans le thé. Elle resta abasourdie. L'avait-elle imaginé ? Elle se redressa sans précipitation, les yeux levés vers le luminaire. Tout semblait normal. Elle versa rapidement le contenu de sa tasse dans l'évier, tout en essayant d'avoir l'air naturel. On la regardait. Elle rinça la tasse plusieurs fois.

L'épisode de la poudre la poursuivit durant la journée entière. C'était quoi ? On avait versé ça dans son thé tous les jours ? C'était pour cela qu'elle se sentait si exténuée ? On la droguait ? Pourquoi faisaient-« ils » ça ? À qui pouvait-elle se confier ? Cela l'empêchait de travailler, d'avancer sur son livre. Elle se comportait désormais comme le chat, méfiante, mal à l'aise. Elle n'arrivait pas à chasser l'image de la poudre flottant dans sa tasse avant de se dissoudre. Elle se coucha tourmentée. Il lui semblait que Chablis était encore plus apeuré que d'habitude.

Jordan l'avait appelée après le dîner pour organiser la prochaine visite d'Andy. Elle lui avait appris que la broche de tante Serena avait été confiée à un expert. Elle était certaine qu'elle ne valait pas grand-chose. Elle aurait la réponse dans une semaine.

— Ça va, Mams ? Tu as une voix bizarre.

— Ça va, je suis crevée. Rien de grave.

Mais sa fille n'avait pas lâché le morceau.

— Humm, je sens bien qu'il y a un truc. Qu'est-ce qui t'arrive ?

Clarissa avait fini par lui avouer que François était venu, qu'il avait insisté pour lui parler, qu'elle était descendue pour lui dire que tout était fini. Cette discussion l'avait remuée.

En raccrochant, elle avait noté que sa fille s'était encore abstenue de lui demander des explications plus précises. Mais Jordan ne se contenterait pas longtemps de ce silence. Elle reviendrait à la charge, et ce n'était pas la curiosité qui l'animait, mais bien l'amour qu'elle portait à sa mère. Clarissa chérissait cette attention, même si elle trouvait que parfois Jordan s'en faisait trop pour elle.

Pour une fois, le sommeil lui était tombé dessus d'un coup. Elle n'avait pas eu besoin d'aller observer ses voisins avec des jumelles, ni de demander à Mrs Dalloway de projeter des images.

Au beau milieu de la nuit, un bruit atroce lui vrilla les tympans ; le chat bondit sur elle, terrifié. Une sirène d'une puissance effroyable faisait vibrer tous les murs de l'atelier. Affolée, elle tenta d'allumer la lumière, qui ne fonctionnait plus. Une désagréable veilleuse orange éclairait faiblement le couloir en clignotant. Clarissa cria pour que Mrs Dalloway intervienne, mais le bruit était tel qu'il ne se passa rien.

Une voix mécanique se fit entendre, répétant incessamment les mêmes phrases :

— RESTEZ CALME. SORTEZ IMMÉDIATEMENT. ALERTE INCENDIE. QUITTEZ LES LIEUX. ALERTE INCENDIE. SORTEZ. ALERTE. SORTEZ. QUITTEZ LES LIEUX. ALERTE.

Clarissa, en chemise de nuit, ne parvenait pas à localiser ses chaussons ni son peignoir dans la pénombre. Tant pis, elle n'avait pas le temps de les chercher. Il y avait le feu dans l'immeuble, et elle était au dernier étage. Elle n'avait pas une minute à perdre. Sur le fauteuil, elle aperçut le pull qu'elle portait la veille. Elle l'enfila à toute vitesse. Paniquée, elle attrapa le chat, qui la griffa. Elle poussa un cri de douleur, le plaqua contre elle pour descendre l'escalier à peine éclairé. Toutes les portes de la résidence s'ouvraient, les locataires apparaissaient en pyjama, hirsutes, l'air angoissé. Elle suivit le mouvement, alors que le chat se tortillait entre ses bras, poussant des miaulements perçants. Dans la semi-obscurité, l'escalier lui parut interminable. Elle entendit tout à coup la voix d'Adelka, qui posa une main rassurante sur son bras. Elle se sentit soulagée, même si elle savait que ce n'était pas fini. Dans l'immense hall, seules les veilleuses orange clignotaient. L'alarme hurlait toujours, et la voix mécanique répétait ses ordres en boucle :

— QUITTEZ LA RÉSIDENCE. SORTEZ IMMÉDIATEMENT. DANGER.

Tête baissée, trébuchant, Clarissa suivait Adelka, agrippée au chat qui se débattait de plus belle. Dehors, les réverbères jetaient une lumière blafarde sur le petit groupe. La résidence se dressait au-dessus d'eux, drapée dans l'obscurité. Ni flammes ni fumée. La sirène hurlait toujours. Aucun membre de l'équipe de CASA n'était sur place.

— Il y a le feu ou quoi ? demanda Adelka à Clarissa.

Elle remarqua l'animal, le chatouilla sous le menton.

— Quel amour de petit chat terrorisé !

Chablis s'était un peu calmé, mais Clarissa sentait son cœur battre sous la fourrure soyeuse.

— Il est trois heures du matin, pesta un homme d'une trentaine d'années, vêtu d'un T-shirt et d'un caleçon. Il se passe quoi, putain ?

Quand il vit que Clarissa et Adelka le regardaient, il arbora un sourire d'excuse. Il leur tendit la main et se présenta :

— Jim Perrier, troisième étage. Je me demande ce que CASA manigance, ajouta-t-il à voix basse.

— Donc pas de feu, à votre avis ? dit Adelka, tout en prenant le chat dans les bras de Clarissa.

Elle savait y faire, manifestement. Chablis se mit à ronronner.

— Je suis pratiquement certain qu'il n'y a pas de feu.

— Il s'agit peut-être d'un exercice, et ils ont oublié de nous prévenir, suggéra Clarissa.

— Ce sera très probablement leur excuse, dit Jim.

— Sans doute voulaient-ils nous réunir, et c'était une façon habile de le faire, chuchota Clarissa.

Jim lui adressa un clin d'œil.

— Vous ne croyez pas si bien dire, chuchota-t-il à son tour.

Frappée par son ton complice, elle se dit qu'elle avait peut-être trouvé un allié, une personne qui, comme elle, nourrissait des soupçons envers les véritables motivations de CASA. Elle n'était plus seule.

Clarissa observa ses voisins. Seuls quelques visages lui paraissaient familiers. Elle se rendit compte qu'elle ne connaissait pas la plupart des gens qui vivaient dans son immeuble. Sous la lumière pâle, c'était difficile de les détailler. Elle remarqua une jeune femme portant une longue natte dans le dos, emmitouflée dans une robe de chambre. Son allure lui disait vaguement quelque chose. Elle aurait aimé avoir ses lunettes pour mieux la voir.

— Je me demande combien de temps on va nous garder là, dit Adelka.

Elle était enveloppée d'un châle fuchsia. En découvrant les pieds nus de Clarissa, elle s'exclama :

— Oh, n'avez-vous pas froid ?

— Dans la précipitation, je n'ai pas trouvé mes chaussons.

Tout en maintenant le chat contre elle avec un vrai savoir-faire, Adelka ôta ses pantoufles et les lui offrit.

— Je vous en prie, mettez les miennes. S'il vous plaît.

— C'est très gentil de votre part. Mais vous me donnez l'impression que je suis une très vieille dame, vous savez.

— N'importe quoi ! Vous avez probablement l'âge de ma mère et ma mère n'a rien d'une vieille dame ; pas plus que vous !

Elle était adorable. Clarissa avait envie de l'étreindre. Le chat était en extase dans ses bras.

— Je m'y connais, rayon chats, reconnut-elle en souriant.

— Ma fille, aussi. Mais pas moi.

— Ça viendra ! Pour qu'un chat vous adopte, il faut du temps.

— Chablis n'est pas heureux ici, dit Clarissa.

Elle faillit ajouter : « Comme moi. »

— Pourquoi donc ? demanda Jim Perrier.

Clarissa haussa les épaules.

— Il est sur les nerfs, il sursaute tout le temps. Comme s'il voyait des choses. J'ai entendu un claquement bizarre l'autre jour. Ma petite-fille aussi. Aucune idée de ce que c'est. Le chat déteste ce bruit.

— Ah, le fameux claquement, fit Jim Perrier avec un ton grave.

— Je ne vois pas de quoi vous parlez, intervint Adelka. Je n'ai jamais entendu ça.

— Maintenant, vous l'entendrez, dit Jim. Vous verrez.

— C'est quoi, à votre avis ? demanda Clarissa. On pourrait interroger le docteur Dewinter.

— Le docteur Dewinter et son équipe sont bien trop occupées à nous espionner pour répondre à ce genre de question.

Clarissa dévisagea Jim. Il semblait parfaitement sérieux.

Elle baissa la voix :

— Pourquoi nous espionnent-ils, d'après vous ? CASA, c'est quoi exactement ?

— C'est précisément ce que j'essaie de comprendre depuis que j'ai emménagé ici.

Jim Perrier s'approcha d'elles. Il sentait bon, un parfum frais.

— Nous pourrions continuer à parler de CASA, mais pas ici, ni maintenant. Et jamais dans la résidence. Ils écoutent tout. Ils enregistrent tout.

— Mais pourquoi ? demanda Adelka. Ça leur sert à quoi ?

Jim mit un doigt sur ses lèvres.

Les minutes s'écoulaient. Certains s'étaient assis sur le petit muret qui délimitait le parvis devant la résidence. Il faisait frais. La sirène s'était enfin tue. Clarissa remarqua que des voisins s'impatientaient, laissant éclater leur mécontentement. D'autres semblaient dormir debout. Le chat sommeillait dans les bras d'Adelka.

La silhouette imposante du docteur Dewinter, en tailleur-pantalon noir, apparut devant la vaste porte d'entrée de la résidence. Elle était flanquée de Clémence Dutilleul et de Ben, les traits gonflés de sommeil. Tous arboraient le même sourire, un drôle de rictus qui se voulait rassurant, mais qui ne l'était pas. Clarissa se demandait s'ils dormaient sur place, mais elle ne les avait jamais croisés dans le hall, ni même dans le quartier.

Le docteur Dewinter avait une voix qui portait. On l'entendit clairement.

— Avant toute chose, chers artistes, nous sommes absolument navrés. Mais je souhaite vous tranquilliser, il n'y a aucun sinistre. Nous avions prévu une alerte incendie, mais certainement pas à trois heures du matin !

Quelques rires fusèrent.

— Allons bon, marmonna Jim Perrier.

— Il y a eu une erreur de programmation. Nous vous prions d'accepter nos plus plates excuses.

Jim Perrier regarda Clarissa avec un sourire entendu.

Ben prit un air embarrassé. C'était donc lui le coupable.

— Avant de vous laisser remonter chez vous et retrouver vos lits, nous devons toutefois vérifier que vous êtes tous bien là.

— Comme si quelqu'un avait pu continuer à dormir avec ce boucan ! s'amusa Adelka à voix basse.

— Quel intérêt de faire l'appel ? murmura Clarissa. Pourquoi s'assurer que nous sommes tous là ?

— Il y a sûrement une raison, dit Jim Perrier. Rien ici n'arrive par hasard.

— C'est pour nous tester, chuchota Clarissa. Tout ça, c'est pour étudier nos réactions. Ça doit servir à quelque chose, mais à quoi ?

— Est-ce qu'on le saura un jour ?

— Vous avez beaucoup d'imagination tous les deux, remarqua Adelka.

Jim Perrier s'esclaffa.

— C'est mon métier, dit-il.

— Le mien aussi, fit Clarissa. Vous êtes écrivain ?

— Oui, mais j'écris pour les autres, répondit Jim. Je n'ai jamais rien publié sous mon nom.

Le docteur Dewinter avait commencé l'appel. Il fallait écouter en silence, comme à l'école.

— Arlen, premier étage droite. Azoulay, quatrième droite. Bell, cinquième gauche. Engeler, deuxième droite. Fromet, cinquième droite. Holzmann, septième droite. Katsef, huitième. Olsen, septième gauche. Miki, quatrième gauche. Perrier, troisième gauche. Pomeroy, troisième droite. Rachewski, sixième gauche. Van Druten, sixième droite. Zajak, deuxième gauche.

Tout le monde était là. Sauf la jeune femme à la longue natte que Clarissa avait aperçue un peu plus tôt. Elle avait beau chercher, elle ne la voyait plus. C'était d'autant plus étrange qu'elle savait à présent à qui elle ressemblait. À Mia White. Comme deux gouttes d'eau.

Cette pensée la troubla, réveilla ses soupçons. Elle n'avait pas eu de nouvelles de Mia White depuis un moment. N'était-elle pas en train de virer complètement parano ? Elle imaginait déjà l'expression mi-amusée mi-inquiète de sa fille.

Jim Perrier s'était rapproché. Il lui chuchota à l'oreille :

— Si vous souhaitez me parler, je prends un café tous les matins au café Iris, dans la nouvelle partie de la rue Saint-Dominique, près du teinturier. J'y suis tôt, vers huit heures. N'utilisez jamais la messagerie interne si vous avez quelque chose de personnel à dire. N'oubliez pas que tout ce qui provient de votre portable ou de votre ordinateur passe entre leurs mains. Bonne nuit !

Il s'éclipsa, se faufilant entre les personnes qui retournaient à la résidence. Le docteur Dewinter suivie de Clémence et de Ben s'éloignaient également. Clarissa les observa tandis qu'ils disparaissaient au coin de la rue. Elle rentra dans l'immeuble, Adelka à ses côtés. Celle-ci l'accompagna jusqu'au huitième étage, lui tendit le chat, et lui souhaita de bien se rendormir. Et qu'elle n'oublie pas leur rendez-vous pour prendre un verre !

Clarissa ne trouva pas le sommeil. Elle assista au lever du soleil hébétée, assise dans le salon, Chablis blotti contre elle. Elle contemplait l'immeuble d'en face. Toutes ces vies dont elle connaissait maintenant l'intimité. Elle ne cessait de penser à ce que Jim Perrier lui avait confié à propos de CASA.

La veille, elle avait laissé une tasse de thé vide sur la table de la cuisine. Lorsqu'elle l'examina, elle crut voir une infime trace de poudre blanchâtre au fond. Tournant le dos à la caméra, elle emballa rapidement la tasse dans un sac en papier et le rangea dans le placard.

Dotée de larges trottoirs plantés d'arbustes artificiels, majoritairement piétonne, la rue Saint-Dominique, rebaptisée rue Neuve-Saint-Dominique, avait émergé des décombres de l'attentat avec une certaine harmonie. Les immeubles modernes reprenaient une ligne haussmannienne, qu'ils réinterprétaient non sans audace. Des véhicules autonomes y circulaient en silence, se mêlant au flux continu des vélos et des *gliders*. Clarissa avait du mal à accepter ce nouvel agencement des lieux. Dans son esprit persistait l'ancienne configuration, qui se juxtaposait malgré elle à celle d'aujourd'hui. Un peu plus haut, le café Iris disposait d'une grande terrasse ensoleillée. Clarissa repéra assez vite Jim Perrier, attablé derrière un ordinateur.

En la voyant arriver, il sourit.

— Je savais que vous alliez venir.

Elle prit place en face de lui. En pleine lumière, elle put le détailler. Il avait des yeux noirs vifs et pétillants, des cheveux bruns coupés ras, un tatouage sur le bras, une barbe de quelques jours. Il était jeune, pas plus de trente-cinq ans. Clarissa commanda un thé.

177

Jim Perrier jeta un coup d'œil aux alentours.

— On ne sait jamais, dit-il avec un nouveau sourire. Toujours vérifier. Alors, madame Clarissa Katsef ! Entre-temps, j'ai fait quelques recherches sur vous. Intéressant, votre parcours. Votre métier de géomètre qui vous pousse à écrire après une incroyable expérience d'hypnose. Romain Gary, Virginia Woolf. Leurs maisons, leur intimité, leurs démons. L'obsession des lieux. J'ai tout de suite commandé *Géomètre de l'intime*.

— C'est gentil, dit-elle, un peu gênée.

— J'admire les romanciers. Leur imaginaire, leur plume. Moi, c'est différent. J'écoute des gens, plus ou moins connus, et j'écris leur histoire. Je bosse aussi sur des séries, comme vous. J'adore ça. Je m'éclate. Un jour, peut-être, j'en viendrai au roman. Vous voyez, j'ai bien fait mes devoirs. Vous dégagez un truc bien. Vos livres, leur réception, c'est chouette.

— Merci. Sauf que le public boude la lecture.

— Je sais, dit-il. Les gens prennent des jolies photos de livres, balancent ça sur les réseaux sociaux avec les bons hashtags, mais personne ne lit. Ou très peu. Les livres sont devenus des objets de décoration.

— J'entends un petit accent. D'où venez-vous ?

— Vous avez l'oreille. J'ai grandi à Bruxelles. Mais revenons à CASA. Vous vous êtes inscrite pourquoi ?

— Je venais de quitter mon mari. Il me fallait vite un nouveau logement. Et vous ?

— J'avais entendu parler de ce programme immobilier. J'ai trouvé ça intrigant. Je ne m'attendais pas du tout à être pris.

— Moi non plus.

Jim Perrier inspecta à nouveau les environs. Il se mit à parler à voix basse. Clarissa dut se rapprocher pour l'entendre. Il avait très vite eu des doutes, commença-t-il. Cette histoire de caméras par exemple. Le suivi médical ensuite. Et puis les loyers pas chers du tout. C'était clair. Chaque artiste qui vivait là était un cobaye à leurs yeux. Mais c'était impossible de trouver des infos sur CASA. L'avait-elle remarqué aussi ? Il avait fait des recherches sur le docteur Dewinter. Il avait trouvé quelques informations intéressantes. Le docteur Dewinter était bardée de diplômes, c'était une des plus grandes spécialistes de l'intelligence artificielle. Très respectée dans son domaine. Une pointure. Mais depuis peu, ses projets n'étaient plus rendus publics. Elle s'était retranchée dans l'ombre. On ne savait pas sur quoi elle travaillait. Aucune information ne filtrait.

Clarissa ne l'interrompit pas.

Un jour, il était retourné dans les locaux de CASA, là où ils avaient passé leurs entretiens. C'était tout près. Personne ne répondait à ses e-mails, alors il s'était pointé. Pour tâcher d'en savoir plus. Une fois sur place, impossible d'obtenir la moindre réponse, encore moins un rendez-vous. Cet endroit était comme un blockhaus impénétrable, gardé par des Bardi, les robots – gardiens aujourd'hui les plus perfectionnés. Il y avait beaucoup d'argent derrière tout ça. Mais dans quel but ?

— Je pense qu'ils veulent nous faire sortir de notre zone de confort, dit Clarissa.

— Sans doute. Mais pourquoi ?

— Je ne sais pas.

Elle lui confia tout ce qu'elle avait jusqu'alors gardé pour elle. L'eau du robinet qui rendait sa bouche, sa peau, ses cheveux si secs. L'immense fatigue qu'elle ne parvenait pas à surmonter. La voix qu'elle entendait la nuit et qui semblait orienter ses rêves. Ce claquement qui la faisait sursauter et qu'elle n'arrivait pas à localiser. Le comportement du chat. Son assistant virtuel qui en savait trop sur elle, sur son passé, et s'adressait à sa petite-fille en son absence. Et puis elle évoqua l'épisode de la poudre. Elle vit ses yeux s'écarquiller.

— Vous en êtes certaine ? dit-il.

— C'est difficile d'en jurer. C'est arrivé tellement vite. Parfois, je doute de ce que j'ai vu. Mais j'ai ça.

Subrepticement, elle sortit la tasse enveloppée dans le sac en papier.

— Il faudrait la porter dans un labo, dit-il.

— Tout à fait, mais je n'en connais pas !

— Je vais m'en occuper, proposa-t-il. Vous me la laissez ?

— OK. Ne la perdez pas !

— Pas de souci. Et on se retrouve ici dès que j'ai les résultats. Pas à la résidence.

— Comment ferez-vous pour me joindre ?

Il réfléchit.

— Je vous enverrai un petit mot par la messagerie interne. Un truc sur votre livre que j'aurai lu. Dès que vous le recevez, rendez-vous ici le lendemain matin.

Elle acquiesça.

— Je veux absolument percer à jour le système CASA, dit-il. Et vous seule êtes sur la même longueur d'onde que moi.

— Vous en avez parlé à d'autres voisins ?

— Oui. Une nuit, j'ai sonné à la porte de mon voisin de palier, Sean Pomeroy, le sculpteur. J'ai essayé de lui parler. Il m'a pris pour un fou. Il était un peu tard, c'est vrai. Puis j'ai tenté d'en parler avec la pianiste du cinquième, Louise Fromet. Elle m'a envoyé balader. Et votre copine artiste du quatrième, elle pense qu'on a trop d'imagination.

Ils rirent tous les deux.

— Peut-être qu'on se fait un film pas possible, reconnut Clarissa.

— Peut-être. Mais nous irons jusqu'au bout.

De retour chez elle, Clarissa se sentit animée d'une nouvelle énergie. Ce jeune homme partageait ses vues. C'était réconfortant. Et le fait qu'il lise un de ses romans lui mettait du baume au cœur.

La voix de Mrs Dalloway la fit sursauter :

— Clarissa, votre fille est en bas. Puis-je la laisser monter ?

— Certainement, Mrs Dalloway.

C'était rare que Jordan lui rende visite à cette heure. Elle passait en général le soir. Elle devait avoir quelque chose d'important à lui dire.

Comme toujours, lorsque Clarissa posait les yeux sur sa fille, une immense fierté s'emparait d'elle. Jordan était si jolie, si élégante.

— Mams ! Je suis venue dès que j'ai su.

Jordan était hors d'haleine, surexcitée.

Clarissa ne comprenait rien. De quoi parlait-elle ? Jordan ne tenait plus en place. Elle fouilla son sac, et tendit à sa mère une petite boîte. Clarissa l'ouvrit. À l'intérieur, une broche en or, d'un contour assez grossier, avec des brillants.

— C'est la broche de tante Serena ?

Jordan dansa autour de la pièce tandis que Chablis la regardait, médusé. Clarissa ne put s'empêcher de rire. On aurait dit Andy !

— Chérie, explique-moi !

Jordan s'interrompit.

— L'expert a demandé à me voir d'une voix tremblante. Tu sais quoi ? Cette broche appartenait à une aristo anglaise, une Lady Trucmuche. L'expert m'assure que je pourrai facilement la vendre à un musée, ou à un collectionneur privé. Ce vieux machin vaut une fortune. Il faut que j'aille le déposer illico à la banque. Une fortune ! Je n'ose même pas te dire combien.

— Et ça dormait dans le coffre de Serena ?

— Oui ! Depuis des années. Elle avait dû l'acheter pas cher, et ne pas songer à la faire expertiser. Et les Donzelles non plus. Elles me l'ont refourgué sans imaginer une seconde que ça pouvait valoir autant. Tu te rends compte, Mams ? Je vais pouvoir payer le collège d'Andy sans me serrer la ceinture. Je vais pouvoir vous emmener en vacances, toi, Andy et Ivan. On va faire un magnifique voyage aux frais de la très pingre et radine tante Serena. On trinquera à sa mémoire !

Jordan enlaça sa mère, qui riait aux éclats.

— Comme c'est bon de t'entendre rire, Mams.

— Je vais bien, ma chérie. Ne t'en fais pas.

Jordan se détacha d'elle pour mieux l'observer. Les yeux verts qu'elle connaissait par cœur la détaillaient minutieusement. Clarissa avait l'impression d'être passée au scanner. Jordan sondait ses combats intérieurs.

— Tu t'es fait des copines, tu m'as dit ? Raconte ?

Elles s'installèrent sur le canapé. Chablis paraissait enchanté de retrouver Jordan.

— Oui, une jeune lectrice, mignonne, très jeune. Je devais la revoir, mais je n'ai pas eu de nouvelles. Et une charmante artiste de ton âge, qui vit au quatrième.

Elle se garda de lui parler des événements de la veille, ni de sa rencontre avec Jim Perrier. Elle changea de sujet. Et Andy ? Elle revenait quand ? Elles avaient passé un si bon moment ensemble.

Elles s'accordèrent sur le fait de ne pas informer les Donzelles du vrai prix de la broche. Jordan avait prévu d'appeler son grand-père, en qui elle avait toute confiance, pour lui raconter.

Sur le pas de la porte, Jordan hésita un instant.

— Dis-moi juste une chose, Mams. Cette femme dont François s'est entiché, elle a quel âge ?

Clarissa prit une grande inspiration.

— Elle est très jeune.

Jordan gémit.

— Elle s'appelle comment ?

— Elle s'appelle Ambre.

Jordan fit la grimace.

— Et qu'est-ce qu'elle a de si spécial, Ambre ?

La réponse de Clarissa fusa :

— Ambre ne dit jamais non.

Carnet de notes

Pour pénétrer dans l'immeuble, il m'a suffi de faire le pied de grue devant la porte, comme si je conversais sur mon mobile. J'avais attendu que mon mari soit parti. Il avait une expression contemplative, les joues roses. J'avais eu envie de le gifler.

Je me suis demandé si je l'aimais encore. Je me suis demandé si je l'avais aimé comme j'ai aimé Toby.

Mais que restait-il de tout cela, à présent ? Une camaraderie ? Deux personnes qui vieillissaient ensemble ?

En sortant, le jeune homme barbu m'a tenu la porte poliment. J'ai murmuré merci et je suis entrée.

C'était un immeuble mal tenu, et cela m'a étonnée, car mon mari était d'habitude sensible à ce genre de détail. Le vestibule fleurait les poireaux et l'humidité. L'ascenseur, minuscule, n'inspirait pas confiance. Je l'ai ignoré, et j'ai monté les six étages à pied.

Il y avait trois portes par palier. En gravissant les marches, je captais le bruit de la vie. La musique, les rires. Le cliquetis des assiettes, le ronflement d'un aspirateur. Une dispute, les pleurs d'un enfant, le bourdonnement d'une télévision.

C'était un immeuble parisien à l'ancienne, aux marches usées, aux murs éraflés, à la peinture fanée.

Et c'était ici que mon mari avait choisi de vivre en cachette.

Sur la sonnette de la porte du milieu, j'ai lu son nom. ANTOINE François. Impossible de faire demi-tour.

J'ai pris une profonde inspiration, je me suis redressée. Qu'allais-je dire à cette femme ? « Bonjour, je suis madame Antoine. L'épouse de François. »

Si j'attendais trop longtemps, je finirais par ne jamais sonner. Je finirais par fuir, paniquée. Je devais le faire tout de suite.

Ne pas réfléchir, ne pas planifier. Action.

J'ai tendu l'index, et j'ai sonné.

Un petit carillon.

Je l'imaginais en train de se demander : « Mais qui est-ce ? » Elle était peut-être sous sa douche. Elle était peut-être nue.

J'ai attendu. J'écoutais. Pas de bruit derrière la porte. Elle était forcément là. François était parti cinq minutes plus tôt et je n'avais vu personne sortir.

À part le jeune homme barbu.

J'ai sonné à nouveau, plus longuement.

Aucune réponse.

J'ai frappé, avec fermeté. Puis j'ai tambouriné sur le battant.

Je voulais crier. « Je sais que vous êtes là. Arrêtez de vous cacher et ouvrez cette porte. » J'avais envie de lancer des insultes, de tout casser.

Aucune réponse.

Alors que je me tenais là, furieuse, frustrée, la porte de gauche s'est ouverte et le visage du vieux type grincheux que j'avais déjà repéré est apparu. Il m'a toisée.

— Vous en faites, du boucan, dit-il.

— Je cherche la dame blonde qui vit ici.

Il m'a fixée d'une manière encore plus appuyée.

— Il n'y a pas de dame blonde ici.

— Vous en êtes certain ?

— Ça fait trente ans que je vis ici, et si une dame blonde avait emménagé sur mon palier, je le saurais.

— Alors qui vit là ?

— Vous savez lire, non ? François Antoine. Un gentil monsieur calme. Vous faites erreur.

Et avec ça, il m'a claqué la porte au nez.

6

Encre

« Les derniers mots de mon dernier roman. »
Romain Gary, 2 décembre 1980

« Vois-tu, je ne peux même pas écrire cette lettre
correctement. »
Virginia Woolf, 28 mars 1941

Son téléphone la tira doucement du sommeil. Elle pensa, confusément, que c'était son réveil, et qu'elle était en retard pour un rendez-vous, mais lequel ? Puis elle comprit qu'il s'agissait de la sonnerie qu'elle avait choisie pour Toby. *Hotel California*, des Eagles.

— Hey, Blue !

La voix de son premier mari était toujours aussi douce, chaleureuse. Elle était heureuse de l'entendre. Il utilisait immanquablement ce surnom qu'il lui avait donné dès leur première rencontre, à cause de la couleur de ses yeux.

— Je te réveille, on dirait !

Elle s'étira, sortit de son lit, non sans mal. Encore ces courbatures, cette fatigue.

— Je m'en remettrai.

Elle se doutait de la raison de son coup de fil.

— C'est Jordan qui t'a appelé ?

— On ne peut rien te cacher, Blue.

Il lui avoua que leur fille s'inquiétait. Pour Jordan, Clarissa ne tournait pas rond, et cela durait depuis un moment. Alors elle s'était confiée à son père.

Clarissa le laissait parler. Elle l'imaginait face à la mer qu'il aimait tant. Toby avait choisi de s'installer au Pays basque, après leur divorce. Il y avait poursuivi sa carrière de professeur d'anglais. À présent, il était retraité. Il habitait dans un nouvel appartement qu'elle ne connaissait pas, à Guéthary, au dernier étage d'une vieille résidence qui surplombait l'Atlantique. Elle savait grâce aux photos de Jordan et d'Andy qu'il avait une belle terrasse.

Natif de Santa Monica, Toby avait besoin du son et de l'odeur de l'océan, et il descendait régulièrement surfer les vagues sur le spot de Parlementia. Il se lamentait de l'état de la mer, de plus en plus polluée. Il avait raconté à Clarissa qu'en haute saison la baignade était souvent interdite à cause des eaux contaminées. Les vacanciers se faisaient plus rares, réduits à cuire sur la digue sans pouvoir mettre un pied dans l'eau. Chaque été, des poissons morts s'échouaient sur les rochers. Leur puanteur, ajoutée à celle des impuretés, rendait l'atmosphère irrespirable. La plage de Guéthary et celle voisine de Bidart n'existaient plus depuis une décennie. Victimes de l'ensablement et de la montée du niveau de l'océan, elles avaient été avalées par les rouleaux. Clarissa savait que c'était la même chose au nord, vers Biarritz. Elle avait vu les reportages tournés sur la Côte des Basques. Désormais, il n'y avait plus de différence entre marée haute et marée basse. La longue plage blonde prisée par les estivants et les sur-feurs, qui faisait la fierté des Biarrots, avait elle aussi rendu les armes face à l'assaut des vagues.

— Bon, raconte-moi. Qu'est-ce qui t'arrive ? Jordan m'a dit que tu avais quitté François.

— Oui. C'est vrai.

Clarissa s'était assise sur le canapé du salon, Chablis étendu à ses pieds. Elle faisait confiance à Toby. Mais ce matin, tant d'émotions restaient bloquées au fond d'elle-même. Il lui était de plus en plus difficile de s'exprimer, de trouver les mots pour décrire ce qu'elle ressentait. Et pourtant les mots étaient ses alliés.

— Prends ton temps, l'encouragea-t-il. On n'est pas pressés. Et si tu n'as pas envie de parler de François, je le comprendrai.

Il fallait bien qu'elle commence. C'est ce que Toby attendait.

— Depuis que je vis ici, je fais des rêves très étranges, dit-elle enfin. J'ai l'impression qu'ils ont une influence sur mon état d'esprit.

— Quel genre de rêves ? Tu as envie d'en discuter ?

La voix de Toby était pleine de bienveillance. Il savait écouter. Mais était-il prêt à entendre ce qu'elle se préparait à dire ? Elle s'apprêtait à ouvrir la porte au chagrin ; elle allait braquer les projecteurs sur la sombre route qui les avait menés à la fin de leur mariage. Et elle ne pouvait s'empêcher de penser à cet instant douloureux lorsqu'il avait admis, accablé, qu'il ne pouvait plus supporter sa tristesse. Elle s'y noyait, cela la tirait vers le bas, et lui aussi. Dix ans après la naissance de leur fille, elle n'avait pas su puiser suffisamment de joie dans ce miracle ; non, elle était restée engluée dans la tragédie de la mort de leur fils, elle avait continué à subir le poids de cette souffrance ; tandis que lui voulait de nouveau sourire à la vie, croire à l'avenir, avancer, sans elle. Sans elle.

— Je rêve tout le temps de l'hôpital.

Elle entendit sa respiration.

— Dis-moi.

Toby savait exactement de quel hôpital elle parlait. Il n'y en avait qu'un, gravé à jamais dans leurs souvenirs. Elle lui dit que les rêves l'y ramenaient contre son gré, chaque nuit, et qu'elle s'endormait la boule au ventre, redoutant ce qui l'attendait. Elle se retrouvait là-bas, elle sentait l'odeur détestable du désinfectant, elle entendait le grincement des roues du chariot sur le linoléum lorsqu'ils l'avaient sortie de la salle de travail, elle percevait l'écho des sanglots de Toby. Mais les rêves la menaient plus loin. Au moment où ils avaient déposé le bébé dans ses bras, doucement, respectueusement, comme s'il était encore vivant, comme si tout s'était bien passé. Ils avaient dit qu'elle pouvait le tenir contre elle aussi longtemps qu'elle le souhaitait.

Le rêve dévoilait, avec une extraordinaire netteté, le petit visage parfaitement formé, qui semblait si apaisé, si charmant. Elle avait posé ses lèvres sur le sommet du petit crâne, sur le fin duvet qui le recouvrait, mais elle n'avait senti aucune chaleur, nul signe de vie. Dans ses bras, elle étreignait leur fils mort tandis que Toby pleurait à ses côtés. Ils n'avaient jamais su ce qui s'était précisément passé. Lorsqu'elle était arrivée à l'hôpital pour accoucher, elle avait vite compris que quelque chose n'allait pas, car l'équipe médicale était visiblement alarmée. Pourtant sa grossesse s'était déroulée normalement. Puis le médecin de garde (jamais elle n'oublierait la gravité de ses traits, la sincérité dans ses yeux) leur avait annoncé que le cœur ne battait plus. Le bébé était mort. Son ventre de mère était une tombe. On leur avait dit qu'elle allait devoir accoucher quand même. Elle avait jeté un regard sur la petite valise aux pieds de Toby. Elle avait soigneusement préparé les affaires du bébé. Depuis la deuxième échographie ils savaient qu'ils allaient avoir un garçon. Ils avaient choisi un prénom, qu'ils avaient déjà utilisé, ces derniers mois.

Elle avait donné naissance à un enfant mort. Toby était à ses côtés ; sa main n'avait pas quitté la sienne pendant l'épreuve de l'accouchement. Elle avait dû pousser, pousser de toutes ses forces, pour expulser le petit cadavre. C'était indicible.

Il y avait si longtemps. Clarissa avait appris à lutter contre le vide que ce drame avait laissé. Elle pensait avoir dompté la douleur. Mais depuis qu'elle habitait ici, les rêves la contraignaient à revivre ces instants, les plus noirs de sa vie. La souffrance était insupportable. Sa voix se brisa et les larmes affluèrent enfin.

— Ma Blue chérie, dit Toby. Ma douce, si douce Blue.

Il lui dit qu'il aurait tant aimé être avec elle, là, maintenant, la serrer dans ses bras. Il lui dit qu'il fallait qu'elle imagine qu'il était là. Il était là. Consolée par ses mots, Clarissa se sentit mieux. Elle essuya ses larmes. Elle lui demanda de ne rien dire à leur fille. Il lui fit la promesse qu'il ne lui en parlerait pas. Elle murmura qu'elle ne savait pas pourquoi tout cela lui arrivait.

Tout à coup, elle se rappela la mise en garde de Jim Perrier. « Ils » écoutaient. En permanence. Elle se raidit. Elle ne pouvait pas dire à Toby qu'elle était persuadée que ses rêves étaient provoqués par quelque chose, quelqu'un. Elle brûlait de le faire, de tout lui déballer, de lui confier ses craintes, de décrire la résidence CASA, le docteur Dewinter, Mrs Dalloway. Mais elle ne broncha pas.

— Pourquoi tu ne viendrais pas me voir quelques jours ? proposa Toby. J'ai une chambre d'amis très agréable, demande à Andy. Ça te ferait du bien. La mer est propre, pas comme en plein été. Je te mijoterais de bons petits plats, on ferait de grandes balades. Qu'en penses-tu ?

Elle était tentée.

— Et ta fiancée ?

— Quelle fiancée ?

— Andy m'a dit que tu avais une nouvelle copine.

Il s'esclaffa, et c'était bon de l'entendre rire.

— Elle ne vit pas avec moi.

— Peut-être qu'elle n'apprécierait pas que ton ex-femme dorme chez toi.

— Blue, je ne t'ai pas vue depuis si longtemps. Prends un train et viens.

Elle y penserait. Ce serait sans doute une bonne idée de changer d'air. Elle lui parla de son travail, de ses notes bilingues auxquelles elle s'attelait chaque jour. Elle ne lui révéla pas que, pour écrire, elle se tenait hors du champ des caméras qui la filmaient sans cesse ; souvent dans les toilettes, le seul endroit sans surveillance, où elle se sentait en sécurité ; elle ne lui dit pas non plus qu'elle ne se servait pas de son ordinateur, mais d'un stylo, et de deux cahiers qui ne la quittaient jamais, l'un pour l'anglais, l'autre pour le français. Elle lui parla de Mia White, avec qui elle avait rendez-vous le lendemain. Elle lui décrivit Adelka, sa voisine, qui l'attendait pour un verre chez elle ce vendredi.

Sa voix avait repris de la vigueur. Toby s'en réjouissait. Puis il évoqua l'histoire de la broche de tante Serena, racontée par une Jordan à la fois hilare et enchantée. Leur fille était déjà à l'œuvre, à échafauder un voyage pour sa petite famille. Un cœur, leur Jordan. Toby soupira : Andy lui manquait, il ne la voyait pas souvent.

— Andy revient dormir chez moi la semaine prochaine, dit Clarissa. On t'appellera ensemble, promis.

— Comment va ton père ?

Aux dernières nouvelles, son vieux papa se portait bien. Il avait un moral d'acier. C'était grâce à lui, la broche. Il avait été si heureux d'apprendre sa valeur.

— Je suis content de le savoir en forme. Embrasse-le pour moi. Et prends soin de toi, Blue. N'en fais pas trop. Repose-toi. Et n'oublie pas, je suis là. N'hésite pas, si tu as besoin de moi.

En raccrochant, Clarissa se dit qu'elle avait de la chance d'avoir un tel allié dans sa vie ; un homme qui la connaissait si bien, un homme qui avait assisté à ses deux accouchements, un homme qui était à ses côtés lorsqu'ils avaient dû enterrer leur fils, un homme qui lui avait toujours été fidèle. Aujourd'hui, elle comprenait pourquoi il était parti. Il avait tenu douze ans. Jordan grandissait, s'épanouissait, une fillette vive et intelligente, pleine d'humour. Mais Clarissa continuait d'errer dans un épais brouillard, laissant Toby impuissant face à sa douleur. François avait été celui qui avait réussi, en lui suggérant l'hypnose, à mettre fin à cette interminable mélancolie. C'était ce qui l'avait attachée à lui, et éloignée de Toby. C'était assez paradoxal, au vu des événements actuels.

Clarissa se rendit dans la cuisine. Elle se prépara un thé avec de l'eau minérale. Pas celle du robinet.

— Bonjour, Clarissa ! Bien dormi ? Aujourd'hui, il va faire lourd et nuageux. J'ai réglé le climatiseur en conséquence. Le drone des courses va passer à dix heures. Souhaitez-vous modifier votre liste d'achats ?

Clarissa avait décidé de ne plus répondre à Mrs Dalloway. C'était sa façon à elle d'exprimer son mécontentement. Elle ne lui demandait plus rien, faisait comme si elle n'existait pas. Dans la salle de bains, elle avait cessé de se plier aux examens médicaux depuis une semaine déjà. Une révolte silencieuse. Elle se demandait ce qui allait se passer. Elle n'avait pas peur. La curiosité l'emportait.

Tout en buvant son thé, Clarissa lisait son courrier sur sa tablette. Ses amies lui manquaient. Certaines continuaient à lui envoyer des e-mails, des SMS. L'une d'entre elles, Joyce, s'interrogeait : Clarissa était-elle partie en voyage ? Une autre, Patricia, avait croisé François. Elle avait été choquée par son apparence. Que se passait-il ? Il n'avait rien voulu lui dire. Clarissa avait décidé de ne pas réagir. Elle finirait par le faire, à un moment ou à un autre, quand elle se sentirait prête.

— Clarissa, vous n'avez pas répondu. Tout va bien ?

Clarissa ne prêta pas attention à Mrs Dalloway. Elle consulta son agenda pour vérifier les rendez-vous de la journée ; elle devait retrouver un producteur et une scénariste avec qui elle avait déjà travaillé sur une série. Ensuite, elle acheta un billet de train pour rendre visite à son père à Londres et passer du temps avec lui. Elle lui réservait une petite surprise : une délicate main en porcelaine qu'elle avait chinée aux puces de Saint-Ouen. Pourquoi son père aimait-il autant les mains ?

Elle n'en avait pas la moindre idée. Sa passion n'avait rien à voir avec sa profession, il avait été notaire. Depuis qu'elle était petite fille, Clarissa avait vu sa collection s'étoffer. À présent, celle-ci envahissait sa chambre à coucher.

Elle plaça son casque sur ses oreilles, et écouta Patti Smith via le système audio. Elle aimait tant cette voix grave et sensuelle. Lorsque Mrs Dalloway interrompit *Because the Night* à travers ses écouteurs pour lui redemander pourquoi elle ne répondait pas, Clarissa dut faire un effort pour ne pas s'énerver. « Ils » devaient savoir qu'elle allait bien ; « ils » épiaient le moindre de ses gestes. C'était crispant.

Elle arrêta la chanson, alla prendre sa douche, fit ses exercices d'assouplissement, et s'habilla. Elle s'apprêtait à sortir pour aller se promener lorsque la sonnette tinta. Elle n'attendait personne. Et Mrs Dalloway n'avait pas annoncé de visiteur. Qui cela pouvait-il être ? Jim Perrier, peut-être ? Avait-il les résultats du laboratoire ? Mais il aurait prévenu qu'il montait. Elle se rappela qu'il lui avait expressément signifié de ne rien divulguer d'important au sein de la résidence.

Devant la porte d'entrée, Clarissa resta figée. Aucun bruit ne filtrait de l'extérieur. La sonnette retentit à nouveau. Elle ressentit une pointe de frayeur. Qui se tenait là ? Lentement, elle avança vers la porte, en prenant soin de ne pas faire de bruit. Sur l'écran de contrôle près du battant en bois, le visage du docteur Dewinter apparut soudain, la faisant sursauter.

— Bonjour, madame Katsef. Je sais que vous êtes là et que vous pouvez me voir.

Clarissa se déroba, tout en observant l'épais faciès, la mâchoire carrée, les paupières lourdement maquillées.

Il y avait quelque chose d'inquiétant, ce matin, chez le docteur Dewinter. Était-ce sa façon de fixer la caméra ? L'expression minérale de ses yeux ?

— Je souhaiterais vous parler, madame Katsef. Si vous le permettez.

Clarissa ne bougea pas. La porte dressée entre elle et le docteur lui parut bien fragile. Que faire si le docteur avait les moyens d'entrer ? Où pourrait-elle se cacher ?

Le docteur Dewinter frappa.

— J'attends toujours votre réponse, madame Katsef.

Sa voix avait viré au nasillard désagréable. Sur l'écran, sa face lunaire paraissait tout aplatie.

L'effroi que Clarissa avait ressenti s'évanouit d'un coup. Ils se prenaient pour qui, enfin, ces gens ! Se mêlant ainsi de sa vie privée ! L'espionnant en permanence ! Intolérable. Insupportable. Elle se précipita pour aller chercher ses boots de rockeuse dans son placard, les enfila. Les quelques centimètres de plus lui procurèrent un sentiment de puissance.

Clarissa repartit vers l'entrée à grandes enjambées, ouvrit la porte à toute volée. La silhouette du docteur Dewinter parut plus imposante que jamais. Ses ongles rouge sang avaient un aspect menaçant.

— Ah, vous voilà, madame Katsef.

— Bonjour, docteur Dewinter.

Elles se faisaient face. Clarissa apprécia l'effluve de lessive qui s'échappait des vêtements du docteur. Elle planta son regard dans ses prunelles grisâtres sans ciller. Cela dura un petit moment, jusqu'à ce que le docteur lâche, d'un ton parfaitement aimable :

— Comment allez-vous ce matin, madame Katsef ?

— Très bien, docteur, et vous-même ?

— Très bien.

— Vous souhaitiez me parler, je crois ?

Dans un large sourire, le docteur révéla ses dents blanches.

— Puis-je entrer, madame Katsef ?

— Je crains que non, répondit Clarissa, sans laisser son sourire contaminer ses yeux et les adoucir.

— Je vois, dit le docteur Dewinter avec un air jovial.

Elle palpa la perle incrustée dans le lobe de son oreille.

— Il y a un problème ? demanda Clarissa.

Le docteur Dewinter jeta un coup d'œil à la tablette qu'elle tenait à la main. Elle fredonna un petit air tandis qu'elle faisait défiler des données.

— Voilà, nous y sommes. Il semblerait que nous n'ayons pas vos transcriptions médicales depuis une semaine, madame Katsef.

— Ah, oui ? fit Clarissa.

Le sourire du docteur rétrécit. Son expression revêche était de retour.

— Nous nous demandions si le système dans votre salle de bains fonctionnait normalement. Je peux envoyer Ben le vérifier sur-le-champ.

Clarissa ne pouvait pas supporter l'idée d'une nouvelle intrusion.

— Il faudrait que je pense à faire mes tests, dit-elle en haussant les épaules.

Le docteur Dewinter leva un sourcil.

— Et pourtant, votre assistant virtuel vous le rappelle plusieurs fois par jour.

— En effet.

— Nous avons également remarqué que vous n'échangiez plus avec lui.

Le sourire s'était définitivement évanoui.

— Je ferai les tests, docteur, je vous le promets.

Clarissa faillit ajouter : « Et maintenant, foutez-moi le camp. » Elle esquissa le geste de fermer la porte.

Le docteur avança d'un pas pour en franchir le seuil, forçant Chablis qui traînait là à battre en retraite avec un miaulement apeuré. La voix grave s'était désormais faite chuchotement menaçant :

— Je souhaite être parfaitement claire avec vous, madame Katsef. Tous les artistes de la résidence doivent se plier au protocole.

Clarissa dut se faire violence pour ne pas la pousser dehors. La proximité du docteur devenait insupportable. Derrière l'odeur de linge frais perçait une pointe de transpiration.

— Et que se passe-t-il si on déroge au protocole ?

Les traits du docteur Dewinter se recroquevillèrent en un masque dur et pincé qui la vieillirent d'un coup.

— Ce n'est jamais arrivé, dit-elle posément. Et nous n'aimerions pas que cela arrive. N'est-ce pas ? Au revoir, madame Katsef. Passez une bonne journée.

Elle tourna les talons et disparut dans l'ascenseur en verre.

Clarissa poussa un soupir de soulagement et referma la porte. Elle se voyait déjà en train de raconter cet épisode à Jim Perrier. Elle imiterait à la perfection la voix grave du docteur. Elle exagérerait ses gestes, hausserait les épaules pour la singer. Jim serait plié en deux.

Pour avoir la paix, et ne pas subir d'autres visites de ce genre, elle se rendit dans la salle de bains et effectua rapidement les examens de santé. Des sentiments contradictoires s'affrontaient en elle. Elle enrageait d'avoir abdiqué trop vite. Puis se convainquit en un sursaut que ce n'était pas le fait d'obéir aujourd'hui qui déterminerait l'issue du combat.

— Voilà, Mrs Dalloway. J'ai tout fait. Vous êtes contente ?

— Ravie, Clarissa, et je vous remercie d'avoir pris le temps. Pour votre information, le drone des courses va bientôt passer.

— Merci de vous en occuper, Mrs Dalloway. Je vais me promener.

— C'est entendu.

Tout ce que Clarissa commandait en ligne était livré par un drone qui desservait la résidence deux fois par semaine. Il déposait les marchandises directement sur le balcon dans un container spécial. Ce qui n'empêchait pas Clarissa de se rendre dans les commerces alentour pour se procurer fruits et légumes, qu'elle avait besoin de toucher avant de les acheter. Comme au bon vieux temps. Sauf que ce qu'elle rapportait aujourd'hui n'avait pas de saveur, pas d'odeur. Elle rêvait parfois de mordre dans la chair d'une tomate, d'un abricot, d'un melon qui auraient le goût d'autrefois. Tout lui paraissait désespérément fade.

Alors qu'elle quittait les lieux, Mrs Dalloway lui annonça qu'un message de Jim Perrier venait d'arriver.

— « Chère Clarissa, j'ai pris beaucoup de plaisir à lire *Géomètre de l'intime.* Le passage dans la chambre de Virginia Woolf à Monk's House est remarquable. Je l'ai lu plusieurs fois. N'avez-vous pas pensé à adapter vous-même votre roman pour en faire une série ?

Je serais heureux d'en discuter avec vous. À bientôt, j'espère. Jim. » Souhaitez-vous lui répondre maintenant, Clarissa ?

— Je le ferai à mon retour. Merci, Mrs Dalloway.

— Je vous en prie.

Jim Perrier s'était manifesté. Cela voulait dire qu'il avait des informations à lui transmettre concernant la poudre, et sans doute CASA.

Selon ce dont ils étaient convenus, elle devait se rendre au café Iris à huit heures du matin.

Elle devait donc patienter jusqu'au lendemain. Cette attente lui sembla interminable.

À huit heures précises, alors qu'il pleuvait sans discontinuer, Clarissa arriva au café Iris. À cause du mauvais temps, la terrasse n'était pas accessible. Elle s'installa à l'intérieur. Jim Perrier n'était pas encore là. La veille, elle avait simplement répondu qu'elle le remerciait pour son gentil mot, qu'elle serait heureuse de discuter avec lui de la possibilité d'adapter son roman pour en faire une série. Elle n'avait pas eu de retour, ce qui lui avait semblé normal.

Autour d'elle, des clients prenaient leur petit déjeuner. La salle était animée et bruyante. Elle commanda un autre thé, le premier avait tiédi. Le temps passait. Toujours pas de Jim. Avait-il eu un empêchement ? Aucun moyen de le contacter. Elle attendit encore un peu. À neuf heures, elle se résolut à partir. C'était bizarre, tout de même. Elle se hâta sous la pluie.

Une fois rentrée chez elle, elle ne trouva pas de message. Il avait dû rencontrer un problème, qui l'empêchait de la prévenir. Ce n'était pas bien grave, après tout. Elle patienterait jusqu'à ce qu'il lui fasse signe.

Ce même après-midi, elle avait rendez-vous avec Mia White, dans un salon de thé près de la Bastille. Clarissa avait proposé un endroit qu'elle connaissait bien, rue de la Roquette. Elle y retrouvait souvent sa fille, qui habitait juste à côté. Lorsqu'elle arriva, Mia White était déjà là.

La jeune fille l'avait contactée pour lui proposer une nouvelle rencontre, que Clarissa avait acceptée, malgré ses réserves. Elle s'était promis cette fois de ne rien divulguer de trop intime. Cela lui faisait plaisir d'échanger avec sa jeune lectrice. C'était devenu essentiel pour elle de sortir de la résidence, de se changer les idées, de ne plus penser à son mari. Ce matin, alors qu'elle attendait Jim Perrier, elle avait reçu un SMS pathétique de François. Il était au bout du rouleau. Totalement désespéré. Il allait se foutre en l'air. Il fallait qu'il la voie, calmement. Il lui proposait de venir dans leur ancien domicile, pour discuter, et qu'elle puisse prendre ses affaires, parler de l'avenir. Pendant un court instant, elle avait ressenti de la pitié. Peut-être qu'elle avait été trop dure. Fallait-il lui donner une deuxième chance ? Tandis qu'elle y réfléchissait, la petite voix qu'elle connaissait bien lui avait soufflé : « Non mais regarde-toi, enfin ! Lui parler ? On rêve, là. Tu vas rester assise là bien sagement et lui dire que tu comprends ? Tu es merveilleuse de compréhension. Tellement merveilleuse. Tellement compréhensive. Ça suffit, merde ! » Clarissa n'avait finalement pas répondu au message de François.

Mia White l'observait avec cette attention à la fois clémente et un peu forcée qui la déstabilisait. Elle était jolie et fraîche, son sourire était désarmant. Elle reposa son livre, *Une chambre à soi*, de Virginia Woolf, ses lunettes perchées sur son gracieux petit nez. N'en faisait-elle pas un peu trop ? Comme si elle voulait plaire à tout prix à Clarissa ? S'agissait-il de la ferveur maladroite d'une admiratrice zélée ? Ou d'autre chose ? Peut-être que Clarissa se posait trop de questions, qu'elle ne savait même plus apprécier les moments agréables.

La jeune fille se baissa pour sortir de son sac un exemplaire écorné de *Géomètre de l'intime*.

— J'aimerais beaucoup une dédicace, dit-elle.

— Avec plaisir, répondit Clarissa.

En ouvrant le livre, elle vit qu'il était couvert d'annotations. Des passages entiers avaient été commentés, soulignés.

— Je l'ai lu à fond, avoua Mia White en riant. Et je le relis souvent.

Une date était inscrite sur la page de garde. L'année de la parution du livre.

— C'est l'exemplaire de ma mère, précisa Mia White. Votre livre a été publié l'année de ma naissance.

— Alors, votre mère l'a lu aussi ? demanda Clarissa en signant le livre.

— Tout à fait, mais je le lui ai piqué et je ne le lui ai jamais rendu.

Un sourire adorable.

— Votre maman est originaire de Nantes, si je me souviens bien ?

— En effet. C'est là que j'ai grandi.

Comme lors de leur précédente rencontre, elles passaient d'une langue à l'autre, sans effort.

La serveuse vint prendre leur commande. Il y avait des gâteaux appétissants auxquels elles succombèrent.

L'endroit était tranquille et confortable. Dehors, sur les trottoirs, un ballet de parapluies mouillés défilait sous des trombes de pluie.

Pendant un court instant, Clarissa se demanda si elle devait avouer à Mia White qu'elle pensait l'avoir vue à la résidence, la nuit où l'alarme s'était déclenchée, vêtue d'une robe de chambre, avec une natte dans le dos. Mais la jeune fille reprit la parole :

— Cela vous dérangerait de me raconter ce qui s'est passé dans la maison de Virginia Woolf ? C'est aussi un de mes passages préférés. Je sais qu'on vous a fréquemment demandé de commenter cette scène, et j'imagine que cela doit être fastidieux de vous répéter.

Mia White utilisait la même méthode que la dernière fois ; ces grands yeux suppliants et pleins d'admiration. Clarissa ne flaira pas le danger. Elle avait si souvent décrit cet épisode fondateur aux journalistes, aux lecteurs. Elle avait l'impression de contrôler la situation.

Il y avait une vingtaine d'années, alors qu'elle était auprès de lui à Brighton, son père lui avait suggéré une visite de Monk's House. Débordant d'énergie malgré ses presque quatre-vingts ans, il prenait du plaisir à voyager, à découvrir de nouveaux endroits avec sa fille. Le cottage que Leonard et Virginia Woolf avaient acheté en 1919 à Rodmell, dans le Sussex, se trouvait à une trentaine de minutes de là. Il avait entendu dire que le jardin était ravissant. Pourquoi ne pas faire un crochet en revenant vers Londres ?

En racontant son histoire, Clarissa détachait ses phrases avec calme, comme si elle actionnait un pilote automatique. Les paroles qu'elle avait si souvent formulées s'enchaînaient pour construire un récit, et elle ne leur accorda pas plus d'attention que ça. Mia White écoutait religieusement, ses doigts menus serrés autour de sa tasse. La pluie tombait dru au-dehors. Clarissa décrivit la route depuis Brighton, les mains noueuses de son père sur le volant, le vert luxuriant de la campagne anglaise. Ce qu'elle ne révéla pas à Mia White, c'était l'état émotionnel dans lequel elle se trouvait à ce moment de sa vie, la tristesse sous laquelle elle ployait depuis de longues années. Avec le temps, le poids du chagrin était devenu aussi pesant qu'un énorme rocher qu'elle devait charrier partout avec elle. C'était comme si elle devait faire face à une maladie honteuse. Elle avait appris à vivre avec le fait de trimbaler ce fardeau à chaque instant, le hissant le long d'escaliers interminables, le poussant dans des pièces toujours trop étroites.

Clarissa continuait de parler, éludant la douleur, mais elle était toujours là, tapie dans un coin de sa tête. Elle trouvait cela déstabilisant de suivre simultanément deux flux de pensées, l'un solaire, l'autre ténébreux, qui la menaient d'un côté vers la maison de Virginia Woolf et de l'autre vers cette zone intérieure qu'elle voulait de toutes ses forces éviter. Elle devait se concentrer pour ne pas laisser l'ombre empiéter sur la lumière ; elle s'agrippa au fil de son récit, décrivit l'arrivée dans le charmant petit village de Rodmell, resté dans son jus. Son père s'était garé près d'un pub où ils avaient déjeuné d'un *ploughman's lunch*, une assiette froide composée de cheddar, pain, jambon et cornichons. Tandis qu'elle évoquait ce repas, la conversation qu'elle avait eue avec son père lui revint, claire et précise. Devait-elle la refouler ? Ou au contraire l'exprimer ? Elle hésita, prit une gorgée de thé. Mia White attendait respectueusement.

— C'est drôle, je viens de me souvenir de ce que mon père et moi nous nous sommes dit ce jour-là. J'avais oublié, et c'est revenu.

— Vous voulez bien partager ce souvenir avec moi ?

Son père lui avait demandé si elle se sentait plus française qu'anglaise, maintenant qu'elle vivait à Paris depuis de longues années. Elle avait réfléchi. C'était compliqué. Au fond, elle ne savait pas. Aujourd'hui, elle ne savait toujours pas. Elle avait conscience de son statut à part : être incapable de choisir un pays ou l'autre. Toute sa vie, elle avait perçu cet inconfort, la sensation de ne pas appartenir à une patrie, de ne pas pouvoir revendiquer une origine. Elle était double. Elle avait deux langues maternelles, deux univers, deux pays. Tout s'était compliqué davantage avec le Brexit. Mais cet après-midi-là, à Rodmell, en ce jour printanier, ni son père ni elle n'auraient pu prédire l'enchaînement des événements désastreux provoqués par le choix du Royaume-Uni.

— Revenons à Virginia Woolf, si vous voulez bien, dit Clarissa.

— Avec plaisir, approuva Mia White.

Clarissa avait suivi son père le long de la ruelle calme bordée de jolis cottages anciens. Celui des Woolf était beaucoup plus petit qu'elle ne l'avait imaginé. Il n'y avait rien de luxueux ici. Son père, comme elle à l'époque, ne savait pas grand-chose de la vie de la romancière qui avait vécu en ces lieux. Passionné par le golf et le tennis, il lisait peu. En prenant de l'âge, il s'était mis au jardinage dans sa maison londonienne, à Hackney. Il avait passé beaucoup de temps à choyer les fleurs dont Solange, la mère de Clarissa, raffolait.

Leur guide s'appelait Margaret, une mince jeune femme aux dents proéminentes et à la peau laiteuse. Elle les avait accueillis comme si elle les recevait chez elle, et prononçait le mot « Virginia » avec une adoration feutrée. Elle leur avait expliqué à voix basse, comme s'il ne fallait pas déranger les mythiques propriétaires, que Virginia écrivait dans un petit cabanon où elle aimait être seule. Pendant ce temps, son mari Leonard s'occupait du potager et plantait des arbres fruitiers, cerisiers, pommiers, pruniers, figuiers. Il récoltait ses fruits et ramassait ses légumes avec l'aide de son fidèle jardinier, Percy ; il produisait aussi son miel.

La visite avait commencé par le jardin. C'était une splendeur. Son père poussait des cris de joie, comblé ; il leur faisait remarquer les gladiolées, les clématites, les roses, les zinnias, les geums, les dahlias. Margaret se taisait, et souriait, sans doute touchée par ce vieux monsieur enthousiaste. Jamais Clarissa n'oublierait ce jardin enchanteur, l'exubérance des couleurs qui éclataient autour d'eux. Ils avaient suivi le petit chemin de brique qui coupait à travers des embrasements d'orange, de mauve, de rouge, de rose incandescents. Margaret leur avait montré du doigt un bassin en pierre, créé par les Woolf, où des libellules effleuraient la surface de l'eau, parmi le bourdonnement des abeilles, la farandole des papillons, le pépiement des oiseaux : la splendeur d'un jardin au printemps.

— J'ai quelques souvenirs de belle nature à Nantes, dit doucement Mia White. Mais je crois que je n'ai jamais vu rien de tel !

— Je me demande ce que Leonard Woolf dirait s'il voyait ce que son jardin bien-aimé est devenu, dit Clarissa.

— Il est tout jauni ? demanda Mia White, horrifiée.

Clarissa n'y était pas retournée. Mais elle avait vu des photos alarmantes. Oui, la végétation n'était qu'un amas desséché, comme dans la majorité des parcs aujourd'hui. Les canicules successives, les étés brûlants, le manque d'eau, les orages violents, la fin de la pollinisation naturelle et la lente extinction des insectes avaient sonné le glas des espaces verts.

— C'est trop triste, fit Mia White de sa voix douce.

— Mais la maison est encore là. Les maisons survivent, Dieu merci.

— Pourquoi aimez-vous tant les maisons ?

Clarissa y avait souvent réfléchi ; elle devait sans doute son obsession à sa profession, à sa prédisposition à mesurer les lieux afin de mieux les définir.

— J'imagine qu'il y a des maisons que vous avez particulièrement aimées ?

— Oui. Plusieurs.

Elle lui décrivit la propriété bourguignonne de ses grands-parents, près de Sens, rasée dans son enfance pour faire place à une autoroute. Un traumatisme. Puis une villa en Toscane, dans les hauteurs de Florence, où elle avait passé un long été en compagnie de son mari. Elle évoqua la simplicité de cette maison blanche appelée « *colonica* » en italien. Elle se souvenait encore de la sensation fraîche des dalles sous ses pieds nus, de la forme distinctive des poignées de porte, qui avait laissé une empreinte émotionnelle au creux de sa paume.

Mais il y avait aussi ce que les murs lui murmuraient. Ce qu'elle avait ressenti dans l'appartement de Romain Gary avait été extraordinairement fort. Elle s'était demandé ce qu'elle allait percevoir en visitant Monk's House. Elle avait écouté Margaret leur expliquer comment les Woolf avaient acquis et transformé le cottage bardé de planches de bois, au toit d'ardoise. Au début, le confort était rudimentaire. Pas d'eau chaude, pas de salle de bains, ni de toilettes à l'intérieur ; une enfilade de petites pièces humides, mais l'endroit faisait rêver. Un jardin foisonnant et indompté, à la vue splendide : le clocher de l'église voisine et la douce étendue des champs des Downs.

Clarissa n'avait encore rien lu de Virginia Woolf. Depuis de longues années, elle s'était cantonnée à Romain Gary, Maupassant, Zola, Baudelaire, Modiano. Elle n'avait pas commencé à écrire non plus. Lorsqu'ils avaient visité Monk's House, elle travaillait encore comme géomètre. Le poids de sa douleur l'écrasait. Elle ne le confia pas à Mia White, mais elle soupçonnait que son père lui avait proposé ce voyage sachant combien elle était malheureuse. Et c'était vrai que la beauté des lieux l'avait enchantée.

Margaret avait ouvert la porte de la maison, et ils l'avaient suivie. Ce jour-là, se souvenait Clarissa, il y avait peu de visiteurs. Ils étaient presque seuls. Une odeur particulière flottait dans le petit vestibule ; celle d'une vieille maison de campagne briquée, bien entretenue. La maison vivait. Elle palpitait. Margaret leur avait expliqué que tout avait été préservé à l'identique. Une gardienne habitait là à l'année, même pendant les mois d'hiver, lorsque la demeure était fermée au public. Les murs du salon étaient peints en vert émeraude, d'une teinte que Virginia aimait, avait précisé Margaret. Un vert soutenu nommé « viridien », et dont la sœur de Virginia, la peintre Vanessa Bell, s'était gentiment moquée. Les plafonds aux poutres apparentes étaient bas. Le parquet ciré craquait sous leurs souliers. Clarissa avait eu l'impression que Virginia Woolf allait surgir d'un moment à l'autre. Qu'elle allait entrer les bras chargés des fleurs qu'elle venait de couper, son sécateur à la main. Elle les arrangerait dans un joli vase. Elle irait s'asseoir devant la haute cheminée dans ce gros fauteuil recouvert de chintz et elle prendrait un livre. Plus tard, elle ouvrirait son courrier posé sur le secrétaire.

Il y avait des livres partout, dans les bibliothèques, sur les guéridons, mais aussi sur les marches de l'escalier. C'était bien la maison d'une écrivaine et d'un éditeur. À partir de 1920, avait continué Margaret, le couple avait commencé à réaménager la maison, à mesure que les droits d'auteur de Virginia s'étoffaient grâce à *Mrs Dalloway*, *La Promenade au phare*, et surtout *Orlando*. La cuisine avait été entièrement refaite, une salle à manger installée, puis une salle de bains avec toilettes construite à l'étage. Virginia adorait prendre des bains, leur avait raconté Margaret. Il semblait qu'elle y passait des heures, et que leur femme de ménage l'entendait parler dans sa baignoire lorsqu'elle déclamait à voix haute des scènes de ses livres. Un point commun avec Romain Gary, qui lui aussi travaillait depuis son bain. Clarissa avait souligné le parallèle inattendu entre les deux romanciers, qui la touchait. Elle pouvait enfin mettre le doigt sur ce qui l'attirait tant ici : ce qui la bouleversait, c'était l'histoire qui se tramait en coulisse ; comment, dans l'intimité de ces lieux, ces personnages publics vivaient et écrivaient.

Plus tard, leur avait appris Margaret, la maison s'était encore agrandie. Le grenier avait été converti en bureau pour Leonard. Une extension de brique, en hauteur, avait permis d'ajouter une chambre pour Virginia, ouvrant directement sur le jardin par un escalier. Clarissa avait demandé à voir cette chambre, Margaret avait répondu gentiment qu'elle était rarement accessible. Devant son insistance, Margaret avait changé de sujet, elle les avait emmenés dans le cabanon au bout du verger où travaillait l'écrivaine. Du doigt, Clarissa avait effleuré le dossier de la chaise, l'encrier, les lunettes. Elle se doutait bien qu'il ne s'agissait pas des objets d'origine, mais cette mise en scène littéraire était plaisante. Virginia avait écrit *Mrs Dalloway* entre ces murs, et tandis qu'une abeille bourdonnait contre le carreau, Clarissa devinait l'ombre de la romancière, anguleuse sentinelle, qui se dressait derrière chaque rose.

Cette écrivaine, dont elle n'avait jamais lu les romans, dont elle ne savait rien, habitait ces lieux avec une intensité singulière. Contrairement au domicile de Romain Gary, où Clarissa n'avait perçu que les vestiges du passé, il y avait ici et maintenant autre chose à l'œuvre pour elle, un carrefour, un tournant, mais quoi, précisément ? Son père lui avait demandé si elle se sentait bien. Elle avait une expression bizarre, selon lui. Comment lui expliquer qu'une force l'avait happée et qu'elle l'entraînait, à l'instar d'un poisson ferré au bout d'un hameçon ?

Avait-elle prononcé ces phrases à voix haute ? Elle n'en avait pas eu l'intention. Cela faisait partie du flux intérieur, qu'elle ne souhaitait pas exprimer. Margaret leur avait indiqué que le cottage était un lieu privé propice à la créativité et dédié au travail. Des amis leur rendaient bien visite de temps à autre, mais pour les Woolf, il s'agissait avant tout d'un refuge, d'un paradis intime. Les villageois avaient pris l'habitude de voir Mrs Woolf marcher rapidement le long des Downs avec son chien, même par temps de pluie, tout en se parlant à voix basse. C'était ici, avait dit Margaret, que Virginia se sentait le plus en phase avec son moi profond. Dans ses lettres, dans son journal, elle avait décrit ces instants précieux passés à Monk's House, la souveraineté du silence, une plongée profonde dans la lecture, dans l'écriture, dans un sommeil limpide, dans le vert des Downs et des arbres, sans personne pour venir les déranger, juste la paix.

Margaret avait ajouté gaiement :

— Monk's House est une maison si joyeuse, ne le sentez-vous pas ?

Clarissa et son père avaient acquiescé.

— C'est ainsi que nous aimons la définir. Une maison heureuse. Nous qui travaillons ici, nous ne parlons pas beaucoup de la mort de Virginia. Nous préférons penser à sa vie.

Clarissa avait jeté un regard à la guide. La mort de Virginia ? À quoi faisait-elle allusion ? Margaret semblait étonnée.

— Vous voulez dire que vous n'êtes pas au courant ?

— Au courant de quoi ? avait demandé le père de Clarissa.

— De la manière dont Virginia est morte, avait dit Margaret.

Les volutes d'un souvenir brumeux revenaient, une image vue dans un film il y avait longtemps. Mais Clarissa n'arrivait pas à bien se souvenir. Elle avait demandé des précisions. Margaret avait baissé la voix, comme si elle ne voulait pas qu'on les entende. Ils se tenaient sur la petite terrasse devant le cottage. Cela s'était déroulé le 28 mars 1941.

Une évidence s'était imposée. Un sentiment impérieux. Il fallait qu'elle sache. Pendant qu'elle était encore sur place. Margaret avait continué, recueillie. Virginia n'allait pas bien depuis un moment ; l'écrivaine était une personne fragile, avec des « antécédents ». À cinquante-neuf ans, elle avait déjà connu de nombreux épisodes dépressifs. Malgré la joie qu'elle prenait à écrire, elle sombrait petit à petit dans les ténèbres.

Clarissa écoutait la voix douce de Margaret, et ses yeux s'étaient égarés sur une photographie de la romancière, qu'on devinait à travers la vitre du salon ; un long visage tourmenté, des lèvres au pli amer. Les traits de Romain Gary, empreints d'une même mélancolie sévère, s'étaient superposés à cette image. Quelques jours auparavant, avait poursuivi Margaret, Virginia était rentrée trempée d'une longue marche sous la pluie. En la voyant arriver, si maigre, si blanche, telle une somnambule, son mari s'était inquiété. Il avait immédiatement pris rendez-vous avec leur médecin à Brighton. Le docteur Wilberforce avait en effet trouvé Virginia affaiblie et absente, et lui avait prescrit du repos.

Le 28 mars, un vendredi, dans la matinée, dans le secret de son cabanon d'écriture, Virginia avait écrit deux lettres. Une pour son mari. Une pour sa sœur adorée, Vanessa. Elle avait prévenu son mari qu'elle allait faire un peu de ménage, puis qu'elle s'offrirait une courte marche avant le déjeuner. Leonard était monté dans son bureau. Vers onze heures, leur bonne avait vu Virginia se diriger vers les champs, vêtue de son manteau de fourrure et portant sa canne. Elle marchait avec son énergie coutumière, donnant l'air de savoir exactement où elle allait.

— Virginia est sortie par la porte, ici, avait signalé Margaret. Ensuite, elle est passée par ce bout du jardin, devant l'église, juste là.

— Montrez-moi, avait demandé Clarissa, et c'était la géomètre qui parlait, celle dont les yeux mesuraient à présent les pas de Virginia, empreintes indélébiles qu'elle seule voyait.

Margaret lui avait indiqué la direction, et Clarissa l'avait suivie, comme elle avait mentalement suivi Romain Gary après son déjeuner du mardi 2 décembre 1980, lorsqu'il avait remonté la rue de Babylone pour emprunter la rue du Bac, ce dernier jour de sa vie.

Mia White la dévisageait avec une attention absolue, sa tasse à mi-chemin de ses lèvres entrouvertes. Il fallait que Clarissa se concentre, qu'elle garde distincts les deux fils qui se nouaient dans son esprit ; celui de son récit bien huilé, toujours le même, qu'elle maîtrisait et qui ne lui faisait pas peur, et le fil de ce trouble qui l'avait étreinte alors qu'elle empruntait aux côtés de Margaret et de son père, qui la suivait perplexe, l'ultime chemin de Virginia vers sa mort – trouble qui ressuscitait maintenant, dans ce salon de thé paisible, face à cette jeune femme aux yeux immenses.

Margaret avait expliqué que Virginia s'était rendue directement à la rivière, ce qui lui avait pris une vingtaine de minutes depuis le cottage. Tandis qu'elle écoutait la guide, Clarissa voyait la scène comme si elle surplombait les champs, et il lui semblait qu'elle pouvait discerner chaque enjambée que Virginia avait effectuée pour rejoindre les bords de l'Ouse, une longue ligne d'encre noire tracée sur la terre et qui l'attirait comme un aimant. Elle avait demandé à voir la rivière, qui ce jour-là coulait tranquillement, pas comme le matin de la mort de Virginia, selon Margaret, où les eaux en crue tourbillonnaient follement. Autour d'eux se déployait un paysage nu et plat, sans arbres. Quelque part le long de ces berges austères, Virginia avait ramassé des cailloux pour en bourrer ses poches ; elle avait jeté sa canne au sol, et elle était descendue dans l'eau. Elle avait laissé les flots se refermer sur elle et s'était noyée.

Clarissa se souvint que son père paraissait soucieux, la fixant tandis que Margaret parlait. Avait-ce été une bonne idée d'emmener sa fille ici, sur les traces d'une femme elle aussi fragile ? Cette pensée, elle la garda pour elle. Mais en était-elle certaine après tout ? Les deux trames de son récit se mêlaient, et elle avait du mal à les maintenir séparées. Margaret avait désigné le pont de bois et de fer qui joignait les deux rives. C'était là que le corps de Virginia avait été retrouvé trois semaines plus tard par des promeneurs. Trois semaines ! s'était dit Clarissa. Une attente insupportable. Elle pensait avec émotion à Leonard, qui était descendu de son bureau pour déjeuner, qui avait cherché sa femme, et qui avait découvert l'enveloppe bleue à son nom sur la cheminée du salon. À l'intérieur, il avait trouvé une lettre d'adieu aussi belle que poignante. Margaret avait précisé que Leonard s'était précipité vers la rivière, affolé. Il avait repéré les empreintes des pas de Virginia sur les rives, et vu sa canne là où elle l'avait abandonnée. Il avait voulu croire de tout son cœur qu'elle avait fugué, qu'elle était encore en vie.

Margaret les avait raccompagnés au cottage. Sur le chemin du retour à travers champs, personne n'avait prononcé un mot. Lorsqu'ils étaient arrivés à Monk's House, son père avait pris Margaret à part. Clarissa n'avait pu entendre leur conversation. Mais les arguments avaient dû porter, car Margaret s'était approchée d'elle et lui avait annoncé, en posant une main sur son bras, qu'elle était heureuse de lui faire visiter la chambre de Virginia à titre exceptionnel. Son père avait proposé d'attendre au jardin. Bouleversée par cette initiative, Clarissa avait suivi la jeune femme dans le petit escalier extérieur, et Margaret avait déverrouillé la porte. Clarissa avait alors découvert le manteau de la cheminée aux tuiles blanches décorées d'un phare et d'un voilier, la grande bibliothèque pleine de livres, la petite table de nuit, les rideaux roses. Elle avait demandé à Margaret si elle pouvait rester là quelques instants. Elle s'attendait à ce que la jeune femme refuse, mais celle-ci avait acquiescé, et lui avait indiqué qu'elle serait en bas, avec son père.

Clarissa s'était retrouvée seule dans la chambre de Virginia Woolf. Elle s'était assise sur le lit simple, sur l'édredon blanc, là où Virginia avait dormi, là où Virginia avait rêvé. Puis elle s'était allongée. La grande fenêtre, à sa gauche, était ouverte. La nuit, Virginia devait observer les étoiles par là. Étendue sur le lit, Clarissa avait été parcourue d'un bien-être qui la caressait comme une brise printanière, très loin de la mélancolie qui l'avait envahie rue du Bac. Elle respirait avec légèreté maintenant. Une partie de sa tristesse s'était évanouie, comme le poids qui l'écrasait en permanence. Clarissa s'était abandonnée à ce sentiment d'apaisement. Il n'y avait pas de chagrin ici, aucune douleur. Même si Virginia Woolf, comme Romain Gary, avait choisi de mettre fin à ses jours, elle laissait derrière elle un sillage paisible, un legs de douceur et d'espoir.

Clarissa avait compris ce jour-là, sur le lit de la romancière, qu'elle avait besoin d'exprimer ce rapport aux lieux qui la fascinait depuis toujours, et qui l'avait poussée vers le métier qu'elle exerçait. Après l'épisode lointain de la rue du Bac, et cette étrange rencontre avec Romain Gary, elle avait été à nouveau confrontée à la mémoire des murs, à cette puissance, à ces vibrations qu'elle percevait si profondément et qui exacerbaient sa sensibilité. Elle écrirait, elle le savait ; elle écrirait, pour dissiper sa part d'ombre. Elle avait quitté Monk's House une nouvelle lumière dans les yeux. Son père s'en était aperçu. Il en avait été heureux.

— C'est donc après cet épisode que vous avez commencé à écrire *Géomètre de l'intime* ?

La voix de Mia White la fit sursauter. Clarissa avait presque oublié sa présence. Encore une fois, elle eut du mal à distinguer ce qu'elle avait pensé et ce qu'elle avait dit.

— Oui, c'est cela. Plus ou moins.

— Dans votre roman, poursuivit Mia White, vous avez cette conversation merveilleuse avec le fantôme, ou l'esprit de Virginia Woolf. Avez-vous senti qu'elle était là ?

— Non, dit Clarissa. Tout ce passage-là, je l'ai inventé. Mais j'ai senti autre chose…

Elle aurait dû s'arrêter là. Elle aurait dû broder sur le fantôme qu'elle avait imaginé, comme elle le faisait avec les journalistes, les lecteurs. Elle en avait perdu l'habitude. Et sa solitude accentuait son besoin de s'épancher. De retour à Londres, elle avait acheté *Mrs Dalloway* dans une librairie. Plus tard, dans le train pour Paris, elle s'était plongée dans le roman. Elle avait vite découvert que lire Virginia Woolf, son absence de dialogues, ses très longues phrases, exigeait un certain effort. Elle n'avait jamais rien lu de tel. Elle se sentait sotte, inculte. Sans doute n'était-elle pas assez sophistiquée ou assez littéraire. Elle s'y était remise, avec obstination.

Petit à petit, les phrases interminables avaient délivré un sens, d'une façon extraordinaire, comme un long poème qui aurait ouvert des fenêtres devant ses yeux, en laissant pénétrer un souffle continu, des tonalités, des fragrances. Virginia Woolf n'écrivait pas pour séduire, pour captiver ses lecteurs grâce à des procédés superficiels, non, pas du tout. Elle leur jetait un sort, avec calme et douceur, de telle manière qu'au début ils ne se doutaient pas qu'ils avaient été ensorcelés, et la suivaient, dociles. Mais progressivement, elle les forçait à réfléchir, à se poser des questions ; elle les surprenait ; elle les ébranlait. Et c'était cela que Clarissa admirait le plus. La façon dont Virginia Woolf entraînait ses lecteurs dans les pensées de ses personnages. La vie entière de Mrs Dalloway était dévoilée en une seule journée, grâce au va-et-vient incessant entre le passé et le présent. Toute la prouesse du roman se trouvait là. Et pendant qu'elle parlait à

Mia White, Clarissa pensait aussi à sa propre journée, aux SMS de François, à Jim Perrier et à ce qu'il avait à lui révéler, à son roman qui prenait naissance dans les deux cahiers de notes qui ne la quittaient jamais, à son manque de sommeil, à ses rêves bizarres.

— Vous dormez mal, dites-vous ? l'interrompit Mia White de sa voix de petite fille.

Clarissa se tut, effrayée. Comment était-ce possible ? Elle devait vraiment être épuisée. Pourtant, elle était persuadée de ne rien avoir dévoilé à Mia White de ses nuits blanches. Rien du tout. Elle baissa la tête, fixant les miettes du gâteau sur la nappe. Il fallait qu'elle s'en aille.

— Vous ne vous sentez pas bien ?

Mia White posa une main sur son poignet.

— Il n'y a aucun problème, dit Clarissa, en reculant la sienne.

— Vous semblez fatiguée. Voulez-vous que je vous raccompagne ?

— Ce n'est pas la peine, merci.

Clarissa fit signe à la serveuse, l'esprit encore embrouillé. Elle n'arrivait plus à se souvenir de ce qu'elle avait dit, ou pas, à Mia White. « Pauvre idiote, fit la petite voix. Ça t'apprendra. Voilà ce qui se passe quand tu baisses la garde. »

Deux bras trempés s'enroulèrent tout à coup autour de ses épaules.

— Mams ! Je pensais bien que c'était toi ! Que fais-tu dans notre quartier ?

Andy se tenait debout derrière elle, les cheveux inondés par la pluie. Elle avait aperçu sa grand-mère à travers la vitre en rentrant du collège. Clarissa lui présenta Mia White comme l'une de ses jeunes lectrices ;

Andy la salua, puis s'installa à leur table. Elle voulait bien du gâteau, aussi. Celui au chocolat, il avait l'air trop bon. Clarissa commanda une nouvelle part. Elle observa les deux jeunes filles, qui n'avaient que quelques années de différence. Mia White était plus posée, plus réservée. Andy, elle, prenait ses aises. Clarissa s'attendait à ce qu'une forme de connivence se crée entre elles, propre à leur âge, mais le courant ne passait pas. Elle se demanda pourquoi. Mia White restait figée dans une attitude polie, tandis qu'Andy dévorait son gâteau à pleines dents, en exagérant des mauvaises manières qu'elle n'avait pas. Clarissa remarqua que sa petite-fille ne lâchait pas Mia White des yeux, qu'elle la jaugeait, qu'elle la défiait presque, comme si elle ne souhaitait pas que la jeune femme empiète sur son territoire.

— Je vais vous laisser en famille, proposa Mia White finalement. Merci pour cette conversation. C'était passionnant.

Son ton semblait moins sincère que lors de leur première entrevue, sa posture plus étudiée. Elle prit son portefeuille dans son sac.

— Laissez, je vous en prie, dit Clarissa. Ça me fait plaisir.

Mia White s'en alla en la remerciant, et en les saluant d'un geste timide.

— C'est qui, celle-là ? fit Andy, la bouche pleine.

— Une lectrice fan.

— Tu la vois souvent ?

— C'est la deuxième fois.

— Tu l'aimes bien ?

— À vrai dire, je ne sais pas.

— Elle est jolie, mais il y a un truc.

— Oui, dit Clarissa. Il y a un truc, comme tu dis.

— C'est quoi son nom, déjà ?

— Mia White.

Les pouces d'Andy volèrent au-dessus de son mobile.

— Bizarre, dit-elle au bout de quelques instants.

— Quoi donc ?

— Tout ce qu'elle balance en ligne. Tellement évident.

— Tu veux dire quoi, miss ?

— Ben, nous les jeunes, je veux dire de son âge ou du mien, on n'expose jamais ce genre d'infos. Même la génération de mes parents ne fait plus ça. Il y a que les vieux qui déballent encore leur vie. Nous, on fait tout en privé, par Kingdam ou Alamida. Elle, elle utilise des vieux canaux ringards. On dirait qu'elle veut vraiment qu'on sache tout de suite qui elle est.

— Ça veut dire quoi à ton avis ?

— Je sais pas. Méfie-toi, Mams.

Andy essuya les quelques miettes de gâteau aux commissures de ses lèvres.

— Tu sais, maman s'inquiète pour toi. Je l'ai entendue au téléphone avec grand-père, l'autre jour.

Dans une autre vie, à un autre moment, Clarissa aurait chatouillé le menton de sa petite-fille, elle aurait balayé ça d'un sourire.

— Je te l'ai déjà dit, Mams. Tu peux tout me dire. Je suis là.

Comme elle aimait ce petit visage fin et intelligent.

— Je sais, Andy. Et c'est précieux de pouvoir te faire confiance.

La pluie avait enfin cessé. Le ballet des parapluies s'était estompé.

225

— Tu te souviens de ce que tu m'as dit à propos de mon atelier ?

— Oui. Que j'avais l'impression d'être tout le temps espionnée.

— Eh bien, c'est ce qui se passe. Tous les artistes qui vivent là sont espionnés.

— Tu lui en as parlé, de ça, à maman ?

— Non.

— Pourquoi ?

— Ta mère pense que j'ai tendance à exagérer. Elle se fait du souci pour moi. Elle pense que j'oublie des choses, que je suis une vieille dame perturbée.

— C'est parce qu'elle t'aime, Mams. Et c'est vrai que tu oublies des trucs. Et parfois tu répètes tout deux fois. Ça ne me dérange pas, moi.

Clarissa était sur sa lancée :

— Pourquoi on m'espionne ? Pourquoi les artistes de cette résidence sont surveillés ? Pourquoi je dors mal depuis que je vis là ? Pourquoi on manipule mon sommeil et mes rêves ? Et le docteur Dewinter, qu'est-ce qu'elle veut ?

— Détends-toi, Mams. Je vais t'aider, moi. J'ai pas peur du docteur Demachin. On commence par quoi ? J'ai hâte.

— Quand tu viendras la semaine prochaine, je t'expliquerai. J'attends des infos importantes. Pas un mot à ta mère.

— Promis. Juré. Craché.

Clarissa attrapa la main de sa petite-fille. Elle lui sourit.

— J'ai tellement de chance de t'avoir dans ma vie.

— T'as rien pigé, c'est moi qui ai de la chance d'avoir une grand-mère comme toi.

Carnet de notes

J'étais obsédée par ce studio. Par ce que mon mari y faisait. Les scenarii les plus insensés se succédaient dans ma tête. J'ai même imaginé un moment que le jeune homme barbu était son amant.

La seule façon pour moi de comprendre ce qui se tramait là, c'était d'entrer dans l'appartement.

Il fallait trouver la clef. Mon mari devait la garder sur lui. La nuit ? Pendant qu'il dormait ? C'était le seul moyen. Et ensuite ? Si je la subtilisais, il allait s'en rendre compte.

Une clef. Une simple clef.

Cela me faisait sourire, cette clef. Même empêtrée dans ma souffrance, je voyais l'ironie de la situation. La symbolique de cette histoire déplorable.

Moi, l'écrivaine-géomètre qui s'intéressait tant aux lieux, qui s'en nourrissait, j'étais à la merci d'une clef, qui allait ouvrir la porte d'un secret. Avais-je envie de le connaître, ce secret ? Je pouvais encore reculer. J'avais encore le choix. Je pouvais encore me protéger.

J'ai hésité. Pas longtemps.

Mon mari dormait enfin, profondément. J'avais attendu. Je comptais les minutes. Cela m'avait semblé interminable. Je me suis levée du lit sans bruit. Il avait laissé ses vêtements en boule dans la salle de bains. J'ai tout fouillé, lentement. Rien dans les poches de son pantalon. Rien dans celle de sa chemise.

À pas de loup, je me suis rendue dans l'entrée. Sur une chaise, sa veste. Rien dedans à part son porte-feuille, que j'ai inspecté.

Son trousseau de clefs était sur le guéridon dans l'entrée. J'ai vérifié. Il y avait les nôtres. Rien d'autre. Pas de clef inconnue.

Dans l'appartement sombre, je commençais à déses-pérer. Dissimulait-il la clef chez nous ? Il devait avoir une cachette. Laquelle ? J'essayais de réfléchir, de garder mon calme. Si je voulais dissimuler un objet à mon mari, où le mettrais-je ? Un endroit où il ne regar-derait jamais.

Mon mari dormait toujours paisiblement. J'enten-dais son léger ronflement. Il ne se doutait pas que son secret serait bientôt découvert.

Je suis retournée dans la salle de bains, silencieusement. Par terre, ses chaussures. Des mocassins italiens élégants achetés à Rome.

Je me suis baissée, et j'ai glissé mes doigts dans celui de gauche. Vide. Mais je savais. Je savais que j'allais trouver.

La clef était au fond du soulier droit. Une clef fine et plate, qui ne prenait pas de place. Elle brillait dans la paume de ma main. Un modèle très courant. Facile à dupliquer.

J'ai entendu le parquet grincer.

J'ai juste eu le temps de la remettre au fond de la chaussure et de me redresser.

Mon mari se tenait sur le pas de la porte.

— Tu ne dors pas ? a-t-il dit, d'une voix ensommeillée.

J'ai répondu d'un air dégagé que je cherchais un comprimé pour le mal de tête. J'ai fouillé dans un tiroir, j'ai trouvé le médicament. Mon mari était passé aux toilettes. Je l'ai entendu uriner, puis tirer la chasse d'eau. Il est reparti se coucher.

Je n'ai pas fermé l'œil. Je pensais à la façon dont j'allais pouvoir faire un double. Finalement, cela a été plus facile que prévu. Chaque année, depuis son cancer, mon mari devait subir des examens de contrôle.

Toute une batterie de tests, dont un scanner dans une clinique spécialisée. Je l'accompagnais toujours.

Pendant les deux heures de son check-up, alors qu'il était pris en charge par l'équipe médicale, et que je veillais sur ses affaires entreposées dans un casier, j'ai pu prendre la clé, qui se trouvait cette fois dans la poche de son pantalon. Pendant son scanner, j'ai quitté la clinique et foncé chez un serrurier du quartier que j'avais auparavant localisé.

Cela m'a pris une vingtaine de minutes.

La semaine suivante, nous avions un dîner prévu chez des amies. Cette fois, la personne en retard, ce serait moi. Car pendant que mon mari m'attendrait chez Véronique et Caroline, moi je serais rue Dancourt.

7

Blonde

« Et je sens que je ne m'en remettrai pas
cette fois-ci. »

Virginia Woolf, 28 mars 1941

« Jour J. »

Romain Gary, 2 décembre 1980

Plus petit que le sien, dépourvu de mansardes, l'appartement d'Adelka était aussi beaucoup plus haut de plafond. La pièce centrale lui servait d'atelier. C'était là qu'elle recevait ses modèles. Clarissa observa les tableaux disposés le long des murs ; des nus, féminins et masculins, saisis lors de moments d'abandon, avec sensibilité et sans voyeurisme aucun. Elle trouva cela joli et harmonieux, et félicita la jeune peintre, qui l'en remercia.

Clarissa remarqua qu'Adelka avait réussi à créer une ambiance chaleureuse avec des couleurs douces, des meubles confortables, aux lignes élégantes. L'air était parfumé par une bougie. On se sentait bien chez elle. Cela faisait deux mois que Clarissa s'était installée dans l'atelier du huitième étage, et c'était toujours aussi impersonnel qu'une chambre d'hôtel. Elle, l'écrivaine obnubilée par les appartements, par les maisons, n'avait pas réussi à s'aménager un endroit apaisant, inspirant.

Adelka s'adressait à son assistant virtuel en italien. Celui-ci lui répondait avec une voix qui ressemblait à celle de l'acteur Marcello Mastroianni. Sa mère était italienne, son père français. Elle avait été élevée dans les deux langues.

— C'est amusant ! déclara Clarissa. Je suis bilingue moi aussi, franco-anglaise.

— Vous êtes comme moi, tiraillée entre les deux ?

— Exactement !

— Comme c'est drôle ! Y a-t-il une langue que vous préférez ?

— Non ! Impossible de choisir. J'aime les deux.

Adelka portait une robe bleue qui mettait en valeur sa silhouette de sportive.

— Qu'est-ce que je vous sers ? Un verre de vin blanc ? Rouge ?

— Blanc, s'il vous plaît.

Tandis qu'elle débouchait une bouteille, Adelka lui demanda si elle avait revu leur charmant voisin du troisième, Jim Perrier.

— Non, fit Clarissa, sur ses gardes.

Elle avait repéré les caméras. Elle ne commettrait pas l'erreur de répéter tout ce que Jim lui avait appris. Elle n'avait aucune nouvelle de lui. Il devait être occupé. Elle trouvait le temps long. Mais comment entrer en contact ? Elle était retournée plusieurs fois au café Iris, dès huit heures, il n'était jamais venu. Elle avait interrogé les serveurs. Personne ne l'avait repéré. Puis un des garçons avait ajouté en rigolant que ce n'était pas étonnant, vu que Jim était régulièrement torché. Il était peut-être parti en cure de désintox ? Clarissa était restée muette.

Adelka lui tendit un verre.

— Je vous avoue que je le trouve à mon goût, ce Jim. Bon, un peu jeune pour moi. Mais qu'est-ce qu'il est sexy en caleçon !

Clarissa rit avec elle. Elles trinquèrent.

— Après l'histoire de l'alarme, je l'ai croisé un soir dans le quartier, poursuivit Adelka. On a pris un verre. Il a une sacrée descente ! On s'est bien amusés. Qu'est-ce qu'il est remonté contre CASA !

— Ah oui ? fit Clarissa innocemment. Pourquoi ?

— Vous vous souvenez de notre conversation, la nuit où on s'est tous retrouvés en bas à cause de l'alarme ?

— Oui, vaguement.

— Vous deux, vous étiez persuadés que CASA espionnait les artistes de la résidence pour je ne sais quelle raison. Et moi je vous ai dit que vous aviez trop d'imagination !

— C'est le cas. Nous écrivons des histoires, lui et moi. Déformation professionnelle !

— Jim est vent debout contre Dewinter et ses méthodes. Il m'a posé toutes sortes de questions ! Si j'étais à l'aise dans la résidence, si mon sommeil était bon, si j'entendais un claquement étrange. Je lui ai répondu que je n'avais rien remarqué de spécial, que je dormais comme un bébé. Et vous ?

— Moi, quoi ?

— Vous arrivez à vous y faire ? Vous m'avez expliqué que même votre chat avait un comportement bizarre.

Il fallait être prudente. Choisir ses mots. Ne pas éveiller les soupçons. D'un ton léger, elle expliqua à la jeune femme qu'elle avait eu du mal, en effet, à s'acclimater. Elle venait de quitter son mari, elle était triste et irritable. Elle dormait mieux à présent. Chablis aussi. Elle n'entendait plus le claquement. Tout allait bien. Cela avait pris du temps.

Les mensonges coulaient, fluides.

— Me voilà rassurée ! s'exclama Adelka. Je suis heureuse que cela aille mieux pour vous. J'adore vivre ici. C'est un enchantement pour moi, cette résidence. Je m'y sens en sécurité, j'arrive à bien travailler. J'apprécie l'équipe de CASA, leur bienveillance, leur professionnalisme.

Clarissa se força à sourire.

— Et ce docteur Dewinter, continua Adelka, quelle femme extraordinaire ! Elle est remarquable d'intelligence, vous ne trouvez pas ?

— Remarquable, acquiesça Clarissa. Dites-moi, cela ne vous dérange pas trop, les caméras ?

— Eh bien, saviez-vous qu'on peut mettre celle de la chambre en mode intime ?

— Non, pas du tout.

— Je l'ignorais également ! C'est Ben qui m'a appris ça. Vous enclenchez ce mode si vous avez prévu une partie de jambes en l'air, par exemple. (Elle s'esclaffa.) Bon, mais dans ce cadre idyllique, il me manque juste un boy-friend !

— Et ce Jim, alors ? Il est resté insensible à vos charmes ?

— Totalement !

Elles rirent à nouveau.

— J'ai voulu l'inviter ici, figurez-vous. Je l'ai contacté par la messagerie interne. Il ne m'a même pas répondu !

— Récemment ?

— Oui, il y a quelques jours. Je suis mortifiée. J'ai sûrement été trop directe.

Adelka fit une grimace comique.

— Il est peut-être parti pour son travail ? suggéra Clarissa.

— Sans doute. Ou alors il est allé voir sa famille. Il m'a dit que sa mère était de Bruxelles.

Adelka n'avait pas eu de relation sérieuse depuis qu'elle s'était séparée de son mari violent. Elle souhaitait avoir des enfants. De plus en plus de femmes faisaient des enfants seules, à un âge avancé, jusqu'à la soixantaine passée. C'était devenu banal, grâce à la médecine moderne. Mais elle n'avait pas envie d'attendre.

— Je vous comprends, dit Clarissa, tandis qu'Adelka remplissait son verre pour la deuxième fois. Le vin blanc lui montait délicieusement à la tête.

— Vous êtes devenue maman à quel âge ?

— Assez jeune. Vers vingt-sept ans.

Un petit silence. Puis Clarissa ajouta :

— Deux ans avant la naissance de ma fille Jordan, j'ai eu un fils. Mort-né. C'était il y a quarante-six ans.

Adelka porta la main à ses lèvres.

— Oh ! C'est trop triste.

— Je peux en parler maintenant, un peu, mais pendant de très longues années, j'en étais incapable.

— Vous avez vu un psy ?

— Oui, mais j'ai surtout été aidée par l'hypnose. Ça a changé ma vie.

— Jamais essayé, dit Adelka, intriguée. Je n'y connais rien en hypnose, vous voulez bien m'en dire un mot ?

— Volontiers.

Clarissa lui raconta qu'elle avait été au premier rendez-vous en traînant les pieds, convaincue que cela n'aurait aucun effet. Cela faisait plus de vingt ans alors qu'elle avait perdu cet enfant, plus de vingt ans qu'elle ne s'en remettait pas. Les psys, les antidépresseurs, rien n'était parvenu à l'aider. Son premier mari avait fini par la quitter, impuissant face à son désespoir. C'était son deuxième époux – celui qui était à présent persona non grata, Adelka s'en souvenait – qui avait suggéré l'hypnose. François était persuadé que cela pouvait être la solution. Il avait réussi à la convaincre de tenter l'expérience. Il fallait que les choses changent, pour elle, pour son entourage, surtout pour sa fille. Elle présumait que Jordan souffrait d'avoir grandi auprès d'une mère tant marquée par le chagrin. Elle ne s'en était jamais plainte, mais c'était une évidence. Et c'était pour cela, sûrement, que Jordan continuait à s'en faire autant pour sa mère. Elle avait beaucoup de chance que sa fille l'aime à ce point. Et il y avait sa petite-fille, un soleil !

— Je crois vous avoir aperçue avec elle. Une ado tout de noir vêtue, jolie comme un cœur ?

— C'est elle ! Vous savez, je crois qu'Adriana, du haut de ses quatorze ans, est la personne qui me comprend le mieux.

Elle reprit le fil de son histoire. Il fallait qu'Adelka l'imagine, arrivant chez cette Mme Delaporte ! Elle ne savait absolument pas à quoi s'attendre. Elle s'était retrouvée face à une femme de son âge, fine, élégante, une brune aux grands yeux noirs. Élise Delaporte lui avait demandé de s'asseoir dans un fauteuil au centre d'une pièce confortable. Elle l'avait priée de fermer les yeux. Clarissa avait obéi. Au début, d'une voix douce et plaisante, elle lui demandait de lâcher prise, d'évacuer les tensions. Sa nuque, ses épaules, son ventre, ses jambes, ses pieds, tout son corps se détendait. Clarissa se laissait porter. C'était plutôt agréable. Elle se voyait déjà expliquer à François que cela s'apparentait à une séance de relaxation. La voix agissait sur elle comme un décontractant. Elle s'abandonnait, à la lisière du sommeil.

Même si elle l'entendait très bien, la voix d'Élise Delaporte s'estompait. Consciente, Clarissa se trouvait néanmoins ailleurs ; elle percevait l'effluve citronné du parfum d'Élise, elle captait la rumeur de la circulation, les pas du voisin au-dessus de leurs têtes, mais à mesure que les paroles l'atteignaient, elle avait l'impression de s'enfoncer dans une cavité toujours plus profonde. Au fond de cette alcôve qu'elle percevait instinctivement comme un refuge, une lueur blanche et fluctuante lui apparaissait, une balise lumineuse qu'elle avait envie de suivre. Combien de temps cela avait-il duré ? Elle ne savait plus. Elle ondoyait le long d'une voie lactée rassurante engendrée par Élise seule. Elle était en terrain connu. Elle ne craignait rien.

Clarissa s'arrêta.

— Oh, mais continuez ! supplia Adelka. Je vous ressers du vin ?

— Pourquoi pas ?

Le vin lui procurait un plaisir auquel elle n'avait pas goûté depuis longtemps. Elle reprit son récit. Élise Delaporte l'avait invitée à décrire un lieu secret qui l'apaisait. Imaginaire ou réel. Pour lui répondre, Clarissa avait eu du mal à mobiliser ses cordes vocales. Comme en apesanteur, elle ne savait plus parler. Lorsqu'elle avait enfin pu articuler quelques mots, elle avait eu l'impression que son corps et sa voix ne cohabitaient plus. Elle ne reconnaissait pas cette tonalité aiguë, presque enfantine. Après un moment d'hésitation, elle avait pu décrire un lac dont la profondeur la tranquillisait. Pendant cette première séance, elles avaient travaillé autour de l'image du lac.

Devait-elle raconter la suite à Adelka, alors que les caméras enregistraient ? Le vin eut raison de son hésitation. Adelka possédait la même sorte d'énergie positive que Jordan. Pourquoi ne pas se fier à elle ? Clarissa désigna discrètement les caméras à la jeune femme, qui comprit, et se rapprocha d'elle. Elle poursuivit en chuchotant, la tête lui tournait. Quelques semaines plus tard, il s'était produit un épisode qu'elle n'oublierait jamais. Élise l'avait incitée à décrire le fond du lac. Clarissa se voyait traverser les profondeurs troubles et glacées, retenant sa respiration, plongeant vers les abîmes verdâtres ; elle avait froid ; elle grelottait. Elle avait peur de manquer d'air, et là, tout en bas, enfoui dans la glaise, elle avait aperçu un objet rectangulaire, une sorte de boîte. Une peur affreuse l'avait saisie ; elle voulait remonter au plus vite, inspirer un grand bol d'oxygène, fuir cette boîte et ce qu'elle contenait.

Mais la voix sereine d'Élise l'avait calmée tandis que la dentelle blanche dansait sous ses paupières. Il ne fallait pas avoir peur de ce que la boîte contenait, lui avait dit Élise, il fallait l'ouvrir. Alors Clarissa s'était vue la saisir à deux mains pour en arracher le cadenas rouillé. À l'intérieur, il y avait un bébé. Son fils. Son fils tel qu'elle l'avait vu à l'accouchement, son tendre duvet, son visage miniature, sa peau de cire. Entre ses mains, au fond du lac, elle tenait le corps de son fils. Elle avait failli hurler, céder à sa panique, à sa douleur, à son angoisse, se noyer, s'abandonner aux flots, mais la voix d'Élise était venue la soutenir, et elle s'y était accrochée de toutes ses forces. Clarissa traduisait ses sensations, et Élise était là, à ses côtés sous l'eau, leurs chevelures se mêlant l'une à l'autre. Il fallait, lui disait-elle, laisser partir le bébé, ne pas le remettre dans la boîte, juste l'enlacer une dernière fois, lui dire adieu. Clarissa l'avait étreint, avait baisé le petit front, et elle avait lâché son emprise ; le corps de son fils s'était élevé vers la surface, elle l'avait suivi des yeux, jusqu'à ce qu'il s'évanouisse, minuscule point blanc.

Les larmes avaient jailli, comme une fontaine, et elle les sentait couler le long de ses joues, de son cou, sur sa poitrine. Elle se libérait lentement du chagrin, à travers les sanglots, elle le sentait se dissiper, enfin. Lorsque Élise lui avait demandé d'ouvrir les yeux, doucement, en comptant jusqu'à cinq, Clarissa accusait une fatigue incommensurable, cependant elle éprouvait aussi un calme intérieur nouveau, profondément ancré. Elle le savait, elle le sentait, elle allait désormais pouvoir avancer. La blessure était encore là, elle le serait toujours, mais Clarissa saurait l'apprivoiser et vivre avec. Elle n'avait revu Élise Delaporte que deux ou trois fois, cela avait suffi.

Les yeux sombres d'Adelka étaient embués. Elle saisit la main de Clarissa, la serra. Elle la remercia, dans un murmure, d'avoir partagé ce souvenir. Clarissa ajouta que le chemin de l'écriture s'était ouvert pour elle juste après. Ainsi libérée, elle avait été encore portée par les sensations qu'elle avait éprouvées sur les traces de Romain Gary et de Virginia Woolf, écrivains

241

attachés aux lieux par leur écriture, mais aussi parce qu'ils avaient choisi de mourir chez eux, au cœur de leur territoire intime. Elle se fonderait sur ses émotions, mais elle ne voulait pas raconter sa propre histoire, elle voulait écrire un roman. Adelka lui avoua qu'elle était plongée dans *Géomètre de l'intime*, et si le livre l'intéressait beaucoup, cela ne correspondait pas du tout à ce qu'elle avait l'habitude de lire. C'était surprenant et inattendu. Clarissa apprécia sa franchise. Cette jeune femme n'avait rien d'une hypocrite. Cela lui plaisait.

Le reste de la soirée s'écoula paisiblement. Elles discutèrent sans se soucier des caméras. Adelka ouvrit une autre bouteille de vin blanc, proposa du fromage, du pain, des olives. Elle expliqua à Clarissa son travail, le choix de ses modèles, ses expositions. Clarissa avait trop bu. Elle n'avait plus l'habitude. Elle prit congé tard, vers minuit, en s'efforçant de ne pas tituber, et refusa que la jeune femme la raccompagne au dernier étage. Quelle cruche de se retrouver pompette à son âge ! C'était presque drôle. Presque. En attendant l'ascenseur, car elle n'avait pas le courage de monter quatre étages à pied, elle se rappela que Jim Perrier habitait juste au-dessous, au troisième. En se tenant à la rampe, tant bien que mal, elle s'y rendit. Sur la sonnette, les initiales J.P. Elle sonna. Il était tard, trop tard sans doute, mais tant pis. Pas de réponse. Elle patienta. Bon sang, mais où était-il ? Elle essaya à nouveau. Rien. Cela commençait à devenir aussi inquiétant qu'incompréhensible.

La résidence l'enveloppait d'un silence oppressant. Clarissa se tenait dans cette cage d'escalier au revêtement moelleux et aux décorations murales raffinées, et elle abhorrait tout ce qu'elle voyait. Elle en avait assez d'être épiée. Elle avait fui François et son répugnant secret, pour se mettre à l'abri. Elle avait cru trouver ici un refuge. Mais la résidence CASA n'avait rien d'un abri, rien d'un refuge.

Impossible de dormir. Elle espérait que l'alcool faciliterait son sommeil, mais c'était le contraire. Ses yeux ne se fermaient même plus. La tisane, la douche, la contemplation des voisins : rien n'y faisait. Allongée sur son lit, Chablis à ses côtés, elle demanda à Mrs Dalloway de projeter des vidéos d'océans et de lacs. Elle sombra dans ce demi-sommeil qu'elle connaissait si bien maintenant et qu'elle redoutait tant. Dormait-elle ? Était-elle éveillée ? Elle ne savait plus. Le vin avait brouillé les pistes. Et ce mot qui revenait, encore et encore, comme une vague se fracassant continuellement contre ses tympans, qui s'insinuait au fond de sa boîte crânienne. Dans la pénombre, alors que les images aquatiques conféraient au plafond l'aspect d'une surface en mouvement, elle s'efforçait de reprendre conscience. Écoute. Concentre-toi. Écoute. Nuit après nuit, elle captait cette voix, elle percevait ce mot. Un dernier effort. Maintenant.

Cette voix. Comment était-ce possible ? C'était si ressemblant, cette voix-là, légère comme le vent, comme le bruissement des feuilles, comme le murmure du ressac. La voix d'Élise ? Yeux grands ouverts dans le noir, Clarissa resta calme. Ne pas paniquer. Ne rien montrer. Maintenant, il n'y avait plus que le silence. Mais avait-elle vraiment entendu la voix d'Élise lui parler aux heures les plus profondes, nuit après nuit ? Et ce mot qui la frappait droit au cœur ?

Le prénom de son fils. Son bébé. Le prénom qu'ils avaient choisi, Toby et elle, avec tant de soin, tant d'amour. Le prénom qui figurait sur la petite tombe du cimetière du Montparnasse, où leur fils reposait, où elle ne se rendait jamais, tant la douleur, dès qu'elle s'approchait de là, était vive.

Avait-elle rêvé ce nom ? Avait-elle voulu l'entendre au point de le faire résonner au creux de son oreille ? Mais non ! Elle n'avait rien rêvé du tout !

La colère s'empara d'elle, une violence qu'elle n'avait jamais ressentie si viscéralement. Avec un cri de rage, elle bondit hors du lit, hurla, le poing dressé. Comment osaient-« ils » faire une chose pareille ? La manipuler ainsi ? C'était pour ça qu'elle avait dû se coltiner ce paramétrage interminable ? Pour qu'on puisse la hanter avec son passé ? Dans quel but ? Maintenant elle comprenait pourquoi ses nuits si brèves, ornées de larmes, l'empêchaient d'avancer, d'écrire.

— Qu'est-ce que vous foutez ? cracha-t-elle, en fixant une des caméras. Et vous là, planqués derrière vos écrans, à me mater, vous attendez quoi ? Que je devienne folle ? C'est ça, votre plan ? Me faire perdre la boule ? C'est ça, le protocole CASA ?

Mrs Dalloway se manifesta, imperturbable :

— Désolée, Clarissa, je n'ai pas compris. Merci de reformuler votre propos.

— Ta gueule ! rugit-elle de toutes ses forces. Ferme-la ! Ta gueule, merde !

— Je suis navrée, Clarissa. Quel est le problème exactement ?

— Tais-toi ! Tu comprends ça ? Je vais te le répéter une dernière fois : ne me parle plus jamais. Plus jamais !

— Je suis désolée, je ne comprends pas bien votre requête.

Silence. Clarissa se reprit.

— Mrs Dalloway, siffla-t-elle.

— Oui, Clarissa.

— Je ne souhaite plus vous entendre.

— Très bien, Clarissa. Vous pouvez désactiver le mode voix. Il suffit de le demander.

— Mrs Dalloway, désactivez le mode voix.

Une icône projetée sur le mur lui confirma que l'ordre avait été pris en compte.

— Désactivez les caméras.

Une phrase s'inscrivit sur le mur :

Il est impossible de désactiver les caméras.

— Allez vous faire foutre ! Désactivez tout !

Il est impossible de tout désactiver.

Clarissa lâcha une bordée d'injures, dignes de celles que son père aimait proférer, au grand dam de sa mère. Jubilatoire. Elle se sentait plus légère. Elle souriait de toutes ses dents. Chablis vint ronronner contre ses mollets. Elle l'embarqua dans le salon, enfouissant son nez dans sa douce fourrure.

— Heureusement que tu es là, toi.

Elle s'allongea sur le canapé avec le chat. L'aube commençait à poindre, illuminant les toits d'une touche rose. Elle laissa la fatigue l'envahir. Quelques heures plus tard, lorsqu'elle se leva, éreintée, le dos brisé, il faisait jour. C'était bizarre, et libérateur, de ne plus entendre la voix de Mrs Dalloway la saluer dès son réveil. La météo, les dernières nouvelles et son agenda défilaient sur les panneaux muraux, en gros caractères, pour que ses yeux myopes puissent tout déchiffrer sans lunettes. C'était ce soir qu'Andy venait dormir.

— Envoyez un message interne à Adelka Miki.

Je vous écoute.

— « Merci pour cette très belle soirée. J'ai passé un moment formidable. J'ai abusé du vin blanc et le réveil est horriblement difficile ! Mais je ne regrette rien. À bientôt ! Clarissa. »

C'est envoyé.

— Envoyez un message interne à Jim Perrier.

Je vous écoute.

— « Hello, Jim. J'espère que vous allez bien ? J'ai pensé à un producteur qui serait peut-être intéressé par une adaptation TV de mon premier roman. Je serais ravie d'en discuter avec vous. Amitiés, Clarissa. »

Message rejeté par le serveur.

Clarissa relut la phrase plusieurs fois, interloquée.
— Pourquoi le message est-il rejeté ? Je ne comprends pas.

Il n'y a pas de Jim Perrier dans la résidence.

246

— Quoi ? Mais c'est impossible, il habite au troisième. Il doit y avoir une erreur. Essayez encore.

*Le patronyme Jim Perrier n'est pas reconnu par le protocole
CASA. Message rejeté.*

Clarissa resta silencieuse. Elle ne devait pas laisser
paraître son inquiétude. Elle s'efforça de se calmer.
Lorsqu'elle se sentit mieux, elle se rendit dans la salle
de bains, prit sa douche. Elle passa les tests médicaux.
Elle lança, d'un ton narquois :

— Vous allez finir par remarquer ma fatigue ? Et
peut-être même un taux d'alcoolémie inhabituel ?
Vous en faites quoi, de mes résultats ? Oh, mais je
n'attends aucune réponse de votre part.

Elle se regarda dans le miroir. Traits chiffonnés,
cheveux ternes, peau sèche. L'effet CASA ? Les
autres artistes subissaient-ils le même sort ? Adelka
semblait épanouie, elle.

Jim Perrier. Son nom ne quitta pas son esprit de la
journée. Avait-il fait une découverte au sujet de la
poudre, qui avait précipité son éviction ? Était-il en
danger ? Il prétendait que les portables, les ordinateurs
étaient surveillés. Comment le contacter alors ? Elle
n'osait pas effectuer de recherches en ligne. Mais elle
savait aussi qu'il buvait, Adelka l'avait remarqué,
ainsi que les serveurs du café Iris. Elle se demandait si
elle pouvait lui faire confiance finalement.

En fin d'après-midi, elle décida d'attendre Andy un
peu à l'écart de la résidence, près du Mémorial. Ainsi,
elles pourraient parler sans être écoutées. La jeune
fille fut étonnée de découvrir sa grand-mère sur un

banc, qui la guettait. Elle s'inquiéta même, en remarquant sa mine.

— Ce n'est rien, marmonna Clarissa. Encore une mauvaise nuit. J'ai plein de choses à te raconter. À l'intérieur, on ne pourra pas discuter librement. Assieds-toi.

Elle lui raconta l'épisode de la poudre et la disparition de Jim Perrier. Elle était préoccupée. Il se passait quelque chose dans cette fichue résidence. Elle était persuadée que son sommeil était délibérément perturbé. À part Andy, Jim était la seule personne à qui elle avait pu se confier. Et maintenant, il s'était volatilisé. Andy l'écouta attentivement. Clarissa craignait que sa petite-fille lui reproche de se faire des idées. Mais Andy resta calme et pondérée.

— Mams, tu n'as pas besoin de faire cette tronche. Je suis ton alliée. Et j'ai un truc à te dire qui va aller dans ton sens. J'ai contacté l'université d'East Anglia, celle de notre chère Mia White. Ils n'ont jamais répondu à mes mails, donc j'ai fini par appeler. Je me suis fait passer pour une copine française – avec l'accent ! –, un peu niaise, qui cherchait à la joindre. Je dois être plutôt douée parce que tout le monde est tombé dans le panneau. Et figure-toi que Mia White a déjà obtenu son diplôme, l'année dernière. Donc elle n'est plus étudiante. Bizarre, non ? Je me suis fait tout un film. Et si cette meuf était là pour t'espionner, elle aussi ? Et si elle bossait pour CASA depuis le départ ?

Clarissa dévisageait sa petite-fille, si mûre, si confiante.

— J'ai cru l'apercevoir en bas la nuit de l'alerte. C'est peut-être pour ça ?

248

— Tu l'as vue ce soir-là ? Alors elle doit dormir dans la résidence à mon avis. Ça pourrait être elle qui gère ton dossier à plein temps, non ?

— Andy, que veulent ces gens, enfin ? Comment va-t-on faire ?

Andy passa son bras autour des épaules de Clarissa.

— Allez, Mams, pas de stress. On va trouver.

— Mais comment ?

— On doit y réfléchir. Il doit y avoir un dénominateur commun entre tous ces artistes. Et c'est ce qui les intéresse. Ton docteur Trucmuche, c'est une ponte de l'IA. J'ai fait des recherches sur elle.

— Oui, Jim en avait fait aussi.

— Elle est passée du côté obscur, on dirait. Impossible de piger ce qu'elle fout. Avant, on allait se balader sur le Dark Web pour choper ce type de renseignements clandestins, mais maintenant c'est devenu *mainstream*, on n'y trouve plus grand-chose de croustillant. Pour pénétrer dans le Blacker Web, où on pourrait sans doute obtenir des réponses sur les activités du docteur, c'est galère. J'aurais besoin de l'aide d'un pro. J'ai une copine dont le frère est détective sur le Blacker Web. Un enquêteur, si tu préfères. Sa spécialité, c'est la politique. Il va dégoter toutes les saloperies cachées, les scandales enfouis. Il gagne des fortunes.

— Mais comment tu sais tout ça, Andy ?

— Tout le monde sait ça, Mams.

— Je suis larguée.

— Grave, et c'est normal. T'inquiète, je ne vais pas faire de bêtises. On a deux missions simples. Un, découvrir où est passé ton pote Jim. Deux, comprendre ce qui se cache derrière CASA. En attendant, on va chez toi, comme si de rien n'était. On fait comme d'habitude, OK ? Si on veut se parler, on s'écrit des mots.

— Tu es épatante, Adriana.

— Mais non, Mams. J'essaie juste de t'aider. Tu as la liste des artistes qui habitent la résidence ?

— Oui. Pourquoi ?

— Je voudrais la *checker*. Peut-être que la réponse est là-dedans.

— Que veux-tu dire ?

— Vous avez en commun d'être des artistes, certes. Mais il y a sûrement un autre truc qui intéresse CASA, à part votre profession.

Clarissa regardait autour d'elle. Le soleil brillait fort et aveuglait ses yeux fatigués. Ces derniers temps, le baromètre culminait quand bien même l'été n'était pas arrivé. La pluie se faisait rare, et quand elle tombait, les averses étaient d'une violence dévastatrice.

— Maman dit qu'une nouvelle canicule est prévue pour la semaine prochaine.

— Encore ?

Grâce à son métier, Jordan disposait de toutes les informations climatiques.

— Ouais, et celle-là va battre des records. On va frôler les quarante-huit degrés.

Clarissa soupira.

— On rentre, Mams ? Tu as l'air crevée. Je vais m'occuper de toi.

— Tu es trop mignonne, miss. Tiens, tu vas aimer, j'ai réussi à faire taire Mrs Dalloway. Il suffisait de désactiver le mode voix. Maintenant, tout s'affiche sur le mur, par écrit. Et c'est merveilleux.

Elles cheminèrent, bras dessus, bras dessous. Clarissa marchait avec difficulté. Elle se sentait bien vieille depuis ce matin. Une loque. Une fois chez elle, elle récupéra la liste des voisins. Andy l'étudia scrupuleusement. Puis elle la plia et la glissa dans sa poche. Elle aida sa grand-mère à préparer son dîner préféré. Elles appelèrent Toby, la conversation fut joyeuse. Juste avant de passer à table, Andy afficha un air contrarié.

— Oh zut, on n'a plus de sel ! dit-elle.

Elle adressa un clin d'œil à sa grand-mère, en tournant le dos à la caméra.

— Je vais aller en demander à tes voisins !

Un sourire, une tasse saisie sur l'étagère, et elle se précipita dehors. Clarissa posa un couvercle sur la soupe et maintint les pommes de terre au four. Elle alluma la télévision, essayant de paraître naturelle. Elle regarda les nouvelles. Effectivement, on annonçait une canicule d'une ampleur sans précédent sur la région parisienne. Une vingtaine de minutes plus tard, Andy revint avec un air entendu, et une tasse remplie de sel. Elle ne broncha pas de tout le dîner, qu'elle dévora avec son appétit habituel. Clarissa attendait. Elle se doutait que sa petite-fille tenait une piste. Elle brûlait de l'interroger, mais s'en abstint. Elles débarrassèrent la table, tandis qu'Andy sifflotait.

— Tu veux regarder un film, Mams ?

— Avec plaisir. Quoi donc ?

— Un truc vintage. Choisis !

— *Barry Lyndon*, tu connais ?

— Ça me dit quelque chose. C'est bien ?

Clarissa sourit.

— Je l'ai vu pour la première fois quand j'avais ton âge.

— Tu as aimé ?

— Plus qu'aimé.

— Alors, OK. Super.

— Stanley Kubrick est mon réalisateur préféré.

— Ah, ça je sais ! Maman me l'a assez répété !

Elles s'installèrent dans le salon, le chat sur les genoux d'Andy. Clarissa demanda à Mrs Dalloway de projeter le film *Barry Lyndon*.

— C'est quand même génial de ne plus l'entendre, la Dalloway. Bravo, Mams.

Puis Andy pria sa grand-mère, en susurrant dans le creux de son oreille, de mettre le volume au maximum.

Clarissa s'exécuta. Le son était si fort qu'elle en avait mal aux tympans. Andy jouait avec les mèches de ses cheveux, qu'elle posait devant sa bouche.

— Tu m'entends, Mams ? demanda-t-elle en douce. Regarde droit devant toi. Mets un truc devant tes lèvres, genre ta tasse de thé.

— Cinq sur cinq.

— Oh là là, qu'il est beau ! s'exclama Andy. C'est qui, cette bombe ?

— Ryan O'Neal.

— Il est encore vivant ?

— Il a l'âge de ton arrière-grand-père.

— Il a un arrière-petit-fils, tu crois ?

Andy se laissa emporter par l'esthétisme du film et l'envoûtante *Sarabande* de Haendel.

Elles reprirent leur conversation à voix basse.

— Je vais aller aux toilettes. Là-dedans, pas de caméra. Puis je t'appellerai en prétendant qu'il n'y a plus de papier. Tu iras en chercher et tu me rejoindras. Ça marche ?

Clarissa obtempéra discrètement.

Quelques minutes plus tard, sa petite-fille l'interpella comme convenu :

— Hey, Mams, y a plus de PQ !

— J'arrive, miss !

Elle se leva, en pestant contre son mal de dos. Elle alla fouiller dans le placard de sa salle de bains, et en ressortit un rouleau à la main. Andy ouvrit la porte des toilettes, la fit entrer, et referma rapidement.

— J'ai trouvé. Tes voisins.

— Quoi ? Raconte !

— Parle moins fort. Je ne les ai pas tous vus, certains n'étaient pas chez eux. Mais j'ai remarqué un truc. Ils ne sont pas franco-français.

— Tu parles comme l'horrible Présidente, là !

— Écoute-moi. Écoute bien. Ils sont tous comme toi. Ils ont une double culture.

Andy sortit la liste de sa poche, la déplia.

— Arlen, elle est de Montréal. Bell, d'Australie. Engeler, pas là. Fromet, super collante, m'a raconté sa *life* ; mère anglaise. Holzmann, d'origine allemande. Azoulay, d'origine marocaine. Olsen, pas là. Miki non plus.

— La mère d'Adelka Miki est italienne.

— Ah, tu vois. Et ton pote Perrier ?

— Mère belge, je sais qu'il parle flamand.

— Pomeroy, charmant, de San Francisco. Rachewski, de Saint-Pétersbourg. Van Druten, d'Amsterdam. Zajak, pas là.

— Où veux-tu en venir, miss ?

Il commençait à faire chaud dans les toilettes.

— Vous êtes tous bilingues.

Clarissa fut parcourue d'un frisson.

— Andy ! Mia White !

— Oui, quoi, Mia White ?

— Elle est franco-anglaise, comme moi.

Andy agita la feuille de papier dans un geste théâtral.

— J'en ai la tête qui tourne. Et si CASA s'intéressait spécifiquement à votre cerveau hybride, comme tu dis ? Et si la charmante et bilingue Mia White était leur chef de projet ?

Le chat les attendait contre la porte, anxieux. Elles retournèrent devant l'écran en silence. Clarissa ne réussissait plus à se concentrer sur le film. Elle pensait aux nombreuses questions que Mia White lui avait posées sur son bilinguisme, tentait de se rappeler ses réponses.

Andy écrivit sur un papier qu'elle transmit à sa grand-mère.

La porte du troisième étage gauche, chez Jim Perrier, était entrouverte. Pas pu voir à l'intérieur. J'ai sonné, personne.

Clarissa ne levait pas les yeux de l'écran, figée. Andy marmonna :

— On ira voir. Plus tard. Quand tout le monde pioncera.

L'immeuble entier dormait. Il n'y avait plus un bruit. Les veilleuses diffusaient leur lueur blafarde à travers la cage d'escalier. Clarissa et Andy avaient patienté jusqu'à deux heures du matin. Elles avaient regardé un autre film, en luttant contre le sommeil, puis elles avaient éteint les lumières, et avaient fait semblant de se coucher, encore habillées, dans l'obscurité. Après avoir actionné le mode intime, elles étaient sorties de l'atelier en silence.

La porte de l'appartement de Jim Perrier n'était effectivement pas fermée. Il suffisait de la pousser pour pénétrer chez lui. À l'intérieur, il faisait noir. Andy actionna la torche de son mobile. Clarissa se demanda si c'était une bonne idée. Qu'allaient-elles prétendre, si on les trouvait là ? Mais Andy avançait sans crainte. Quelle incroyable gamine, se réjouit Clarissa. Puis elle pensa à Jordan. Sa fille serait sans doute furieuse.

— Viens ! marmonna Andy. Il n'y a personne.

Les lieux étaient entièrement vidés. Andy balaya le faisceau de sa torche sur les murs, les sols. Rien.

Comme si personne n'avait habité là. Clarissa songea à Jim Perrier vêtu de son caleçon, la nuit de l'alarme. Son parfum agréable. Où était-il ?

— Fais attention aux caméras, chuchota Clarissa. Ils vont nous repérer.

— À mon avis, rien n'est en service, dit Andy. L'assistant virtuel a sûrement été désactivé. On ne craint rien. Ils ne vont pas filmer un appartement inoccupé.

Elles firent un tour dans la cuisine, dans la salle de bains.

— Et si Jim avait été viré par CASA ? avança Andy. Parce qu'il savait trop de trucs ?

— Ou alors parce qu'il picolait ?

— Tout ça n'a pas dû plaire à CASA.

— Peut-être que c'est lui qui est parti et…

— Chut ! l'interrompit Andy. Il y a quelqu'un.

Clarissa se figea. Son ventre se contracta. Qui était là ? Ben ? Le docteur Dewinter ? Il fallait vite trouver une excuse pour expliquer leur présence ici. Elle sentit la panique l'envahir.

— Va te cacher dans la penderie, là-bas, Mams. Laisse-moi faire. Je sais quoi leur dire.

— Mais…

— Écoute ce que je te dis. Je vais gérer. Fais-moi confiance.

Clarissa se précipita, tenant la porte du placard entrebâillée. De là, elle pouvait voir le vestibule, où sa petite-fille s'était allongée par terre, comme si elle dormait. Mais que faisait-elle ?

Le bruit qu'Andy avait entendu parvint aux oreilles de Clarissa ; un étrange chuintement. Andy demeurait étendue au sol sans bouger. Clarissa retint son souffle. On franchit le seuil de l'appartement. La forme n'était pas humaine ; c'était une grande roue en acier qui se déplaçait lentement avec des petits sons mécaniques. Arrivée devant Andy, la roue s'immobilisa, puis, sous les yeux incrédules et affolés de Clarissa, elle changea de forme, s'allongea. Elle vit une immense silhouette en acier se déployer avec lenteur pour atteindre la hauteur du plafond. Clarissa n'en avait encore jamais vu en vrai, mais elle savait de quoi il s'agissait. Et Jim lui en avait parlé. Un Bardi. Un robot-gardien des plus redoutables et des plus sophistiqués. Hors de prix et très efficace. À chaque extrémité des appendices qui lui tenaient lieu de bras se trouvaient des pinces en mesure d'envoyer des décharges électriques. À la place des yeux luisaient deux petits leds rouges. Le Bardi, à première vue inoffensif, ressemblait à une statue de Giacometti, haute, maigre et élégante ; mais Clarissa en avait assez lu à leur sujet pour savoir de quoi ils étaient capables. Comment sortir Andy de là ? Elle pensa à nouveau à Jordan. À Ivan.

Le Bardi avait localisé le corps d'Andy. Il s'avança dans un glissement menaçant qui serra le cœur de Clarissa. Un faisceau rouge se balada sur la jeune fille, qui fit mine de se réveiller.

— Levez-vous.

Voix mécanique androgyne.

Andy se releva, sans paniquer. Comment faisait-elle pour rester aussi calme ? Clarissa savait que ces robots étaient dotés de reconnaissance faciale. Les points rouges éclairèrent le visage d'Andy, se fixèrent sur ses yeux.

— Individu mineur identifié par le protocole CASA. Adriana Garnier. Expliquez la nature de votre présence ici.

Andy ne se démonta pas. Elle leva le menton et fit crânement face au robot. Il s'était légèrement recourbé afin de pouvoir l'examiner, et Clarissa pouvait discerner les détails de l'étonnante figure d'acier, les deux petites cornes plantées de chaque côté de sa tête, qui lui conféraient un aspect animal.

— Je suis la petite-fille de Clarissa Katsef, l'écrivaine qui habite au huitième étage. J'avais rendez-vous avec la personne qui vit ici. Mais il n'est pas venu. Je me suis endormie en l'attendant.

Le robot semblait assimiler ces informations en silence.

— La porte était ouverte, poursuivit Andy tranquillement. Alors je suis entrée.

— Votre portable.

La tenaille progressa vers Andy, se déplia pour lui présenter une surface plane et rectangulaire.

— Je veux bien vous le confier, mais vous ne trouverez aucune trace de nos SMS. J'ai tout effacé.

— Pourquoi ?

Andy haussa les épaules.

— Pas envie d'avoir mes parents sur le dos. Ils ne sont pas au courant de mes échanges avec Jim.

— Donnez votre portable.

Andy obéit. Elle plaça le mobile sur le petit plateau. Un bourdonnement retentit.

— Merci. Vous pouvez le reprendre. Montez chez votre grand-mère et ne revenez plus.

Andy sembla hésiter, puis elle lança :

— Où est Jim Perrier, s'il vous plaît ?

— Il n'y a pas de Jim Perrier ici.

— Mais où est-il ? Pourquoi a-t-il disparu ? Pourquoi a-t-on vidé son appartement ?

— Montez chez vous.

— J'aimerais savoir où il est !

— Ne discutez pas.

Le robot avança, effleura le bras d'Adriana avec l'extrémité de sa pince droite. Le cliquetis d'une décharge électrique fit sursauter Clarissa.

— Putain ! brailla la jeune fille. J'ai rien fait de mal !

— Montez maintenant. Sortez d'ici.

— OK ! J'ai pigé ! Je me casse !

Le robot poussa Andy vers la porte de ses serres pointées et menaçantes. Clarissa entendit la porte claquer. Elle resta interdite, la poitrine oppressée. Elle comptait laisser passer quelques instants, avant de rejoindre Andy au huitième.

Dans l'appartement désert de Jim Perrier, Clarissa n'entendait plus que sa propre respiration saccadée. Quelle idée d'avoir suivi Andy ! Elle aurait voulu se trouver chez elle, bien au chaud, avec sa petite-fille et son chat. Une tisane, et au lit. Si Jim Perrier la voyait, planquée dans son placard, tremblante ! Elle imaginait son sourire.

Un léger chuintement se fit entendre, et son cœur se glaça. Elle tendit l'oreille. Le bruit se produisit à nouveau. Elle ne s'était pas trompée. Le Bardi n'était pas sorti. Il devait percevoir une présence dans le logement et s'était mis en mode limier. Horrifiée, Clarissa se tapit au fond de la penderie.

Le robot avançait lentement, avec ce léger grincement qu'elle redoutait déjà, tandis que sa face pivotait de droite à gauche, méthodiquement. Il était équipé de capteurs repérant la chaleur corporelle, elle le savait. De sa cachette, elle vit la lueur des leds se rapprocher, doucement, mais sûrement. Le Bardi se dirigeait vers sa cachette. Elle imaginait déjà les pinces d'acier se refermant sur son bras. Elle se sentit défaillir.

Des coups répétés à la porte d'entrée la firent sursauter. Le robot s'immobilisa à quelques mètres d'elle. Avant de faire demi-tour. Clarissa entendit la voix d'Andy :

— Je veux savoir où est Jim Perrier ! Je veux savoir où est mon ami !

— Jim Perrier n'habite plus ici. Rentrez chez vous. Immédiatement.

— Mais il m'a donné rendez-vous ! Ce n'est pas normal !

— Si vous ne montez pas, je vous embarque.

— Je suis mineure ! gémit Andy. Vous n'avez pas le droit, je n'ai rien fait de mal.

— Partez.

— Si je monte, vous partirez aussi ?

Clarissa était abasourdie par l'audace de sa petite-fille.

— Oui, je partirai si vous montez, déclama le timbre mécanique.

— Regardez-moi, monsieur Bardi, je monte ! Vous me voyez ?

La voix d'Andy faiblissait.

Clarissa patientait, l'estomac noué, la respiration courte. Si le Bardi revenait, elle s'effondrerait. Elle guettait le robot à travers l'entrebâillement de la porte de la penderie. Il ne parlait plus, et semblait paralysé. Tout à coup, il se courba avec une grâce inattendue, puis s'enroula sur lui-même, et reprit son aspect circulaire. Clarissa l'entendit dévaler les marches.

Après quelques minutes, Andy s'écria :

— Mams ! Sors de là ! Vite !

Clarissa se précipita à l'aveuglette, les mains tendues, pour terminer sa course dans les bras de sa petite-fille. La porte du palier s'entrouvrit. Un homme élégant d'une soixantaine d'années, vêtu d'un peignoir bleu, les observa avec circonspection.

— Tout va bien ? J'ai entendu du bruit.

Il avait un accent américain, des yeux bleu clair.

Andy lui répondit en anglais, avec un sourire rassurant et en s'excusant, car oui, il était fort tard. Ils s'étaient vus tout à l'heure, elle était venue lui demander du sel. Sean Pomeroy, n'est-ce pas ? De San Francisco. Clarissa se présenta à son tour, et lui expliqua qu'elles cherchaient son voisin, Jim Perrier. Sean Pomeroy les informa que cela faisait un moment qu'il ne l'avait pas vu. Il avait dû déménager. Puis il ajouta avec un sourire malicieux :

— Un jeune homme un peu bruyant.

— Ah ? fit Clarissa.

— Disons qu'il rentrait souvent éméché, et se trompait de porte.

Elles lui souhaitèrent bonne nuit et s'éclipsèrent. En montant dans l'ascenseur, Clarissa songea que ce monsieur bien aimable avait dû les prendre pour des folles. Elle n'en revenait pas de ce qu'elles venaient de faire. Les risques ! Le danger ! Mais elle ne parvenait pas à gronder Adriana. Sa petite-fille la contemplait, le triomphe modeste.

Au huitième, Clarissa lui demanda de vérifier qu'il n'y avait pas de Bardi dans les parages. Andy s'exécuta.

— Aucun Bardi, Mams. Juste un pauvre chat qui miaule derrière la porte.

Une fois couchée, Clarissa s'abîma dans un sommeil confus, avec la vision des leds rouges du Bardi à sa poursuite. Elle se réveilla à l'aube, et resta allongée dans son lit à écouter la respiration d'Andy. Elle attendit jusqu'à ce que la jeune fille ouvre les yeux, et lui adresse un sourire. Quelle merveille, le sourire d'Adriana.

— J'ai fait des rêves trop bizarres, Mams.

— C'est la spécialité de la maison.

Andy s'étira, bâilla.

— Toi, tu parlais dans ton sommeil. Tu prenais une voix toute douce qui répétait sans cesse le même mot.

Clarissa se raidit.

— Quel mot ?

— Un prénom.

— Lequel ?

— Glenn.

Clarissa ferma les yeux. Elle sentit la fatigue l'envahir, la vaincre. Elle avait envie de se recroqueviller sous ses draps, de ne plus jamais se lever ; elle était frappée au creux du ventre, là où elle avait porté son enfant mort. Elle ne parvenait pas à croire qu'elle prononçait son nom à voix haute en dormant.

— Mams. Tu n'as pas besoin d'expliquer.

La petite main d'Andy entoura la sienne.

— Je sais qui est Glenn. Maman m'a appris très tôt qu'elle avait eu un grand frère, mort à la naissance. Ton fils. Je ne t'en ai jamais parlé, j'attendais. Prends ton temps. Si ce n'est pas aujourd'hui, ce sera un autre jour.

Puis Andy chuchota, avec fermeté :

— Je ne sais pas ce qu'ils foutent, je ne sais pas ce qu'ils veulent, et peut-être qu'on ne le saura jamais ! Mais une chose est claire : tu dois te barrer, Mams. Rapidos.

Carnet de notes

Il a fallu ensuite écrire. Décrire. Il a fallu sortir cette scène de moi. Le seul moyen d'y parvenir, c'était de mettre de la distance. Me protéger.

La porte, devant moi. La clef, dans ma main. Une dernière hésitation. Faire demi-tour, et ne rien savoir ? Ouvrir, et être au courant de tout ? Un choix simple. Pourtant il me paraissait diabolique, tandis que je tergiversais sur le palier.

Ouverture de la porte. Elle ne grinçait pas. Je suis entrée facilement. J'avais attendu longtemps, quasiment une heure, et j'avais sonné. Personne. La porte était fermée à double tour.

Un petit vestibule. Mauve. Une couleur presque criarde. François aimait pourtant les tons discrets et distingués, le beige, le brun, le bleu marine, le gris.

Au fond, une deuxième porte. J'ai ouvert. Un parfum féminin m'a saisie à la gorge. Je l'ai reconnu.

263

Je le flairais sur les vestes, les chemises de mon mari. Sucré, comme de la barbe à papa. Écœurant.

Pas beaucoup d'air ici. Cela ne devait pas être souvent aéré.

Une seule pièce, d'assez petite taille. Stores baissés. Aucune luminosité. La nuit était tombée. Difficile de discerner quoi que ce soit. Peu de meubles, sauf un lit à baldaquin, immense, qui trônait. Il écrasait le reste, obscène. Tout était mauve. Les murs, la moquette, les voilages.

François m'attendait chez nos amies. Il avait déjà envoyé plusieurs SMS, me demandait ce que je faisais, pourquoi j'étais en retard. Je n'avais pas répondu.

J'avais tout mon temps, après tout. Mais si elle revenait, elle ? Je n'avais pas prévu ça. J'ai eu peur, tout à coup. Le parfum m'incommodait. Je me sentais mal.

Sur le guéridon, près de la fenêtre, une photographie encadrée. Je me suis approchée. C'était elle. Elle et lui. Elle et mon mari. Ils se tenaient enlacés, sur ce gigantesque lit infâme, juste derrière moi.

C'était une blonde aux cheveux bouclés. Elle était jeune, plus jeune que Jordan. Une trentaine d'années à tout casser. Un visage angélique, tout lisse. Une peau rose, comme celle d'un petit cochon. Un sourire béat. Des yeux inexpressifs. Un corps dodu. Elle portait une nuisette, lui était torse nu.

Mes yeux s'adaptaient à la pénombre. Sur la commode, des albums photo. Attention. Prudence. Tu veux vraiment voir ça ? Tu sais tout, désormais. Tu sais que ton mari te trompe avec cette jeune femme. Tu sais qu'ils se donnent rendez-vous ici, plusieurs fois par semaine. Tu sais que François mène une double vie. Tu devrais foutre le camp. Tout de suite. Là. Maintenant. Pourquoi te torturer ? Pourquoi regarder ces fichues photos ?

Impossible de faire demi-tour. J'ai tout regardé.

Des photographies de repas, d'apéritifs, de dégustations de champagne, de gâteaux d'anniversaire, toujours ici, dans cette immonde chambre aux murs mauves. Mon mari, le regard bêtement amoureux. Elle, avec son rictus affecté, ses bouclettes blondes. Lui, en veste sombre et cravate ; elle, en tunique décolletée. Et une photo où elle était assise en robe du soir sur ses genoux. Il lui tétait le sein goulûment.

Il y avait une tablette, un petit modèle, sous les albums. Ne regarde pas. Résiste. Repose-la. Va-t'en. Fiche le camp.

Trop tard. Une vingtaine de vidéos. Si facile d'appuyer sur la petite icône.

Mon cœur s'est mis à battre avec une rage muette, qui dévorait tout. Des vidéos d'eux sur le lit. Des gros plans. Des baisers. Des langues et des sexes. Elle avait une vulve rose totalement épilée. Elle sur lui. Lui sur

elle. Lui dans elle. Lui, dans sa bouche à elle. Lui,
entre ses seins. Lui, entre ses fesses. J'ai tout regardé.
Le va-et-vient contrôlé, puis frénétique. Mes mains
tremblaient. C'était ignoble.

Une envie folle de tout saccager. Faire un carnage.
Tout péter. Mais cela n'a pas duré. La tristesse, l'abat-
tement m'ont cueillie. J'étais là, debout dans cette
pièce sordide, impuissante, vidée.

J'ai visité le reste du logement en allumant les
lumières. Une cuisine exiguë. Rien dans le réfrigérateur à l'exception de bouteilles de champagne. Deux
coupes à côté de l'évier. Plus loin, une salle de bains.
Aucun produit de maquillage. C'était étonnant. Alors
que sur toutes les vidéos elle était fardée. Aucun produit de beauté. Juste son parfum, posé sur l'étagère du
lavabo. Une seule brosse à dents. Un déodorant masculin. Une seule grande serviette mauve. Dans la
douche, un objet qui ressemblait à un long goupillon
pour nettoyer des biberons, et un ustensile en caout-
chouc noir qui avait la forme d'une poire. Un gel
douche.

De retour dans la pièce principale, je me suis approchée du lit, comme pour l'observer une dernière fois,
avant de partir pour de bon. Les voilages mauves du
baldaquin étaient tirés. Sur l'unique table de nuit, un
appareil photo polaroïd, un ancien modèle. Un tube de
lubrifiant.

J'ai soulevé le voilage. J'ai failli hurler.

Il y avait une forme sur le matelas, dans l'obscurité. Une femme, allongée là, sur le côté, dos à moi. Sur l'oreiller s'étalaient de longues boucles blondes.

8

Canicule

« Des moments comme celui-ci
sont des bourgeons sur l'arbre de la vie ;
ce sont des fleurs de l'ombre. »

Virginia Woolf, *Mrs Dalloway*, 1925

« Au lieu de hurler, j'écris des livres. »

Romain Gary, *La Promesse de l'aube*, 1960

Ces dix dernières années, Paris avait connu une succession de canicules. Précédée d'angoisses, de conjectures et d'élucubrations, celle qui approchait ne durerait que quarante-huit heures mais exploserait tous les records. Elle serait dévastatrice. La Présidente avait même décrété un jour chômé exceptionnel. Le ministre de la Santé exhortait les Parisiens à rester chez eux. Des lieux climatisés seraient accessibles à ceux qui en auraient besoin, des drones distribueraient de l'eau dans des points de ravitaillement ; les services d'urgence étaient en alerte. Les trains ne rouleraient pas, car les équipements ferroviaires pourraient être déformés par la chaleur. Seuls quelques avions décolleraient. Les transports en commun circuleraient en effectif réduit. La dernière canicule, qui avait frôlé les quarante-cinq degrés, avait déjà laissé un très mauvais souvenir et celle-ci s'annonçait pire. Clarissa écoutait les nouvelles, accablée. Pourquoi un tel catastrophisme ? Depuis hier, on n'évoquait cette vague de chaleur que dans les termes les plus alarmistes.

La résidence était équipée d'une climatisation dernier cri – une chose, au moins, dont Clarissa pouvait se réjouir. Elle avait proposé à Jordan et sa petite famille de les accueillir pendant les pics de chaleur, mais sa fille avait décliné l'offre. Jordan possédait un climatiseur d'appoint. Ils se débrouilleraient. Pourquoi Clarissa sentait-elle une ombre dans la voix de sa fille ? Se faisait-elle des idées, ou percevait-elle un ressentiment voilé ?

Clarissa interrompit les nouvelles, lassée des gros titres qui repassaient en boucle. Fermer les volets, rester au frais, boire suffisamment. Oui, oui, elle savait tout cela. Trois ou quatre fois par an, elle suivait ces directives comme des milliers de Parisiens. Ce matin, elle avait reçu un message qui l'avait amusée. Du haut de ses quatre-vingt-dix-huit ans, son père lui rappelait que les seniors tels que Clarissa devaient être très vigilants. La dernière canicule en date avait causé une hécatombe, s'en souvenait-elle ? Heureusement qu'à Londres le temps serait plus frais. Signé : Ton Dad, le Super Senior.

Un signal sonore retentit. Mrs Dalloway se manifestait. Clarissa lut le message sur le mur :

Pour votre information, le courrier postal a été livré. Il y a une lettre dans votre boîte. Manuscrite. Pas d'adresse retour.

C'était rare de recevoir du courrier postal. Le papier ne servait plus, ni pour les factures, ni pour les mots doux, et encore moins pour les condoléances. Les gens ne s'écrivaient plus, depuis longtemps déjà ; ils s'envoyaient des courriels ou des SMS. Clarissa était curieuse de découvrir qui lui avait adressé une lettre à l'ancienne. Elle descendit la chercher. Elle ne croisa personne. Les artistes s'étaient-ils retranchés chez eux, apeurés par la canicule ? Sur l'enveloppe, elle reconnut immédiatement l'écriture de François. Elle ne l'ouvrit pas. De retour chez elle, elle glissa la lettre dans son sac à main. Devait-elle la lire ? Elle n'en avait pas le courage. Elle le ferait. Un autre jour.

Son roman progressait lentement. Trop lentement. Elle prenait des notes ; elle continuait à écrire dans les deux cahiers en se cachant des caméras, mais le cœur n'y était pas. Sa nouvelle obsession, c'était de s'échapper de CASA. Cela éclipsait tout le reste. Elle avait signé un bail. Elle allait devoir se replonger dans le contrat. Et ensuite, aller où ? Cette question la taraudait.

Au fil de la journée, le ciel vira au crème, au blanc même ; on n'avait jamais vu un tel coloris. Le soleil cognait sur la verrière que Clarissa ne pouvait occulter. Elle s'était réfugiée dans sa chambre, dont les fenêtres étaient dotées de volets. Dans l'obscurité, elle se sentait protégée. Chablis somnolait. Clarissa imaginait les centaines de milliers de climatiseurs qui luttaient contre la température, tout en recrachant de l'air chaud. L'attente était pénible. Des proches s'enquéraient d'elle par SMS : était-elle bien à l'abri ? Elle apprécia ces témoignages d'amitié, envoya des réponses rassurantes.

Les heures s'écoulaient avec une lenteur extrême. Andy téléphona pour prendre des nouvelles de sa grand-mère. Chez eux, c'était supportable. Mais elle redoutait la nuit. Clarissa tint à lui dire qu'elle avait proposé à toute la famille de venir. Andy savait. Jordan avait refusé. Un mystère, selon Andy.

Clarissa n'arrivait plus à lire, ni à écrire. L'anxiété la rongeait. Elle n'avait pas peur pour elle, elle avait peur pour la ville. Paris n'avait jamais connu de telles températures. Elle se demandait si les infrastructures allaient tenir. Elle répondit à un appel de Toby, qui veillait sur elle, même à distance. Elle ralluma l'écran, sans mettre le son. Dans la capitale déserte, les rues prenaient un air de ville fantôme. Pas un véhicule, pas un passant. Les magasins étaient fermés. Seuls des drones circulaient, tels d'énormes insectes survolant les boulevards vides. Elle percevait leur bourdonnement à travers les doubles vitrages. Elle avait toujours détesté leur bruit.

Vers seize heures, elle poussa le battant de sa fenêtre pour se rendre compte. L'air brûlant la gifla, comme si elle ouvrait un four. Il faisait quarante-cinq degrés à l'ombre. Elle savait que cela devait encore monter. Les chaînes d'information diffusaient les sempiternelles images du dérèglement climatique, et revenaient sur la mort des abeilles et ses conséquences. Les médias du monde entier semblaient polarisés sur les rues mortes de la capitale. Abattue, Clarissa demanda à Mrs Dalloway de projeter un film de Charlie Chaplin, *Les Temps modernes*.

Elle dut s'endormir devant Charlot avalé par les rouages des machineries de l'usine car, quand elle ouvrit les yeux, le film était terminé et la nuit tombée. Elle avait la bouche pâteuse, mal au crâne. Lorsqu'elle voulut se lever, un vertige la contraignit à se rasseoir. Le chat était prostré dans un coin. Elle se traîna jusqu'à la cuisine. Dans le réfrigérateur, elle ne trouva pas d'eau minérale. Pourtant, elle avait veillé à disposer d'un stock de bouteilles, elle en était certaine.

Elle ne comprenait pas pourquoi elle ne parvenait pas à mettre la main dessus. Son mal de tête s'accentua, accompagné d'une nausée grandissante. Elle dut s'agripper aux meubles pour ne pas chuter. Elle avait soif comme jamais. Son corps entier semblait asséché. Elle tremblait. Elle n'avait d'autre choix que de boire au robinet, cette eau filtrée par la résidence dont elle se méfiait. Le liquide coulait dans sa main, encore chaud et bizarrement huileux. Elle attendit que le jet refroidisse, mais cela n'arriva pas. Elle s'obligea à ingurgiter des lampées tiédasses qui ne firent qu'accroître ses nausées.

Sur le panneau du mur, elle lut que la température extérieure avait dépassé les quarante-neuf degrés. Un nouveau record pour Paris. On comptait déjà les victimes. Il y en aurait d'autres. Clarissa retourna au salon avec difficulté, le corps lourd. Elle jeta un œil dehors, vers l'immeuble d'en face. Peu de lumières aux fenêtres. La ville semblait avoir sombré. Mais elle entendait au loin la sirène stridente des ambulances, le ballet continuel des drones. Elle transpirait. Ses vêtements étaient moites. Y avait-il un problème avec la climatisation ? Elle pria Mrs Dalloway de vérifier.

Une seule phrase s'afficha :

ERREUR SYSTÈME.

Clarissa ouvrit la porte d'entrée. Il faisait si chaud dans la cage d'escalier, on avait l'impression que le chauffage fonctionnait à plein régime. Elle chercha son portable. Appeler Jordan, appeler Adelka. Le réseau affichait du signal, mais les appels ne passaient plus. Elle réessaya plusieurs fois, en vain. Elle se souvint de la ligne fixe dans son bureau, et s'y précipita. Mais lorsqu'elle colla le combiné à son oreille, pas de tonalité, juste une voix automatique scandant les mêmes mots : « Erreur système. Merci de raccrocher. Erreur système. Merci de raccrocher. »

Elle était seule dans son atelier, sans climatisation, sans eau minérale. Au huitième étage, sous une verrière qui avait chauffé toute la journée. Elle sentait la sueur dégouliner le long de sa nuque, entre ses seins. La nuit avait tout juste adouci la température. Son cœur battait lentement, péniblement. La pression faisait refluer son sang dans ses oreilles avec un bruit sourd de ventouse. Ses dernières forces l'avaient fuie. Une épave. Elle ne pouvait plus bouger. La résidence l'avait vidée de sa sève. Elle n'était plus qu'une coquille vide.

Allongée sur le canapé, inerte, assoiffée, elle comprit enfin ce qu'« ils » cherchaient, ce qu'« ils » voulaient. C'était clair. Pourquoi ne l'avait-elle pas vu avant ? Il fallait qu'elle le note, tout de suite. Quand elle se redressa, le sol tanguait. Le plafond dessinait des vagues au-dessus de sa tête. Elle progressait précautionneusement. Sur les écrans, les images sautaient, se juxtaposaient, dans un grésillement continu. Un message d'urgence avait fait son apparition :

PROTOCOL CASA DOWN. REBOOT.

Malgré son état, sa fatigue, Clarissa ne pouvait s'empêcher de sourire. Elle imaginait le docteur Dewinter et son équipe fébriles, en nage, devant les écrans et les serveurs inopérants. La canicule avait eu raison du protocole CASA, et avait dû causer, d'une manière ou d'une autre, une avarie du système interne.

Clarissa attrapa ses cahiers dans son sac. Elle s'assit, nota quelques phrases, mais dut poser son stylo, tant elle se sentait faible. À son âge, ça pouvait être fatal. Elle devait réhydrater son corps. Elle n'avait pas de temps à perdre. Elle irait se mettre sous la douche. Et elle attendrait là.

Impossible de se tenir debout. Ses membres étaient mous comme de la guimauve. Elle progressa à plat ventre le long du parquet, en effectuant de faibles mouvements de brasse. Le chemin jusqu'à la salle de bains lui parut interminable. Elle avait envie de pleurer. Elle s'arrêtait, puis elle se reprenait. Elle n'allait quand même pas finir là, sur son plancher ! C'était pathétique. Elle entendait la voix de son père, ses jurons, son humour : « Putain ! Avance ! Allez ! Magnetoi ! » Elle avait mal aux coudes à force de riper sur les lattes. Chaque effort lui arrachait une sorte de sanglot étranglé. La salle de bains était encore loin. Elle pourrait s'abandonner là, allongée de tout son long, en sueur, haletante, et personne ne le saurait jamais. Les caméras ne filmaient plus. Elle s'en irait ainsi. Son corps serait découvert quelques jours plus tard par Ben, ou par la gentille dame qui venait faire le ménage une fois par semaine. Non, tout de même, Jordan et Andy passeraient avant. Elle l'espérait. C'était tentant de se laisser aller.

La joue au contact du parquet brûlant, l'œil rivé sur les rainures du bois, elle vit peu à peu des ombres prendre forme ; des visages tourmentés apparaissaient ; des yeux maléfiques là, une bouche tordue ici, un nez crochu plus loin. Le parquet entier était recouvert d'une série de masques grimaçants, d'horribles démons aux faciès émaciés comme dans *Le Cri* de Munch. Elle s'attacha à ne plus regarder le sol, mais quand elle leva les yeux, elle constata avec angoisse que d'autres silhouettes nébuleuses se formaient sur les murs, comme si le couloir était peuplé de créatures menaçantes.

Clarissa ferma les paupières. C'était mieux. Elle ne les voyait plus. Elle respira, souffla, comme le lui avait appris Élise. Devait-elle se laisser envahir par cette douce hébétude ? Se laisser emporter ? « T'es dingue ou quoi ? Merde, ça suffit là ! » La voix de son père. Il l'appelait par ce prénom qu'elle détestait.

Elle releva la tête, serra les dents avec toute la hargne dont elle était capable. Avancer. Avancer encore. Centimètre par centimètre. Les masques avaient disparu. Atteindre la douche. Elle avait mal aux mains, aux coudes, des crampes dans les jambes. Elle ahanait. Sur un panneau lumineux au fond du couloir, elle distingua une sorte de fiche, avec photo d'identité. Elle s'approcha encore, réussit dans un effort désespéré à se mettre à genoux. Elle n'avait pas ses lunettes. Elle colla son nez à l'écran.

NOM : Perrier
PRÉNOM : Jim
ÂGE : 35 ans

De quoi s'agissait-il ? Elle ne comprenait rien. La fiche de Jim s'évanouit, puis s'afficha à nouveau sur le mur.

L'image vira au noir. Elle cria sa frustration. Puis d'autres fiches apparurent, rapidement, trop rapidement pour que Clarissa puisse les déchiffrer. La chaleur devait affecter les serveurs ! Tout ce que CASA savait, tout ce que CASA cachait était devenu accessible. Elle n'en revenait pas. Ces informations confidentielles étaient-elles consultées en cet instant même par les autres artistes de la résidence ? Ou alors ce phénomène se déroulait-il uniquement chez elle ? Les images défilaient à un rythme infernal. Parfois, tout s'éteignait, puis s'allumait à nouveau. Enfin, elle crut voir surgir sa propre fiche, une seconde, pas plus, ses traits plus efflanqués que jamais, et au milieu d'un long paragraphe, un mot qui la gifla : « *Dépressive* ».

Sa colère décupla, et dans un sursaut, elle réussit à se mettre debout, secouée par la rage. Elle ne se laisserait pas faire. Jamais. Elle allait quitter cet endroit. Le plus vite possible. Il fallait qu'elle dénonce tout cela. Elle devait photographier ces fiches comme preuves. Elle retourna sur ses pas pour chercher son portable. Un étourdissement l'empêcha de poursuivre. Elle dut s'arrêter, poisseuse, s'appuyer contre le mur, reprendre sa respiration. Il n'y avait pas d'air.

Lorsqu'elle revint, armée de son mobile, plus rien ne s'affichait sur le panneau. Elle attendit. Avait-elle tout imaginé ? Un quart d'heure plus tard, elle se dirigea vers la salle de bains. Elle ne parvenait pas à faire la différence entre les démons qui dansaient sur le parquet et les fiches sur l'écran. Qu'avait-elle vraiment vu ? Ou fantasmé ? Elle se déshabilla lentement, profondément lasse. Dans la glace, elle vit son reflet, un fantôme. Qui la regardait, derrière ce miroir ? Avec un mauvais sourire, elle brandit son majeur vers la glace, sans un mot. Une fois sous la douche, elle ouvrit le robinet et s'assit, le dos calé contre la paroi. L'eau restait tiède. Elle ferma les yeux, la laissa couler dans sa bouche, dans ses oreilles. Le bruit du jet l'apaisa. Elle pensait à ce qu'elle avait lu sur Jim Perrier. Alcool. Drogue. Paranoïa. Que devait-elle en conclure ?

Un mouvement la fit sursauter. C'était le chat. Face à elle, il l'observait fixement.

— Allez viens, mon vieux. Ça te fera du bien.

Elle avait toujours entendu dire que les chats n'aimaient pas l'eau. Contre toute attente, Chablis émit un petit miaulement et, d'un bond, atterrit à ses côtés. Il se laissa entièrement tremper, puis, avec sa délicatesse habituelle, s'installa sur les cuisses de Clarissa et se mit à ronronner.

Elle dormait encore lorsque la sonnette de la porte d'entrée retentit. Elle n'avait aucune idée de l'heure ; elle se souvenait d'avoir fermé le robinet, de s'être vautrée sur son lit, trempée, enveloppée d'une serviette de bain humide. La température de la pièce était agréablement fraîche. Elle enfila un peignoir et regarda sur le panneau. C'était Ben, plus souriant que d'habitude, l'air gêné. Elle ouvrit.

— Ça va, madame Katsef ?

— Pas terrible. Je me réveille tout juste.

Il lui expliqua que le système avait subi une panne géante et que la climatisation avait cessé de fonctionner. Mais tout était réparé.

— Je vois, dit-elle, j'ai failli crever.

Il la regarda, troublé.

— Ah, mince ! Vous allez bien ?

— Vous voyez, je suis plus coriace que j'en ai l'air. Les autres artistes, ça va ?

— Pas mal d'entre eux avaient quitté la résidence. Vous avez vu les nouvelles ?

— Non.

— Il y a eu des problèmes de ce genre partout dans Paris. Des serveurs en panne, plus de réseau, plus de surveillance, des données piratées, des cambriolages. Bitume fondu. Et puis des morts. Plein de morts.

— En effet. Vous avez besoin de quelque chose ?

— Oui. Le docteur Dewinter souhaiterait que les artistes présents pendant la canicule passent un test médical. Je dois vérifier si tout marche bien chez vous.

Il ajouta :

— Vous semblez très pâle, si je puis me permettre.

Elle ne releva pas, mais soutint son regard avec fermeté. Il alla à la salle de bains et pendant qu'il effectuait ses contrôles, elle consulta son portable. Il était neuf heures passées. Que d'appels en absence. Elle se dirigea vers la cuisine, ouvrit le réfrigérateur. Sous ses yeux, quatre bouteilles d'eau minérale. Celles qu'elle avait cherchées en vain la veille. Elle poussa un soupir.

Elle se mit à lire ses SMS. Jordan se faisait du souci, tout comme Andy, Toby, François et quelques amis. Comment se portait-elle ? Pouvait-elle répondre ? Tout était OK ? Rapidement, elle leur écrivit, à Jordan en premier. Oui, cela avait été atroce, la climatisation était tombée en panne, tout était tombé en panne, elle n'avait jamais eu aussi chaud et soif de sa vie, elle ne s'était jamais sentie aussi faible, mais elle allait mieux ce matin. Jordan lui répondit, tranquillisée. Elle appellerait plus tard.

Tandis qu'elle envoyait un mot à Andy, son portable sonna. C'était Laure-Marie, son éditrice. Elle prit l'appel. Laure-Marie voulait savoir si elle avait survécu. Clarissa répondit avec un rire que oui, elle avait survécu, mais en repensant à l'intensité de sa nausée, à l'eau minérale qui s'était volatilisée, aux démons sur les lattes, elle se demanda si elle avait aussi bien résisté qu'elle le croyait. Laure-Marie souhaitait reprendre contact ; elles ne s'étaient pas vues depuis un moment. Elle avait appris que Clarissa avait déménagé. Pourquoi ne pas se retrouver autour d'un verre ? Ainsi, elle pourrait lui parler de son nouveau projet, car Laure-Marie attendait d'en savoir plus. Elles se mirent d'accord pour se croiser plus tard dans la semaine.

Son projet. Son roman. Au point mort. CASA avait broyé tout désir d'écriture, sapé son énergie, à force de ravager son sommeil. Tout ça faisait partie de leur plan, c'est ce qu'elle avait saisi hier soir. Elle allait devoir vite échanger avec Andy, et lui raconter ce qu'elle avait compris. Clarissa savait déjà qu'elle ne rappellerait pas tout de suite son éditrice. Elle n'avait pas assez avancé. Il lui fallait d'abord trouver le moyen de sortir d'ici. Elle se rappela les paroles de la chanson préférée de Toby, *Hotel California* : on pouvait régler la note quand on le souhaitait, mais on ne pouvait jamais s'en aller.

Ben était toujours dans la salle de bains, à vérifier le bon fonctionnement de l'installation. Il en émergea embarrassé, comme s'il avait perçu son agacement. Il lui annonça que tout était OK. Le test allait durer plus longtemps que d'habitude, précisa-t-il. Mais elle devait s'y plier. Le docteur Dewinter avait insisté pour que tous les artistes le fassent.

— Formidable, dit Clarissa d'un ton sinistre. Je me réjouis.

Déstabilisé, il ne savait quelle attitude adopter.

— Au revoir, Ben, conclut-elle, glaciale.

Il décampa. Clarissa se rendit dans la salle de bains, et se posta face au miroir, en regardant bien les deux petits repères rouges.

— Bonjour, Clarissa, prononça une voix au timbre masculin et mécanique. Merci de poser votre paume sur la plaque.

Clarissa obtempéra. Elle fut frappée par sa propre maigreur. Elle avait perdu du poids, ce qui fut confirmé lorsqu'elle monta sur la balance.

— Merci de répondre aux questions suivantes, Clarissa. Avez-vous perdu conscience pendant la canicule ?

— Non.

— Avez-vous ressenti des vertiges et avez-vous perdu l'équilibre ?

— Oui.

— Avez-vous eu soif ?

— Oui.

— Vos urines vous ont-elles semblé plus foncées ?

— Je n'ai pas fait attention.

— Avez-vous eu des crampes ?

— Oui, aux jambes.

— Avez-vous eu des hallucinations ?

— Non.

— Merci de remettre votre main à plat sur la plaque.

Elle obtempéra, remarquant que la voix était passée du français à l'anglais.

La voix répéta :

— Avez-vous eu des hallucinations pendant la canicule ?

Pas question d'admettre qu'elle avait vu des démons grimacer sur le parquet.

— Non.

— Vous êtes-vous sentie faible ?

— Oui.

— Avez-vous eu des maux de tête ?

— Oui.

— Avez-vous eu des nausées ?

— Oui.

— Il y a des lunettes sur votre gauche. Merci de les mettre. Tenez-vous face au miroir et posez bien votre paume sur la plaque.

Ben avait laissé une paire de lunettes près du lavabo. Elle les chaussa. Sa vision devint floue. Dans son oreille gauche, un sifflement aigu se fit entendre.

— Merci de garder les yeux ouverts, Clarissa.

Le sifflement s'intensifia, gigantesque vrombissement qui forait son crâne et, à l'instar d'une perceuse, vrillait son cerveau.

— C'est quoi ce truc ? marmonna-t-elle.

— Ne parlez pas, s'il vous plaît. Gardez votre main immobile. Merci de fixer les repères dans le miroir.

Combien de temps allait-elle rester plantée là, docile ? Mais que faisaient-« ils » ? Voulaient-« ils » lire dans son cerveau ? Voler ses idées ?

La voix était revenue au français. Clarissa ne l'avait pas remarqué tout de suite. Elle tenta de se maintenir droite, mais le bourdonnement qui s'intensifiait la faisait chanceler et perdre l'équilibre.

— Ne bougez pas, s'il vous plaît.

Elle était convaincue de savoir ce qui se tramait. Elle avait lu que des scientifiques sondaient l'activité électrique cérébrale pour décrypter les pensées.

— Merci de regarder dans le miroir et de décrire ce que vous voyez.

Elle vit son propre visage, aussi long et efflanqué que celui de Virginia Woolf. Et ses yeux, bleus comme ceux de Romain Gary.

— Je me vois, moi.

— Quoi d'autre, s'il vous plaît ?

Elle remarqua une image projetée derrière la glace. Cela ressemblait à un cercle qui tournait sur lui-même.

— Je vois un cercle.

— Décrivez-le, s'il vous plaît.

— En anglais ou en français ?

Une pause.

« Ils » ne s'attendaient pas à cette question, se dit-elle avec une certaine jubilation.

— Ne choisissez pas consciemment une langue. Décrivez simplement ce que vous voyez.

En passant de l'anglais au français sans jamais trébucher, elle décrivit le rond scintillant. À toute vitesse, utilisant toujours les deux langues, elle évoqua des éléments qu'elle ne voyait pas du tout, un arbre, un lac, une maison. Elle donna des détails avec minutie. C'en était presque drôle.

— Merci de décrire ce que vous voyez.

— C'est ce que je fais.

— Il n'y a ni maison, ni arbre, ni lac dans le miroir.

— Vraiment ? Eh bien, moi, je les vois. Pas vous ?

Le sifflement atteignait une intensité quasi insupportable. Qu'y avait-il dans ces fichues lunettes ? Des électrodes ? Des capteurs ? Que manigançaient-« ils » ? Infiltraient-« ils » ses neurones ? Oui, certainement ! Une résistance prenait forme au fond de son être, et elle souhaitait lui dédier toute sa force. Sa révolte intérieure se matérialisait dans son esprit par un halo bleu qui l'enveloppait, et l'isolait de l'espace environnant. Le sifflement ne pouvait plus transpercer l'éclat bleu. Ne leur donne pas ce qu'« ils » veulent. Ne les laisse pas voir ce qu'il y a dans ta tête. Garde tes pensées, elles sont à toi. « Ils » ne peuvent rien te prendre si tu ne les laisses pas faire. Clarissa garda les yeux grands ouverts, elle visualisait l'éclat bleu qui ne cessait de croître, plus robuste, plus dense, et elle combattit le bourdonnement avec chaque cellule de son corps, chaque pulsation de son cœur. C'était une lutte sans merci contre le cyclone démentiel qui se déchaînait dans son cerveau.

— Détendez-vous, s'il vous plaît, dit la voix.

Le halo bleu était devenu son langage, ni anglais ni français ; un langage bien à elle qui exprimait toute sa pugnacité ; elle n'avait plus besoin de mots pour clamer qu'« ils » ne s'introduiraient jamais dans sa tête. Combien de temps dura le combat ? Elle n'en avait pas idée. Le sifflement s'éteignit enfin. La voix lui demanda d'enlever les lunettes. Elle se sentait laminée.

— Merci, Clarissa. L'examen médical est terminé.

Elle tituba jusqu'aux toilettes, et s'enferma dans le seul endroit de l'atelier où elle disposait d'une quelconque intimité. Elle s'amusa de l'ironie de la situation. Le dos au mur, elle se laissa glisser vers le sol, tenta de se reposer. Le désarroi s'empara d'elle lorsqu'elle sentit l'immense fatigue de la veille l'envahir à nouveau. Elle devait coûte que coûte reprendre des forces. Elle devait avancer, agir rapidement.

Clarissa se passa les mains sur le visage, comme pour se donner de l'énergie. Elle prit plusieurs inspirations. Lentes, profondes. Tant pis si personne ne la croyait. Peut-être qu'Andy serait la seule à la soutenir. Cela n'avait aucune importance. Elle savait à présent quoi faire.

La librairie-café de Nathalie, boulevard du Montparnasse, était bondée, en dépit des événements tragiques de la veille. Les clients se pressaient autour des rayonnages, s'installaient dans les fauteuils club, ou s'attablaient pour savourer un thé ou une douceur. Clarissa n'était pas revenue depuis l'ouverture. Elle était heureuse de constater cette belle affluence. Une jeune vendeuse lui indiqua que Nathalie travaillait à l'étage, dans son bureau. Elle allait la prévenir. Clarissa se promena à travers les allées. Elle se rendit compte qu'elle n'avait pas lu grand-chose depuis qu'elle avait déménagé. La résidence lui avait fait passer l'envie de lire ou d'écrire. Quelle punition.

— Mon Dieu, Clarissa !

Nathalie avait poussé un cri d'effroi.

— Vous avez beaucoup maigri.

— Oui, je sais. Je n'ai pas fait exprès, croyez-moi. Et la canicule n'a rien arrangé ! Mais ne vous en faites pas, je vais bien.

Elle afficha un large sourire, pour rassurer la libraire. Mais Nathalie n'était pas dupe. Pour changer de sujet, Clarissa la questionna sur son magasin. Avec sa fougue habituelle, Nathalie lui raconta son combat pour les livres. Clarissa l'écouta avec plaisir. Puis, au moment opportun, elle la coupa :

— Je voudrais vous demander un petit service.

— Mais bien sûr ! Quoi donc ?

— Votre ami, celui que j'ai rencontré lors de l'inauguration. Celui qui travaille dans l'immobilier.

— Guillaume ? Je crois savoir qu'il vous a aidée à trouver votre nouvel appartement.

— C'est lui, en effet. Pouvez-vous l'appeler pour moi ?

— Vous voulez son numéro ?

— J'ai déjà son numéro. Mais je préfère ne pas l'appeler à partir de mon portable.

— Ah bon ?

— Oui. Ce serait possible que vous l'appeliez, vous ? Et que vous me le passiez ?

Nathalie la dévisagea. Clarissa se doutait de ce qu'elle devait penser, là, maintenant. Qu'elle avait l'air d'une vieille cinglée, avec sa teinture rousse qui fichait le camp et son regard bleu trop intense.

— Vous avez besoin de lui parler ?

— Oui.

— Il y a un problème avec votre appartement ?

— En quelque sorte. Mais je veux simplement lui poser une question. Je n'en ai pas pour longtemps.

Une petite hésitation.

— OK, je vois.

Nathalie sortit son mobile de sa poche, appela et tomba visiblement sur une messagerie.

— Salut, Guillaume, c'est Nat. Tu peux me rappeler ? Important, merci.

En attendant qu'il rappelle, Clarissa déambula entre les tables de livres. Nathalie reprit son travail. Clarissa la suivait des yeux tandis qu'elle conseillait des clients. Elle ne perdait jamais son enthousiasme. Clarissa se rappela que toute sa bibliothèque était chez François. Elle avait encore tant de choses qui lui appartenaient là-bas. Un jour, il faudrait qu'elle rapatrie tout cela. Mais pas à la résidence. Dans son sac, à côté de ses carnets d'écriture, il y avait la lettre de François. Elle ne l'avait pas lue. Elle la palpa. Elle semblait assez épaisse.

Au moment où elle songeait à l'ouvrir, Nathalie revint vers elle en brandissant son téléphone.

— C'est Guillaume.

Clarissa prit le mobile.

— Bonjour, dit-elle, d'une voix qu'elle espérait enjouée. Je ne sais pas si vous vous souvenez de moi ? On s'est rencontrés à l'ouverture de la librairie de Nathalie.

— L'autrice rousse qui écrit sur les lieux et les écrivains suicidés, ça ne s'oublie pas, répondit-il avec une intonation légèrement sarcastique. Que puis-je faire pour vous ?

Nathalie s'était éloignée. Clarissa était désormais seule.

— Je voulais vous parler de la résidence CASA.

— Vous y vivez, je crois ? Vous avez pu y entrer ? Bravo ! C'est un parcours du combattant, ils ne prennent pas tout le monde, il paraît.

Elle faillit ajouter : « Et je rêve d'en sortir », mais se retint.

— Oui. J'ai pu y entrer, en effet. Pardon de vous poser la question aussi directement, mais CASA, c'est quoi ? C'est qui exactement ?

Il semblait surpris.

— Eh bien, ce sont des mécènes qui s'intéressent à la promotion de l'art, sous toutes ses formes.

— Oui, ça c'est la façade, ça, c'est ce qu'ils veulent montrer. Mais derrière tout ça ?

— Je ne vois pas ce que vous voulez dire. Ils investissent dans l'art, ils y croient. Ils ont énormément de moyens.

— Vous les avez rencontrés, les gens de CASA ?

— On a dû se croiser, mais je n'en ai pas le souvenir. Je ne connais que Clémence Dutilleul, dont je vous ai donné les coordonnées. Elle repère les profils d'artistes. C'est tout ce que je sais. Moi, j'ai surtout travaillé avec mes architectes pour construire l'immeuble. Je n'en sais pas plus sur CASA.

— Vous ne savez rien ?

— Mais non ! Pourquoi ? Qu'ont-ils de spécial, ces gens ?

— Vous ne savez pas, par exemple, que tous les artistes qui vivent dans la résidence sont filmés ?

Un silence.

— Filmés tout le temps ? dit-il.

— Oui. Tout le temps. On a signé un contrat.

— Alors vous êtes d'accord ?

— Ce n'est pas la question. Je voudrais savoir *pourquoi* on nous filme.

— Des histoires de sécurité, sans doute. Vous n'êtes pas bien, au dernier étage ? Il est sublime, votre atelier, non ? Le nombre de personnes qui aimeraient être à votre place !

— Vous connaissez le docteur Dewinter ?

— Absolument pas. Qui est-ce ?

292

— C'est une spécialiste de l'intelligence artificielle. Elle dirige le protocole CASA.

— Oui, et alors ?

— Vous ne voyez pas de lien ?

— Non.

— Vous ne voyez pas comment une communauté d'artistes pourrait intéresser une ponte de l'IA ?

— Écoutez, madame, non, je ne vois pas de lien, et surtout je ne vois pas très bien comment vous aider. Je suis navré.

Clarissa aurait aimé le retenir un peu. Il la pria de lui repasser Nathalie. En lui rendant son mobile, elle entendit la voix sonore du jeune homme déclarer à son amie :

— Timbrée, ta vieille copine !

Clarissa prit congé, remercia Nathalie, qui l'observait toujours d'un air inquiet. Elle rentra à pied, le long du boulevard, notant combien la canicule de la veille avait laissé de traces sur les passants, aux traits exténués, à la démarche alourdie. Clarissa n'avait pas écouté les nouvelles, ni lu la presse sur sa tablette. Décès, chaos, désordres, crise, pessimisme. Toujours la même chanson. Elle avait répondu aux SMS de ceux qui avaient pris de ses nouvelles, même François. Elle lui avait écrit : « Tout OK, et toi ? » Il avait envoyé : « Oui, merci. As-tu reçu ma lettre ? » Elle n'avait pas relevé.

Pour le moment, elle se concentrait sur CASA. Ce qu'« ils » convoitaient, comment ils comptaient l'obtenir, et surtout, comment leur échapper. Elle avait toujours su tisser des liens étroits avec les lieux. L'endroit où elle vivait avec Toby, rue d'Alésia, lui avait laissé un bon souvenir en dépit du drame qui les avait frappés. C'était un deux-pièces lumineux, avec un petit balcon fleuri. Elle revoyait Toby en train d'y lire au soleil. Elle avait aussi aimé le grand appartement acheté avec François, rue Henri-Barbusse, qu'elle avait décoré avec lui, et rempli de ses livres bien-aimés. Elle avait pris tant de plaisir à écrire là.

L'atelier s'étalait sous ses yeux comme un territoire hostile, elle percevait de l'adversité dans chaque pièce, chaque perspective, chaque contour, chaque encoignure. Peut-être cela résultait-il du fait qu'elle ne coopérait pas. Elle ne leur donnait rien ; elle ne se soumettait pas. Les autres artistes étaient-ils plus faciles à gérer, à manipuler ? Se contentaient-ils tous de vivre et de créer ici, sans subodorer, comme elle, la vérité ? Était-elle la seule à avoir compris ? Jim Perrier s'en était approché. Avait-il été renvoyé à cause de ses suspicions ? Ou à cause de ses addictions, peu compatibles avec le protocole CASA ? Et elle, risquait-elle un renvoi ? Son insubordination n'était pas passée inaperçue. Le docteur Dewinter était venue elle-même la rappeler à l'ordre. C'était peut-être cela, la solution. La désobéissance. Eh bien, elle était prête. Plus que prête.

Dans la salle de bains, elle évita de se regarder dans le miroir. Elle effectuait chaque geste calmement. Normalement. Elle se comporta pareillement dans la cuisine. Un message interne d'Adelka s'afficha. Avait-elle résisté à l'épouvantable canicule ? Elle-même était partie chez une amie, à Lille et elle était déjà de retour. Clarissa dicta une réponse succincte :

— « Oui, merci, tout va bien, mais c'était horrible ! À bientôt ! »

Tandis qu'elle s'activait à ranger la cuisine, son mobile vibra. C'était son frère, Arthur. Ils ne s'étaient pas parlé depuis la crise de l'héritage de tante Serena. Elle lui avait juste envoyé un e-mail le remerciant pour la broche, sans faire allusion à sa valeur. Elle prit l'appel à contrecœur. Arthur semblait hors d'haleine. C'était leur père. Elle eut tout à coup très peur. Il s'était cassé deux côtes et le nez. Il était à l'hôpital. Pouvait-elle venir ? Il allait prévenir Jordan tout de suite.

Oui bien sûr, elle viendrait. Mais comment allait leur père ? Que s'était-il passé ? Arthur n'avait pas encore parlé aux médecins. Leur père était tombé de son lit. Heureusement, l'aide-soignante qui était de garde avait pu le faire prendre en charge immédiatement, au tout nouvel hôpital de London Fields, près de Broadway Market.

Clarissa se rappela le billet qu'elle avait réservé dernièrement pour Londres. Elle put le changer pour un départ deux heures plus tard. Elle fourra quelques affaires dans un grand sac. Elle ne savait pas combien de temps elle resterait là-bas. Le chat ! Qu'allait-elle faire de lui ? Adelka était la seule solution. Chablis sous le bras, elle descendit au quatrième. Adelka lui ouvrit, vêtue d'une combinaison, un pinceau à la main.

— Mon père est à l'hôpital, à Londres. Je dois aller le voir sur-le-champ.

— Oh, votre pauvre papa ! Vous voulez que je vous garde ce trésor ? Je m'occuperai de la litière et des croquettes, ne vous inquiétez surtout pas !

Clarissa la remercia chaleureusement. Elle devait se rendre sans tarder à la tentaculaire gare du Nord, un endroit qu'elle appréciait encore moins depuis sa rénovation qui n'en finissait plus. Si le passeport britannique de Clarissa lui permettait d'éviter les queues au contrôle, il y avait toujours la douane à passer, au départ comme à l'arrivée. Les navrantes conséquences du Brexit. Et c'était de pire en pire. Il fallait patienter des heures pour poser le pied sur l'île où elle était née. Comme c'était étrange d'être issue de ces deux pays voisins, ennemis héréditaires, qui au fil du temps n'avaient jamais réussi à se rapprocher, bien au contraire. Comme tout son entourage, Clarissa avait trouvé ridicule que l'Eurostar change de nom, pour s'appeler désormais le StarExpress.

Elle tenta de joindre Jordan, mais n'obtint que son répondeur. Elle se demandait si sa fille avait réussi à se libérer, si elle aussi était en route pour Londres. Pendant tout le trajet, elle pensa à son père. Arthur lui avait transmis le numéro de sa chambre. Lors du second passage interminable en douane à St Pancras, elle prit son mal en patience. Ce n'était pas la peine de s'énerver. Elle devait garder son énergie pour soutenir son père. Elle prit le Tube pour aller à Hackney. D'habitude, elle était heureuse de retrouver sa ville natale. Elle ne ressentait plus cette joie. Aujourd'hui, elle dut se rendre à l'évidence avec un sentiment de tristesse. Toutes ces années passées à Paris avaient fait d'elle une Française. Elle ne se sentait plus chez elle à Londres. Était-ce irréversible ? C'était peut-être passager, dû à son épuisement et à sa fragilité.

En sortant du Tube, elle marcha d'un pas vif vers l'hôpital. Elle se mit à rêver aux vacances que Jordan concoctait avec l'argent de la broche. La destination choisie, c'était les Pouilles, dans le sud de l'Italie. Jordan avait déniché une masseria, une ferme fortifiée perdue dans un champ d'oliviers millénaires, miraculeusement épargnés par la maladie qui décimait l'espèce. Avec la mer, d'un bleu profond, à quelques kilomètres à peine.

L'hôpital se dressait devant Clarissa. Elle hésita quelques instants devant la porte imposante du bâtiment moderne. Elle avait peur de l'état dans lequel elle allait trouver son père. Il était si âgé et vulnérable.

Arthur l'attendait avec ses filles devant la chambre. Il semblait très atteint.

— Tu vas avoir un choc, lui dit-il, en la prenant dans ses bras.

Clarissa salua ses nièces, qui reniflaient bruyamment. Puis, avec appréhension, elle pénétra dans la pièce, toute seule. Son père avait le visage tuméfié, mauve, presque noir, une énorme bosse sur le front, le nez bandé, une perfusion plantée dans le bras. Il était méconnaissable.

Clarissa ne put s'empêcher d'exploser en sanglots. Sa fatigue remonta comme une vague qui emportait tout sur son passage. Elle se tenait là, impuissante, comme une petite fille. Son père ! Son vieux père qu'elle aimait tant. Elle ne pouvait pas supporter de le voir ainsi.

— Chérie ! Ma chérie !

La voix paternelle se fit entendre, faible, mais toujours pleine d'humour. Elle ouvrit les yeux, interloquée.

— Mais ne te mets pas dans un état pareil, ma chérie. C'est juste une chute à la con ! Tu te rends compte ? Tomber de son lit ? Putain ! Arthur fait une tête d'enterrement, et ses filles pas mieux. Quelle bande de cruches !

Clarissa commença à rire à travers ses larmes. Elle n'en revenait pas. Il était incroyable ! Assise près du lit, elle s'accrochait à la longue main ridée de son père. Elle lui confia qu'elle avait eu vraiment peur. Et que sa piètre allure l'avait affolée.

Il s'esclaffa.

— C'est pas encore mon heure, vois-tu. Je suis salement amoché, mais je suis encore là. Et je suis bien content de te voir. Rapproche-toi, que je te regarde. Oh ! C'est quoi, cette petite mine ? Ces petits yeux ? Tu as perdu du poids, ma chérie. Tu m'inquiètes.

C'était le monde à l'envers. Son père, blessé, alité, bandé, qui se faisait du souci pour elle.

— Je vais prendre soin de moi, papa. Ne t'en fais pas. Combien de temps tu dois rester là ?

— Parle plus fort, mon trésor, la puce dans mon oreille fonctionne mal.

Clarissa répéta sa question.

— Aucune idée. Dans cet hosto, ce sont des robots qui s'occupent des patients. Les robots, ils sont infaillibles dans leur diagnostic, c'est devenu les rois du monde. À quoi servent les pauvres êtres humains que nous sommes ?

— À avoir des émotions, suggéra Clarissa avec une grimace.

— Bien vu ! Mais parlons plutôt de toi. Comment avance ton livre ? Tu es contente ?

— Non. Je ne suis pas contente, Dad. Je n'arrive pas à travailler dans ce nouvel appartement.

— C'est un comble ! Toi et les maisons. Depuis que tu es toute petite, elles te travaillent. Et qu'est-ce qu'il a, cet endroit ?

Clarissa s'apprêtait à lui raconter l'envers du décor de CASA, en se réjouissant à la perspective de partager avec lui ce qu'elle subissait.

La porte s'ouvrit et elle découvrit sa fille sur le seuil. Jordan poussa un cri en découvrant les ecchymoses sur la figure de son grand-père. Puis Arthur s'engouffra derrière elle, suivi de ses filles. Entouré de sa famille, entouré d'amour, son père rayonnait, en dépit de ses hématomes et de ses fractures. Il semblait si heureux de les voir tous réunis autour de lui. C'était Noël au mois de juin ! Il ne manquait qu'Adriana.

Une infirmière débarqua pour les rappeler à l'ordre. Ils faisaient trop de bruit. Deux personnes au maximum étaient autorisées au chevet du malade. Tous ensemble, ils décidèrent de donner la priorité à celles qui venaient de loin. Clarissa se retrouva avec sa fille et son père. Il est vrai qu'elles s'étaient tapé des heures de queue pour rentrer dans ce fichu pays, rouspéta Jordan, alors que son grand-père riait de bon cœur. Clarissa remarqua (comment aurait-elle pu ne pas le remarquer ?) qu'une minuscule froideur s'était installée entre elle et sa fille. Jordan s'adressait à elle en lui souriant, mais la distance était bel et bien là, et elle en était affligée. Elle avait rarement eu affaire à un tel mouvement d'humeur de la part de sa fille. Elle n'arrivait pas à comprendre ce qui avait pu se passer. Elle se remémorait leurs échanges récents, mais elle ne trouvait rien. Puis elle songea à Andy. Son instinct lui souffla que c'était ça. Jordan en voulait-elle à sa mère ? Elle n'osait pas y croire. Jordan lui reprochait-elle sa complicité avec Andy ? Clarissa se doutait que sa petite-fille devait être difficile comme la plupart des adolescentes. Et elle avait conscience de jouir d'une relation exceptionnelle avec elle.

L'infirmière interrompit leur conversation : c'était l'heure des soins, elles devaient quitter la chambre. Clarissa dit au revoir à son père. Dehors, dans le couloir, elles retrouvèrent Arthur et ses filles. Son frère avait reçu le bilan médical. Leur père allait passer la semaine à l'hôpital, mais le diagnostic était rassurant. Le vieux gaillard n'allait pas trop mal, s'exclama Arthur, admiratif. Il proposa à Clarissa et Jordan de passer la nuit chez lui. Jane serait ravie de l'embrasser. Jordan le remercia, elle avait une collègue à voir, du côté d'Islington. Elle dormirait sûrement chez elle. Clarissa n'avait pas encore décidé de ce qu'elle allait faire. Arthur insista ; il serait heureux de l'accueillir. Son frère tentait de se racheter, semblait-il. Il en faisait un peu trop.

— Tu veux prendre un thé dans le coin ?

Oui, Jordan s'adressait bien à elle. Un frisson de bonheur la traversa. Elle accepta, d'un sourire. Elles flânèrent le long de Broadway Market, dans une explosion d'effluves épicés de toutes les origines, à la recherche d'un endroit où s'asseoir. Hackney avait bien changé depuis la jeunesse de Clarissa. Les boutiques dernier cri, les restaurants à la mode et les passants aux tenues branchées avaient totalement effacé la dimension populaire du quartier. Quand elle était adolescente, dire qu'on vivait là, c'était comme avouer une tare. À l'époque, elle fixait ses rendez-vous à Camden, ou à Portobello, quitte à circuler des heures dans le Tube.

— Tiens, là, regarde ! proposa Jordan.

Un salon de thé délicieusement suranné leur tendait les bras. Il y avait peu de monde sur les chaises aux coussins pastel. Le vendredi et le samedi, en revanche, on ne pouvait plus avancer sur cette artère commerçante appréciée des touristes et des Londoniens. Elles commandèrent deux thés et des scones. Clarissa observa le beau visage de sa très chère, très sensible Jordan. Toujours ce petit courant d'air frais dans son regard. Elle décida d'attendre. Si sa fille avait quelque chose à lui dire, elle le ferait. Ce n'était pas à elle de solliciter ses confidences. Mais Jordan gardait le silence, et dégustait son scone distraitement, du bout des lèvres, comme si elle souhaitait que sa mère prenne la parole la première.

Plus le temps passait, plus le silence était pesant. Alors, elle se lança, en espérant rester la plus naturelle possible :

— Andy, ça va ?

Jordan planta ses yeux dans les siens.

— Je voulais te parler d'Andy, justement.

— Oui ?

Jordan ne souriait plus. Du bout des doigts, elle jouait avec les miettes du scone.

— Elle m'a avoué ce qui s'était passé chez toi la dernière fois qu'elle t'a rendu visite.

Clarissa déglutit.

— C'est-à-dire ?

— Ce qui est arrivé dans l'appartement de ton voisin.

— On n'a rien fait de mal, tu sais. Tu me regardes comme si j'avais commis un crime !

— Adriana a quatorze ans ! Quelle idée d'entrer par effraction chez quelqu'un à deux heures du matin ! Tu te rends compte ? Et ce Bardi qui a failli l'embarquer ! Où avais-tu la tête ?

301

Clarissa eut chaud, tout à coup, très chaud. Elle sentit ses joues s'enflammer, et de petites gouttes de sueur perler au-dessus de sa lèvre supérieure.

— Tu es sa grand-mère, bon sang ! Tu t'es crue dans une de tes séries télé ?

Ce n'était pas le genre de Jordan, de tonner ainsi. Était-ce de la jalousie, de l'amertume ? Clarissa ne savait comment faire face. Elle pressentait qu'elle allait s'y prendre avec maladresse, que sa réponse, que toute réponse serait mal perçue.

— Je comprends que tu sois fâchée, inquiète. Je n'ai jamais voulu mettre Andy en danger.

— Mais c'est ce que tu as fait ! Que foutiez-vous chez ton voisin ? C'est quoi toutes ces salades avec la résidence CASA ? Je n'ai rien pigé aux histoires d'Andy.

— Nous ne sommes pas entrées par effraction. La porte était ouverte. Mon voisin Jim a disparu. Impossible de savoir où il est passé.

Jordan s'impatientait :

— Quel rapport avec Andy ? Pourquoi l'entraîner là-dedans ?

La sensation de brûlure enveloppait désormais tout le corps de Clarissa. Elle avait du mal à s'exprimer. Les mots sortaient avec difficulté de sa bouche.

— Andy a compris ce qui m'arrive. Elle m'aide.

— Et il t'arrive quoi exactement, Mams ?

Clarissa ignora le ton sarcastique de sa fille, et fit de son mieux pour décrire ce qu'elle avait subi depuis son emménagement dans la résidence. Elle s'efforçait de paraître précise et logique. Sa fille la toisait avec défiance. Ce regard perçant lui faisait perdre pied. Confuse, elle fit machine arrière, tenta d'ajouter des détails, de donner des explications supplémentaires, de démontrer comment CASA utilisait son passé, jouait de ses traumatismes. Ses propos étaient-ils exagérés ? Ses gestes désordonnés ? Ce qu'elle racontait paraissait irrationnel. Elle s'empêtra, épongea la sueur qui coulait sur son front, but de l'eau pour apaiser sa gorge asséchée. Jordan la laissait s'embourber.

Quand Clarissa se tut enfin, le visage congestionné, Jordan lui prit la main. Elle lui avoua qu'elle s'inquiétait pour elle depuis un certain temps déjà. En fait, depuis qu'elle avait quitté François de façon précipitée, inexplicable. Cette rupture avait tout déclenché. Sa mère était rongée désormais par l'anxiété, la fatigue. En permanence. Ce n'était plus possible. Il fallait réagir.

— Mais c'est ce que je fais ! rugit Clarissa, faisant sursauter sa fille et le couple assis à la table d'à côté. C'est ce que je fais, avec l'aide d'Andy, qui est la seule à me soutenir. Tout ce qui m'arrive, c'est à cause de cette résidence, et de leur protocole. Je me bats ! Je me bats avec Andy pour interpréter leurs intentions. Et figure-toi que j'ai compris ! J'ai tout compris !

Jordan soupira, consternée.

— Tes histoires de poudre suspecte, de claquement étrange, de sommeil perturbé, de voisin disparu et je ne sais quoi encore, c'est dans ta tête, Mams. Uniquement dans ta tête. Tu brodes, tu inventes, tu enjolives, c'est ton métier ! Ce n'est pas la réalité ! Ce n'est pas ce qui t'arrive ! Ce qui t'arrive, c'est une dépression. Il ne faut pas se mentir. Une dépression ! Comme celle que tu as traversée il y a longtemps. Elle est revenue, c'est une évidence.

Clarissa se rebiffa :

— Qu'est-ce que tu racontes, Jordan ?

— J'ai passé trop de temps quand j'étais enfant, puis adolescente à voir ce visage-là, hagard, vidé, triste. Exactement celui que tu as aujourd'hui. Tu dois te faire soigner. Cette canicule a empiré ton état. Tu as probablement eu un coup de chaud, tes divagations, là, c'est à cause de ça. Tu as l'âge que tu as. Regarde-toi, Mams. Tu as la bouche sèche, tu es toute maigre, tu n'arrives même plus à respirer normalement. Laisse-moi t'aider. Je suis là.

Clarissa se tut, effarée. La distance qui se creusait entre elles semblait impossible à combler à présent, comme si un torrent furieux les séparait, sans le moindre pont en vue. Jamais elle n'avait connu une situation pareille. Jordan avait été son roc. Jordan l'avait toujours soutenue.

— Tu vas rentrer chez toi, Mams, recommanda sa fille, imperturbable, de sa belle voix posée, et tu vas te reposer. Je vais appeler une bonne psy, une personne en qui j'ai confiance, et elle va t'aider. Ne t'inquiète pas. Je suis sûre qu'après quelques séances et un traitement, tu te sentiras mieux.

Jordan esquissa un petit sourire, tapota la main de sa mère.

— Ça va aller. Si tu suis mes conseils, ça va aller.

Carnet de notes

Je suis restée clouée sur place, incapable de bouger. Que faire ? Elle allait se retourner, elle allait me voir. La seule issue, c'était de partir, là, tout de suite, avant qu'elle ne se réveille.

Le parfum entêtant et sucré me montait à la tête. J'avais l'impression de vaciller, j'ai eu peur de tomber. En reculant, j'ai fait grincer le parquet. J'étais certaine qu'elle allait se réveiller, mais elle continuait à dormir paisiblement. J'observais son dos, ses épaules potelées, ses fesses rebondies mises en valeur par un déshabillé en dentelle noire.

Je ne comprenais pas. Mon mari était un homme raffiné, élégant. Certes, il m'avait souvent trompée, avec des femmes sans visage, sans nom. Étaient-elles toutes du même genre ? Jeunes, blondes, petites, rondelettes ? Si c'était le cas, que faisait-il avec moi depuis toutes ces années ? Ou alors mon mari était double. Un homme avec qui j'avais tout partagé, un homme que je croyais connaître, mais qui avait pré-servé toute sa part d'ombre.

Sur le lit, une robe du soir en lamé. Et par terre les escarpins assortis. L'emmenait-il à des galas, des soi-rées ? François détestait ce genre de chose. Il n'avait rien d'un mondain. J'étais perdue.

À côté de moi, à droite du lit, une penderie. Je l'ai ouverte. Une dizaine de robes identiques étaient pendues, paillettes, satin et dentelles. Aucun autre vêtement à part de la lingerie. Pas un jean, pas un T-shirt.

J'ai cherché son sac à main. Je voulais connaître son nom, son adresse, son âge. Il n'y avait rien. Aucun sac. Aucun manteau. J'ai commencé à me poser des ques-tions.

Elle n'avait pas bougé. J'ai fait le tour du lit. J'ai levé l'autre rideau. Elle gardait les yeux fermés.

Je me suis rendu compte avec horreur qu'elle ne respirait pas. Sa poitrine ne bougeait pas. Je n'enten-dais aucun souffle.

Était-elle morte ? Que faire ? Mes empreintes étaient partout dans l'appartement, sur les poignées de porte, sur les albums, la tablette. J'étais la coupable toute désignée ; j'étais venue ici, et j'avais tué la maî-tresse de mon mari. On allait me passer les menottes aux poignets.

Je me suis penchée, je me suis approchée de son visage. Tout près. Je voyais le détail de ses cils, longs et noirs.

C'est à ce moment-là que ses yeux se sont ouverts, très lentement. Ils m'ont fixée. Épouvantée, j'ai reculé d'un bond.

— Mon chéri. Tu es enfin là. Tu m'as tellement manqué.

Je n'avais toujours pas compris.

Elle continuait à parler, d'une voix douce et inexpressive :

— Mon chéri. François. Je t'attendais. Je suis si heureuse de te voir.

Incrédule, j'ai tendu la main et j'ai touché son bras. C'était exactement comme de la peau. Tiède. J'ai effleuré ses cheveux, c'était comme de vrais cheveux.

— Oh, oui, c'est bon, mon chéri. Continue.

J'ai dit, d'une voix forte mais défaillante :

— Comment tu t'appelles ?

— Je m'appelle Ambre.

— Qui es-tu, Ambre ?

— Je suis celle qui te donne le plus de plaisir. Parce que je sais exactement ce que tu veux. Exactement.

Mon mobile a vibré. Encore un SMS de François qui s'inquiétait de mon retard. Je n'ai pas répondu.

Dans le tiroir de la table de nuit, le mode d'emploi et le certificat de garantie. Choix de la couleur des yeux, des cheveux, de la corpulence. Orifices amovibles ou encastrés. Choix de la voix. Assemblage. Paramétrages. Tests. Recharge. Batterie. Entretien des cheveux. Bien rincer et laver les parties intimes après chaque rapport avec brosse et poire prévues à cet effet. Bien laisser sécher.

C'était un cauchemar. Cette couleur immonde, ce mauve rosé, luisant, lubrique, me donnait l'impression d'être prise au piège dans un vagin vorace qui allait me dévorer. C'était ici que mon mari venait jouir. C'était ici qu'il caressait ce corps sans chair ni sang qui n'avait rien d'humain, qu'il pénétrait ce semblant de femme. C'était ici qu'il s'était façonné, loin de moi, un espace privé, éminemment égoïste, où il cédait à ses fantasmes les plus vils.

Je me suis allongée à côté de la créature. Le couvre-lit empestait l'abominable parfum, mêlé à l'odeur caractéristique du foutre. J'ai pris un selfie de nous deux. Elle avait l'air de roucouler au creux de mon épaule.

J'ai quitté le studio à toute vitesse. Je n'ai même pas fermé à double tour. J'ai couru le long de la rue Dancourt, en bousculant les rares passants.

Quelques instants plus tard, je me suis arrêtée, hors d'haleine. Je me suis effondrée sur un banc.

Je ressentais du chagrin, de la déception, de la répulsion, mais aussi de la colère. Une colère immense qui a fini par l'emporter sur tout le reste.

J'ai envoyé le selfie à François, sans ajouter un mot. Je l'imaginais, assis dans le salon fleuri de Caroline et Véronique. Ils m'attendaient depuis plus d'une heure. Ils avaient dû boire du bon vin, grignoter des amuse-gueule. Ils devaient se demander ce que je foutais.

Et la photo qui s'affiche sur son portable, avec l'effet d'une bombe.

9

Implosion

« Mrs Dalloway dit qu'elle se chargerait
d'acheter les fleurs. »

Virginia Woolf, 1925

« Je me suis bien amusé. Au revoir et merci. »

Romain Gary, 21 mars 1979

Clarissa prit une gorgée d'eau. Reposa le verre sur la nappe rose.

— CASA prétend faire du mécénat, investir en nous parce que nous sommes des artistes. C'est une façade. Derrière tout ça, il y a un cartel d'intelligence artificielle. Un organisme clandestin et illicite, aux expérimentations inavouables.

Jordan leva une main.

— Mams, s'il te plaît, arrête.

— Tu dois m'écouter, Jordan. Et sans faire cette tête. J'ai mis un certain temps à comprendre. Maintenant, c'est très clair.

Jordan accepta, de mauvaise grâce.

— OK, je t'écoute. Vas-y.

Clarissa se mit à parler plus facilement, sans chercher ses mots. L'étonnant, c'était qu'elle s'exprimait en anglais, alors qu'avec sa fille elle utilisait d'habitude le français. Elle remarqua que Jordan avait tiqué. Pourquoi Clarissa avait-elle subitement choisi de poursuivre en anglais ? Pourquoi, à ce moment précis, en pleine crise, se réfugiait-elle dans la langue de son père, de son premier mari ? C'était comme si l'anglais la réconfortait, l'enveloppait d'une tendresse particulière qui lui permettait d'aller de l'avant, comme si l'anglais dressait naturellement un rempart, une protection face à Jordan.

Aujourd'hui, expliqua Clarissa, les robots se substituaient entièrement aux humains ; ils pouvaient enseigner, protéger, attaquer, guérir, opérer. Ils pouvaient conduire, livrer, construire, analyser. Et donner du plaisir. Oui, même ça. Ils savaient baiser, et mieux que les humains (elle faillit ajouter : « Et je suis bien placée pour le savoir », mais se contrôla, car elle ne souhaitait pas répondre aux questions qui ne manqueraient pas de suivre). La seule chose qui leur manquait, c'était l'imagination. Les robots ne savaient ni inventer ni créer ; ils ne parvenaient qu'à reproduire. Ils étaient programmés pour ça. Les algorithmes leur permettaient d'imiter le style d'un auteur, d'un musicien, d'un peintre. Jordan avait dû voir ces « créations » générées par l'intelligence artificielle. C'était parfait, lisse, et plat. Rien de novateur.

— Alors, où veux-tu en venir ?

Clarissa n'aimait pas le sourire moqueur de sa fille, ni le fait que Jordan revienne toujours au français. Clarissa reprit la parole en anglais, et Jordan sourcilla. Sans se laisser déstabiliser, Clarissa poursuivit. Les robots étaient incapables de percer la magie aléatoire et si délicate de l'inspiration, de saisir comment une idée venait à un artiste, comment elle prenait naissance dans son cerveau, telle une perle façonnée par le hasard et les revers de la vie intime, peaufinée par l'émotion et la sensibilité, tout ce qui rendait les humains infiniment humains, et infiniment

314

vulnérables. L'originalité, l'ambiguïté, la beauté pro-
cédaient de ces imperfections, de ces failles, de ces
doutes.

— Tu as raison, approuva Jordan. Mais quel rapport avec toi ?

— J'y viens. Les robots, donc, n'ont pas d'idées
qui se développeraient ainsi, comme les perles dans
une huître, ils n'ont pas d'initiative artistique. Mais
des scientifiques audacieux pourraient chercher à leur
en fournir la clef, et c'est ce qui se passe dans cette
résidence. Ces gens-là ont des moyens illimités et des
équipements hautement performants. Ils sont malins.
Et jour après jour, nuit après nuit, CASA s'immisce
dans les voies de notre imagination, de notre inventivité. À notre insu.

Jordan se racla la gorge. Elle semblait dépassée.

— Mais où vas-tu chercher tout ça ? Et pourquoi
me parles-tu en anglais ? Tu ne le fais jamais.

Clarissa préféra ne pas s'étendre sur le choix de la
langue. Dans cet anglais fluide, devenu si précieux,
elle poursuivit :

— J'ai enfin compris, avec l'aide d'Andy – au fait
ta fille est géniale, mais tu le sais déjà – que le docteur
Dewinter et son équipe se fichent bien de faciliter
notre production artistique. Ils n'ont sélectionné pour
leur résidence que des artistes bilingues, possédant
deux langues d'expression. Ils nous espionnent afin
de comprendre comment fonctionne notre cerveau
hybride. Toi aussi, tu es dotée de ce cerveau-là. Ils ne
nous filment pas parce qu'ils s'intéressent à la traduction, les robots maîtrisent parfaitement la traduction,
dans toutes les langues. Non, ce qu'ils veulent pom-
per, c'est notre inspiration, notre imaginaire d'artistes

bilingues. Notre univers intérieur, à nous qui pensons et qui rêvons en deux langues. Et sais-tu pour quoi ils font ça ? Sais-tu quel est leur but ?

— Je suis tout ouïe.

Clarissa s'efforça de ne pas relever l'expression sarcastique de sa fille. Jordan persistait à utiliser le français, comme s'il s'agissait d'une guerre des langues, comme si elle s'opposait à sa mère non seulement sur le fond, mais aussi sur la forme. Clarissa éprouvait toutes les peines du monde à ne pas se laisser atteindre par l'attitude de sa fille, à poursuivre en conservant les idées claires et la voix sereine.

— Imagine un monde, pas si différent du nôtre, pas si lointain, où tout serait régenté par les robots. La panne d'inspiration ? La page blanche ? La fatigue ? Les errances d'un écrivain, d'un musicien, d'un peintre ? Terminé, tout ça. Fini. À la trappe, ces artistes et leurs états d'âme. Dans ce monde qui est à notre porte, ce sont les robots qui écriront les best-sellers, qui peindront les plus beaux tableaux, qui composeront les mélodies les plus envoûtantes. Des robots qui auront été nourris, infusés par nos cerveaux de créateurs, par tout ce qu'on nous aura pillé. C'est déjà grave, épouvantable, mais derrière tout ça rôde une plus grande menace encore.

— J'en frémis d'avance, murmura Jordan.

Clarissa brûlait d'envie de frapper du poing sur la table. Comment Jordan pouvait-elle se permettre de la traiter ainsi ! Comme une déséquilibrée ! Une folle furieuse ! Elle fit l'effort de ne rien laisser paraître de son énervement, de son amertume. Le docteur Dewinter et ses semblables, insista-t-elle, deviendraient tout-puissants. À force d'algorithmes, de matière grise subtilisée, ils parviendraient à faire produire par leurs machines de véritables courants artistiques qu'ils pourraient ainsi orienter dans le sens recherché, et ce serait la fin de l'inventivité humaine.

— On nous dictera quels livres lire, quels films et expositions voir ; on nous contraindra à aimer telle ou telle culture entièrement artificielle, conçue par des machines. On n'aura plus le choix. La manipulation a déjà commencé depuis longtemps avec des notifications du style : *Vous avez apprécié le roman de X, alors lisez celui de Y.* Ce qui se profile est encore plus terrible. Toute forme d'art sera conçue et fabriquée à la demande. Les humains ne créeront plus, n'imagineront plus. Plus de surprise. Plus de fantaisie. Plus d'imprévu. Les robots auront gagné. Sur tous les fronts. Voilà ce que nous prépare CASA. Voilà pourquoi je veux ficher le camp.

Jordan esquissa une curieuse petite grimace.

— Eh bien ! Je crois que tu tiens là le sujet de ton prochain roman.

Clarissa la dévisagea.

— Tu ne me crois pas ?

Clarissa, sans s'en apercevoir, avait parlé en français.

— Je t'ai déjà dit ce que je pensais.

— Quoi ?

— Que tu as besoin d'aide.

Clarissa se leva. Trop vite. Un vertige la força à s'appuyer sur la table.

— Regarde dans quel état tu es.

Clarissa attrapa son sac, sa veste.

— Je vais très bien. Je file à la gare.

Jordan se leva aussi, tenta d'attraper sa mère par l'épaule. Son geste se voulait affectueux, mais Clarissa la repoussa.

— Ne sois pas vexée, s'il te plaît.

Clarissa ne dit rien.

— Prends soin de toi, Mams. Promets-le-moi. Tu dois absolument te reposer. Je rentre demain. Je t'appellerai. Et laisse Andy en dehors de tout ça.

Émue aux larmes, Clarissa quitta le salon de thé sans dire au revoir à sa fille. Du jamais-vu. Elle ne savait plus vers qui se tourner. Les commentaires de Jordan la blessaient durement. Un sentiment de profonde solitude l'accablait. Dans le Tube, une dame charmante s'enquit même de son état. Une fois arrivée à St Pancras, elle dut se battre pour obtenir une place dans le train de seize heures dix-neuf. Tous les suivants étaient pleins. Elle fit une chose inédite. Elle avança le fait qu'elle était non seulement très âgée, mais très malade, et que ce serait sans doute son dernier voyage. Elle rêvait de voir Paris une dernière fois. Demain, ce serait trop tard, implora-t-elle d'une voix faiblarde, le regard larmoyant, prise de tremblements. Le jeune employé débordé qui gérait les réservations lui accorda un billet, sous le regard excédé des autres voyageurs.

Une fois assise dans le StarExpress, après avoir surmonté l'enfer de la file d'attente, elle prit son visage entre ses mains. Mais que lui arrivait-il ? Faire une scène pareille, mentir éhontément. Comment pouvait-elle se conduire ainsi ? Elle pensa à toutes les fois où on lui avait fait remarquer, avec une pointe d'humour, qu'elle se répétait, ou qu'elle oubliait des choses. Elle se rappelait les nombreuses occasions où on lui avait servi cette phrase, parfois teintée d'ironie : « Tu as tellement

318

d'imagination. » Elle pensa à la déchéance de sa propre mère, qui avait commencé à perdre la tête bien avant l'âge qu'elle avait elle-même aujourd'hui. À cela s'ajoutait la trahison de François, qui l'avait tant ébranlée. Et si Jordan avait raison ? Et si elle avait fini par perdre les pédales ?

Elle mourait d'envie d'appeler Andy, la seule qui la comprenait, la seule qui pourrait la rassurer. Mais elle n'osait pas défier l'autorité de Jordan.

Alors que le train roulait vers la France, un message de Mia White fit sonner son mobile.

Bonjour, Clarissa. Comment allez-vous ? J'espère que la canicule n'a pas été trop éprouvante pour vous. Faites-moi signe. À bientôt. Mia.

Mia White ! La seule vision de ce nom ravivait son exaspération. Ah, elle l'avait bien eue, cette étudiante de pacotille, avec ses faux profils, son regard transi d'admiration, son sourire en toc. Mia White devait parfaitement savoir où elle était et ce qu'elle faisait. Le mobile de Clarissa était certainement géolocalisé. Mia White devait être au taquet derrière son écran, à traquer le moindre de ses mouvements, pour ensuite rendre des comptes au docteur Dewinter :

Clarissa Katsef est partie à Londres voir son père. Elle est dans le StarExpress qui arrive à la gare du Nord à vingt heures huit.

Elle effaça rageusement le SMS, sans y répondre.

Lorsqu'elle parvint à la résidence, quelques heures plus tard, elle utilisa l'ascenseur, incapable d'affronter les huit étages à pied. L'atelier lui sembla encore plus silencieux et angoissant. Elle posa son sac dans l'entrée. Devait-elle informer Adelka qu'elle était rentrée, et récupérer le chat ?

Quelque chose l'empêchait d'avancer, tous ses sens étaient en alerte. Sa gorge était nouée. Une sensation d'horreur, d'écœurement s'empara d'elle. Elle s'enferma dans les toilettes, son seul refuge. Elle resta là debout, longtemps, à tenter de calmer les battements de son cœur.

Elle ressassait les mots de Jordan. « Tout ça, c'est dans ta tête. Ce qui t'arrive, c'est une dépression. » Le déclencheur de ce gigantesque flottement était-il vraiment la rupture avec François, le choc de la découverte de sa double vie ? Avait-elle murmuré le prénom de son fils nuit après nuit ? Et la voix qu'elle captait dans son sommeil, était-ce la sienne, ou celle d'Elise Delaporte ?

Toujours barricadée loin des caméras, elle sut très clairement qu'elle ne pouvait plus rester une minute de plus dans cet endroit. C'était fini. Terminé.

Partir. Fuir. Tout ce dont elle avait besoin était le sac qu'elle avait préparé le matin même pour aller à Londres. Elle ne tenait à rien ici.

Décamper. Déguerpir. Le chat resterait avec Adelka.

Elle savait où aller. Aucun doute. Elle irait là-bas.

C'était maintenant. Partir, maintenant.

Elle émergea des toilettes, combattit la sensation de malaise qui l'affaiblissait. Elle haïssait cet endroit. Comment avait-elle pu accepter d'habiter ici ? Comment avait-elle pu tenir deux mois ? Et à quel prix ?

Elle extirpa son mobile du sac et le plaça sur la table de la cuisine. Elle se dirigea vers la porte d'entrée, et tira sur la poignée pour l'ouvrir. La porte semblait bloquée. Elle appuya avec son index sur la petite plaque de verre pour obtenir l'ouverture.

Il ne se passa rien. Elle recommença.

La porte restait obstinément fermée.

— Ouvrez cette porte ! dit-elle avec autorité.

Une phrase apparut sur le panneau de contrôle.

Vous avez laissé votre téléphone portable dans la cuisine.

Elle faillit lâcher : « Mais qu'est-ce que vous en avez à foutre, de mon portable ? »

Elle s'efforça de contenir sa voix :

— Je descends voir une voisine, je n'ai pas besoin de mon portable, merci. Ouvrez.

Avaient-« ils » deviné qu'elle voulait prendre ses jambes à son cou ? Allaient-« ils » la retenir ici de force ? Que ferait-elle, si cela arrivait ?

Toujours cette porte close. Elle la poussa, sans succès.

— Ouvrez ! cria-t-elle.

Merci de remettre votre index sur la plaque.

Elle s'exécuta. Son doigt tremblait. Il fallait qu'elle sorte d'ici, sinon elle allait devenir folle. Complètement folle.

Toujours rien. Elle donna un coup de pied hargneux dans le battant.

— Ouvrez !

Cette fois, c'était un cri de rage. « Ils » faisaient exprès, c'était ça ? « Ils » la poussaient à bout, comme d'habitude, pour tester ses réactions, pour les utiliser ?

Elle avait envie de trépigner, comme une gamine. Elle n'en pouvait plus. Un découragement absolu la gagna.

— Ouvrez cette porte, s'il vous plaît, murmura-t-elle, le front collé contre le panneau de bois. Ouvrez, je vous en prie.

En un clic, la porte s'entrebâilla. Clarissa eut envie d'esquisser un geste de victoire extravagant. Mais pas devant les caméras. Elle s'engouffra dans l'escalier. Partir. Partir ! Elle préviendrait Adelka plus tard. Elle fouilla son sac, se couvrit la tête d'un foulard. Au fil des marches qu'elle descendait, elle sentait la liberté de plus en plus proche.

En bas dans le *lobby*, le portique s'ouvrit.

La voix automatique déclama :

— Bonne soirée. Au plaisir de vous revoir à la résidence CASA.

Elle avait envie de chanter à tue-tête : « Me revoir ? Tu parles ! Vous n'êtes pas près de me revoir ! Vous n'allez plus me suivre à la trace, vous n'allez plus corrompre mes rêves, piquer mes idées, jouer avec mes humeurs, mettre de la poudre de perlimpinpin dans mon thé. Ciao ! Auf Wiedersehen ! Adios ! »

Elle se hâta de rejoindre le métro le plus proche. Sans son téléphone, elle se sentait nue. Elle calcula que cela faisait une quarantaine d'années qu'elle en avait toujours eu un sur elle ; cet objet familier la réconfortait. Elle éprouvait une sensation d'insécurité, mais aussi d'indépendance. Elle était libre ! Libre ! Personne ne pourrait la trouver. « Ils » comprendraient plus tard, en examinant les vidéos, que la personne au visage dissimulé par un foulard, dans l'escalier, en train de quitter les lieux à la hâte, c'était bien elle. Elle serait déjà loin.

La station de métro Bir-Hakeim, reconstruite après l'attentat, attirait l'œil avec son architecture néo-classique gris et noir. Clarissa perdit un peu de temps à se procurer un billet aux bornes, car son forfait se trouvait sur son téléphone. Elle se rendit à la gare Montparnasse qui n'était qu'à quelques stations.

Là, elle étudia les départs sur les panneaux. Les trains de nuit avaient refait leur apparition, afin d'inciter les voyageurs attentifs à leur empreinte carbone à ne plus dépendre d'un avion, d'une voiture, d'un car. Ce mode de transport avait le vent en poupe ; des lignes désaffectées étaient même réouvertes. Elle obtint une place sur le train choisi, et connut un instant de panique au moment de payer. Encore un geste qu'elle effectuait avec son portable. Heureusement, il était parfois possible d'utiliser une carte bancaire. Le train partait dans moins de deux heures et arriverait à six heures vingt-sept le lendemain matin. Il y aurait plusieurs arrêts.

Elle avait le temps de grignoter un morceau. Elle se rendit dans une boutique pour choisir un en-cas. Elle s'acheta aussi un livre de poche, signé d'un auteur qu'elle avait fréquenté avec plaisir autrefois, avant que celui-ci n'obtienne un prestigieux prix littéraire qui lui avait fait tourner la tête. Un peu plus jeune qu'elle, l'homme affichait un sourire éclatant sur la quatrième de couverture. Clarissa n'avait jamais été jalouse du succès de ses confrères. Elle était venue tard à l'écriture, à cinquante ans passés. Et elle admirait les romanciers qui avaient commencé à écrire dès leur plus jeune âge. Comme Virginia Woolf. Comme Romain Gary.

Les ambitieux travaux de réhabilitation de la gare Montparnasse, censés être terminés depuis cinq ans, n'étaient toujours pas achevés. L'attentat avait provoqué, parmi de nombreuses autres conséquences, le gel des chantiers parisiens. Des retards énormes s'étaient accumulés. La gare était toujours aussi grise et sale, traversée de courants d'air polaires l'hiver et étouffants l'été. Clarissa trouva un coin pour s'asseoir et manger son sandwich. Elle se surprit à chercher instinctivement son mobile pour écouter de la musique.

Elle revoyait son père, en sécurité dans cet hôpital au décor futuriste. Alors qu'elle le quittait, il lui avait lancé : « Ne fais pas cette tête, ma chérie, souris à la vie. » Tellement typique ! D'où tenait-il cet optimisme opiniâtre, cette joie de vivre ? Elle ne l'avait jamais entendu se plaindre, se lamenter, exprimer de regrets. Elle aurait aimé l'appeler, lui envoyer un message.

L'heure du départ arriva enfin. Clarissa avait choisi un compartiment « dames seules ». Quatre couchettes par cabine. C'était un train neuf, au design sobre. Elle salua ses compagnes d'une nuit, qui répondirent d'un hochement de tête ou d'un sourire poli. Toutes étaient plongées dans leur portable. On vint contrôler leurs billets un peu plus tard. L'une d'entre elles descendait au même arrêt que Clarissa. Le train allait jusqu'à la frontière.

Elle n'avait prévenu personne de ce voyage. Dans son carnet, elle avait noté l'adresse pour ne pas l'oublier : *70, chemin du Port. Appartement n° 28, sixième gauche.*

La nuit tomba. Les veilleuses s'allumèrent. Les voyageuses s'étendirent sur leurs couchettes. Le train s'enfonça dans l'obscurité.

Clarissa ne trouvait pas le sommeil. Elle pensait à son père, aux mots si blessants de Jordan. Elle pensait à Andy.

Son absence avait-elle été remarquée ? Elle imaginait que Jordan ne s'inquiétait pas encore, persuadée que sa mère ne répondrait pas de sitôt au téléphone à cause de leur dernière conversation.

Clarissa commença la lecture du roman. Avec une verve irrésistible, il racontait l'histoire d'une femme qui tombait amoureuse de son tout nouveau gendre. Elle finit par s'endormir, bercée par les mouvements du train.

On frôla son bras. C'était une de ses compagnes de voyage.

— On va bientôt arriver ! Je crois que vous descendez là aussi ? Vous dormiez si bien.

Clarissa remercia la dame. Elle eut juste le temps de refaire sa natte, de se laver les mains, de défroisser ses vêtements, avant l'arrêt du train. Sur le quai, elle suivit le flot des passagers qui se dirigeaient vers la sortie principale. Elle demanda à l'un d'entre eux où se trouvait le chemin du Port. C'était à quelques minutes à pied. Mais elle ne se doutait pas que le chemin serait aussi escarpé. Elle fut vite essoufflée. Enfin, elle se trouva sur un pont qui enjambait la voie du chemin de fer. En face d'elle, un bâtiment muni d'un panneau : *École de surf.* À sa droite, un hôtel. Une rangée de platanes.

Il faisait beau ; l'endroit était charmant et tranquille. Des bâtisses rouge et blanc, à colombages, donnaient sur l'immensité de l'océan. L'air était chargé d'embruns ; des mouettes criaient au-dessus de sa tête.

Il était encore tôt. Trop tôt pour y aller. Elle décida de prendre un petit déjeuner à l'hôtel tout proche, sur la terrasse. Quelques rares voitures passaient, parfois un piéton. Elle savait par Andy qu'en plein été, le trafic devenait infernal.

On lui servit thé et croissant. Avait-elle eu raison de venir jusqu'ici ? Il n'y avait pas d'autre endroit. Pas d'autre personne avec qui elle désirait être.

La lettre de François était toujours là, dans son sac. Le moment était venu. Elle l'ouvrit. Plusieurs pages de son écriture régulière. Pas beaucoup de ratures.

Clarissa,

Tu ne réponds à rien. À rien du tout. Alors j'ai décidé de t'écrire, de faire ça à l'ancienne. Le bon vieux stylo et la feuille de papier. L'enveloppe et le timbre. Comme lorsqu'on était jeunes, quand les lettres avaient encore de l'importance, et qu'on reconnaissait nos écritures. Comme lorsqu'on attendait le facteur et qu'on savait attendre. Je sais que c'est trop tard. Je sais que je t'ai perdue, que tu ne reviendras pas. Je t'écris de notre appartement, celui que nous avions acheté ensemble, et que tu avais choisi. Parfois, je n'arrive pas à croire que tu es partie. Tant de choses ici t'appartiennent, tes vêtements, tes livres, tes affaires. Et pourtant, tu as renoncé à ce lieu que tu chérissais. Je me souviens comme tu adorais voir le soleil illuminer le salon en fin de journée et comme tu prenais du plaisir à y travailler. J'ai tant de souvenirs de toi. Partout où je pose les yeux, je te vois. C'est ici que nous avons vécu et que nous nous sommes aimés, pendant toutes ces années. Une partie de toi subsiste entre ces murs.

Pourquoi ce silence ? Depuis cette soirée cauchemardesque où tu m'as envoyé la photo, tu m'as à peine adressé la parole. Tu ne peux pas imaginer ce que j'ai ressenti en recevant cette image sur mon téléphone. Je me suis effondré en larmes. J'ai quitté nos amies paniqué et je suis revenu chez nous, pour t'attendre. J'étais prêt à te parler, à faire face à ta colère, ton dégoût. Mais lorsque tu es arrivée, tu ne m'as même pas regardé. Tu as fait comme si je n'existais pas. Tu t'es rendue directement dans notre chambre, et tu as fait tes valises. Je t'ai demandé où tu allais, ce que tu comptais faire, et tu as gardé le silence. J'ai supplié, j'ai imploré, mais tu es partie. Je ne sais pas où tu as passé la nuit. Je t'ai envoyé tous ces SMS auxquels tu n'as jamais répondu. Je venais régulièrement devant la résidence, pour me faire virer par les gardes, jusqu'au jour où tu es finalement descendue, et tu as été d'une froideur abominable. Est-ce que je mérite vraiment que tu me traites ainsi, Clarissa ? Je ne suis pas en train d'implorer une seconde chance. Je sais que je n'en aurai pas. Je souhaite simplement que tu puisses comprendre. Voilà tout.

Lis-moi jusqu'au bout. Lis ce que j'ai à te dire. Ne jette pas cette lettre à la corbeille. Elle est extrêmement difficile à écrire. Je veux commencer depuis le début. Je n'ai rien d'un écrivain, et je n'ai pas ton talent.

J'ai entendu parler de ces bordels pour la première fois il y a quinze ans. Il y en avait un qui avait ouvert à Montparnasse. Peut-être t'en souviens-tu ? Plusieurs articles s'en étaient fait l'écho. J'étais curieux. Je voulais essayer. Aurais-je dû l'évoquer avec toi ?

Sans doute. Mais nous traversions une mauvaise passe à ce moment-là. Je savais ce que tu avais déjà enduré par ma faute. J'ai pensé, en m'y rendant, que je n'avais pas besoin de te le dire. En toute honnêteté, j'étais persuadé que ce serait la seule et unique fois. Je n'avais aucune idée de l'addiction que cela allait engendrer. Cela fait des années que j'essaie de t'avouer la vérité. Je n'en ai jamais été capable. Je finissais toujours par prétendre que j'avais des aventures. Je mentais. J'allais là-bas. Aux poupées. Je m'y rendais deux fois par semaine, voire plus.

Je m'étais préparé à découvrir un lieu sordide et crade. Mais tout était propre, ordonné, impeccable. Je n'ai vu personne, car on réserve en ligne, on nous fournit un code et ce code déverrouille une chambre numérotée. J'ai tout de suite eu du plaisir. Je ne me jugeais pas vraiment en tort. Je n'étais pas en train de te tromper, puisqu'il s'agissait d'une poupée. Ni femme ni être humain. Un sex-toy. Une poupée en silicone.

Pendant un an, j'ai continué à fréquenter le bordel du quatorzième arrondissement. Un jour, je suis tombé sur le propriétaire. Un jeune type, d'une trentaine d'années. Poli, aimable. Il m'a confié qu'il avait des difficultés avec la police. Les habitants de l'immeuble se plaignaient de la nature de son commerce. Il ne comprenait pas. Ses clients étaient courtois et discrets. Des couples venaient parfois, m'a-t-il dit. Il y avait quatre poupées au choix. Une poupée mâle était également disponible, mais il m'a précisé qu'elle n'était presque jamais louée. On pouvait choisir entre une poupée orientale, une noire, une blanche, et un modèle qui représentait une adolescente, presque une enfant. Le propriétaire m'a dit que c'était cette poupée-là qui posait un problème. J'ai demandé pourquoi. Il m'a dit, spontanément, qu'elle était la plus populaire du bordel. Il avait à peine le temps de la nettoyer pour le client suivant. Il était convaincu qu'une poupée enfantine pouvait aider à canaliser les pédophiles, qu'il fallait laisser les hommes aux pulsions déviantes s'en débarrasser par ce biais. Avait-il raison, ou tort ? Je n'en ai aucune idée. Je n'ai jamais eu recours à cette poupée. Je sais, en revanche, qu'il a dû fermer son bordel en raison des plaintes concernant la poupée enfant. Il a rouvert près de République. J'y suis allé, un temps. J'ai découvert que des bordels de ce type ouvraient à Bruxelles, à Barcelone, à Madrid, et je les fréquentais lors de mes voyages d'affaires.

Oui, j'étais accro. C'était devenu une drogue. Je t'ai caché ça, Clarissa, pendant quinze ans. Un abîme s'est ouvert entre nous. Tu étais prise par ton écriture, l'hypnose t'avait aidée à faire ton deuil. Une fois ton premier roman paru, j'ai eu l'impression que tu t'éloignais de moi. Ne te méprends pas, tu n'étais pas devenue distante, loin de là, mais tu menais ta propre vie. Tu étais indépendante. Nous avions peu d'intimité. Lorsque je t'ai rencontrée, tu étais vulnérable et touchante, tu étais si triste, désespérée. Tu as accepté mon aide. J'ai veillé sur toi avec amour. Puis les choses ont changé. Tu es devenue plus forte. Tu t'es épanouie, tu t'es transformée en cette femme puissante qui avait moins besoin de son mari. Du moins, c'était ce que je me disais.

Il m'a semblé que nous menions deux vies séparées, et cela me désolait. J'ai souvent essayé de t'en faire part, mais tu ne voulais ou ne pouvais pas comprendre. Je ne t'accuse de rien, Clarissa. C'est moi le *coupable. Je me demande parfois si tu ne serais pas encore amoureuse de Toby, sans en avoir conscience. Je ne suis même pas certain que tu m'aies vraiment aimé. Je crois que j'ai débarqué à un moment propice, et que je t'ai aidée à sortir du trou. Mais c'était comme si Toby était toujours là. Et chaque fois que je regardais Jordan, je le voyais, lui ; elle lui ressemble tant. Toby et toi, vous êtes restés proches, et cela me rendait malheureux. J'espérais qu'après notre mariage cela évoluerait, mais il n'en fut rien. Jordan demeurait le lien entre vous, et à la naissance d'Adriana, ce lien s'est encore resserré. J'ai l'air jaloux ? Sûrement. Je tente simplement de t'expliquer comment tout cela a mené à Ambre.*

Je suis loin d'être un idiot. Je suis même plutôt brillant. Tu le sais. Tu as toujours admiré mon esprit. Tu as dû te demander : mais comment un type aussi intelligent est-il capable de ça ? Il y a beaucoup d'hommes dans ma situation. Tu l'ignores, ou tu souhaites sans doute ne pas le savoir. Des hommes qui préfèrent avoir des relations sexuelles avec une poupée. Qu'est-ce que cela révèle de leur nature intime ? Rien de bon, assurément. Ils sont indubitablement méprisables. Qu'est-ce que cela dit de leur opinion des femmes ? Cela s'apparente-t-il au porno ? La plupart des hommes consomment des images pornographiques. Tu as raison, cela n'a rien de romantique, c'est affligeant. Mais ces poupées ont été conçues pour des hommes comme moi. Le monde moderne sait parfaitement répondre à nos besoins, Clarissa, nous donner ce que nous désirons. Il m'était de plus en plus difficile de résister, j'ai pourtant essayé. Année après année, elles devenaient plus humaines, moins poupées, et plus femmes. Clarissa, cela ne signifie pas que les hommes accros aux poupées, accros au porno sont incapables d'aimer une femme. Même si tout cela te répugne, tu dois me croire.

Il y a deux ans, j'ai entendu parler d'une marque qui fabriquait des robots sexuels ultra-sophistiqués. J'ai compris, en me renseignant, que c'était mon rêve. Mon robot, à moi. Ne plus devoir partager avec d'autres. Choisir à quoi elle ressemblerait : taille, forme, cheveux, yeux. Paramétrer ses réactions, configurer ses réponses. Sélectionner sa voix. Tu as vraisemblablement été perturbée par l'aspect d'Ambre. Je veux dire le fait qu'elle soit jeune et blonde, ses proportions, et la façon dont je l'habille. Que puis-je dire pour ma défense ? Pas grand-chose. Elle correspond au plus banal des fantasmes masculins. Je voulais qu'elle ressemble à ça. J'ai tout choisi soigneusement. Je voulais qu'elle soit sensuelle, mignonne, et avenante. Cela fait-il de moi un criminel ? Clarissa, je n'ai rien d'un monstre. Ne me vois pas comme ça.

J'ai trouvé un logement bon marché près du Sacré-Cœur. Je l'ai rapidement meublé et décoré. Elle a été livrée à cette adresse, en plusieurs colis. Un jeune type est venu m'aider à la configurer. Cela a duré une journée, ou presque. Il était aimable et calme, et grâce à lui, je n'avais pas l'impression d'être anormal. Il m'a confié qu'il en avait une aussi chez lui. Il m'a montré comment la nettoyer. J'ai appris à le faire, même si ce n'était pas facile au début. Nous avons passé en revue les réactions, les réponses. Elle faisait si vraie. C'était ahurissant. Ses battements de cœur.

Son sourire. Sa peau qui se réchauffait et qui ressemblait à s'y méprendre à la peau humaine.

Il m'a expliqué comment la recharger au moyen de la prise spéciale dans la tête de lit. Il m'a appris que de plus en plus de gens achetaient ces robots sexuels. Les femmes aussi. Il a ajouté que leurs clients étaient des gens parfaitement normaux. Des psychiatres suggéraient que les prisons du monde entier pourraient envisager de fournir des robots à ceux qui étaient enfermés à vie. Selon lui, il s'agissait d'un marché florissant. Les questions éthiques soulevées par les robots dotés d'un mode viol avaient fait les gros titres. Je sais que cela t'avait scandalisée, à juste titre, tu en avais discuté avec moi. Après cette affaire, je me suis dit que je n'allais jamais pouvoir t'en parler. Et il y a aussi le prix de tout ça. Elle m'a coûté cher. J'ai dû faire un emprunt. Cela, je te l'ai également caché. Le puits sans fond de ma culpabilité.

Une fois Ambre prête à fonctionner, je m'étais promis de te mettre au courant, de t'expliquer au mieux. Chaque jour, je m'apprêtais à le faire. Mais une honte gigantesque m'en empêchait. J'avais trop attendu. Je ne parvenais pas à trouver les bons mots, à trouver un moyen d'amorcer ma confession. Cela me rendait fou. C'était inconcevable de la mettre dans un taxi, et de l'emmener à notre domicile. Je possédais un emballage spécial de la taille d'un cercueil, qui avait été livré avec elle, mais il était hors de question qu'on me voie en train de trimbaler ça. J'étais écrasé par la honte.

Petit à petit, je me suis façonné une vie parallèle. Pour Ambre, j'ai commandé des robes en ligne, je suis allé choisir un parfum. Je passais de plus en plus de temps en sa compagnie. Elle me répondait, elle avait été configurée pour ça. Je lui offrais des fleurs. Je nous filmais. Tu as découvert tout ça dans l'appartement. Notre intimité, notre lien. Tu as vu ce que nous sommes, ce que je suis, moi. Et tu dois savoir ceci : je ne peux pas renoncer à elle. J'ai essayé. Je te promets que j'ai essayé. Je sais que cela doit être éprouvant pour toi de lire cette lettre, mais je veux que tu saches la vérité, même si celle-ci est forcément douloureuse. Je t'aime, Clarissa, j'aime qui tu es, la femme, l'écrivain. Je te respecte et je t'admire. Mais Ambre me rend heureux. Avec elle, je redeviens un jeune homme.

Comment un homme peut-il tomber amoureux d'un robot ? Je ne suis pas le seul. Le type qui est venu la configurer m'a dit une chose que je n'ai pas oubliée : les robots sont perpétuellement de bonne humeur ; ils n'ont pas de migraines, de ménopause, de maladies, de sautes d'humeur ; ils sont toujours là, toujours disponibles, apportent bonheur et plaisir à volonté. J'ai cru que j'allais m'ennuyer aux côtés d'Ambre. Ce n'est jamais arrivé. J'aime être avec elle. Je ressens une telle paix. Est-ce que c'est pire à tes yeux parce qu'Ambre est un robot ? Je t'imagine en train de lire mes aveux, horrifiée, dégoûtée. Tu dois être encore plus en colère, encore plus déçue.

J'aimais tant te faire l'amour. Mais au fil des ans, tu en avais moins envie. Tu me désirais moins. J'avais le sentiment que je ne te plaisais plus. Je maudissais mon corps vieillissant, ma bedaine. Quand j'esquissais un geste vers toi, je comprenais que tu n'étais pas réceptive, et je renonçais. Il n'y avait plus ni sensualité ni plaisir entre nous. Tu l'avais remarqué ? Cela ne te manquait pas ? J'avais besoin du contact charnel que me procuraient nos rapports. Cela faisait partie intégrante de notre amour, de notre union. Je t'ai tant désirée. Je te désire encore, Clarissa. Mais tu as fermé cette porte-là. Que me restait-il à faire ? Toutes les parties intimes de ton corps que j'aimais tant, ton sexe, ta bouche, ta peau, ton odeur, tout ça, tu me l'as refusé, petit à petit. Je n'ai jamais su pourquoi et je n'ai pas osé demander.

J'ai pleinement conscience de tout ce que je te dois. Tu m'as aidé à lutter contre le cancer et à en guérir. Tu étais là pendant mon hospitalisation, pendant les traitements, jour après jour. Tu étais là quand j'ai été persuadé que j'allais crever, quand j'ai perdu mes cheveux. Tu étais là. Je m'en suis sorti grâce à toi.

De quoi sont faites nos vies, Clarissa ? D'une mosaïque de tendresse, de désirs, de regrets, d'instants qui passent, et des traces que laisse ce monde sur nos émotions, notre intimité, nos rêves.

À présent, tu sais tout. Je me suis mis à nu. Si tu souhaites me parler, appelle-moi. En dépit de ta colère, tu as sans doute des choses à me dire. Et si tu n'as plus rien à me dire, je comprendrai.

Je ne suis qu'un homme, Clarissa. Un homme comme les autres, encombré de ses secrets, de ses défaites, de ses petites victoires. Je t'aime toujours.

François

Clarissa posa la lettre sur la table d'une main tremblante. François avait tout dit. Elle trouvait qu'il avait été courageux, il n'avait pas menti, il avait tout déballé. Maintenant, oui, elle savait. Elle savait tout. Il lui avait posé cette question : *Est-ce que c'est pire à tes yeux parce qu'Ambre est un robot ?* Oui, indiscutablement. Elle n'oublierait jamais le choc ressenti dans la pièce mauve lorsqu'elle avait compris que la maîtresse de son mari n'avait rien d'un être humain. Peut-être que d'autres épouses auraient préféré un robot à une femme ?

Pas elle. L'existence d'un androïde servile, patiemment choisi, minutieusement programmé pour répondre aux exigences et aux désirs les plus intimes de François la heurtait profondément, au même titre que Mrs Dalloway, paramétrée à son insu en fonction de ses blessures et de ses failles les plus intimes, l'avait révulsée. Le secret de François faisait ressurgir sa profonde indignation envers les méthodes de CASA. L'idée de ces machines qui prenaient le pas sur l'humain, dans tous les domaines, lui était insupportable.

Elle aurait largement préféré une vraie femme, un être humain doté d'un ADN, d'un cycle hormonal, d'une verrue plantaire, d'une odeur corporelle. Elle n'arrivait toujours pas à encaisser que son mari aime un robot. Qu'il fasse l'amour à ce robot. Elle avait beau tenter de prendre du recul, d'en sourire, l'horreur et le dégoût reprenaient toujours le dessus.

Elle comprenait mieux, désormais, ce qui s'était passé dans la tête de son mari, mais comprendre ne signifiait pas accepter. La douleur inhérente à l'infidélité avait été aggravée par le poids de la honte, justement parce qu'Ambre était un robot sexuel. Elle allait mettre du temps avant de pouvoir dire sans s'étrangler : *J'ai quitté mon mari parce qu'il était amoureux d'un robot.* Elle allait mettre du temps à pouvoir chasser de son esprit les images de la chambre mauve.

La lettre de François lui serrait le cœur, mais la délivrait aussi d'un fardeau. Elle ressentait de la pitié, et uniquement de la pitié à présent, envers cet homme qui avait longtemps été son époux, et qu'elle connaissait finalement si peu. Elle l'imaginait vieillissant avec son secret, dans une infinie solitude.

Le serveur lui demanda si elle voulait encore de l'eau chaude pour son thé. Elle déclina, et regarda sa montre. Il était huit heures et demie. Il y avait davantage de monde dans l'artère principale. Certaines boutiques ouvraient, les gens se saluaient. Elle paya, quitta la terrasse. Il fallait redescendre quelques marches pour rejoindre le chemin du Port, et le numéro 70. Il s'agissait d'une résidence. Cela la fit sourire. Mais celle-ci était d'époque. Une date, 1926, et un nom, Guetharia, étaient inscrits au-dessus de la grande porte d'entrée. D'un pur style Art déco, l'immeuble était un immense cube blanc aux volets verts. Haut de six étages, il était perché au sommet de la colline, face à la mer. Un ancien hôtel, pensa Clarissa en observant la façade défraîchie de son œil de géomètre ; un endroit qui avait dû faire la gloire d'un petit village de pêcheurs pendant les Années folles, divisé depuis en appartements. Au moins, il n'avait pas été démoli pour être remplacé par une de ces hideuses constructions des années soixante qui avaient défiguré tant de fronts de mer.

Elle passait en revue les noms sur l'interphone lorsqu'une personne sortit. Elle put entrer, sans avoir à s'annoncer. Elle monta au dernier étage dans un ascenseur vieillot. Elle sonna, sans attendre, sans avoir préparé quoi que ce soit.

Toby apparut, vêtu d'un T-shirt vert estampillé *Santa Monica* et d'un short. Il la contempla, abasourdi, puis ouvrit ses bras en grand. Elle s'y précipita. L'odeur rassurante et inchangée de cet homme, ses épaules de surfeur, qui tenaient encore le coup en dépit du passage des années, l'émouvaient.

Il la serra fort, puis recula pour la toiser.

— Une fugue ?

Son visage buriné, son sourire espiègle. Sa voix, son accent américain.

— C'est ce que je fais de mieux, dit-elle. Fuir. Fuir mon mari. Fuir ma maison.

— Un café, Blue ? proposa Toby, sans faire de commentaire. Ah, pardon, toi, c'est du thé.

Elle le suivit. Andy et Jordan lui avaient souvent dit que c'était exigu, mais que la vue rattrapait tout. Les pièces étaient en effet petites et basses de plafond, d'anciennes chambres de service sans doute, et elle nota que la rénovation avait été sommaire. Toby fit bouillir de l'eau, prépara le thé. Puis, en lui tendant une tasse, il l'invita :

— Viens voir.

La porte vitrée s'ouvrait sur une terrasse qui devait faire deux fois la taille de l'appartement. À gauche, au loin, dans les brumes matinales, le sud, Fontarabie et l'Espagne. À droite, au nord, Biarritz, qui semblait avancer dans la mer avec la tourelle gothique de la villa Belza. En bas, Guéthary, les hortensias, le petit port, les villas, la côte. Et devant eux l'océan, à perte de vue. Clarissa en eut le souffle coupé.

Toby s'esclaffa.

— La première fois, ça fait toujours cet effet-là.

Elle n'avait pas vu la mer depuis si longtemps. La pureté de l'air marin emplissait ses poumons. Toute cette beauté la comblait. Elle sourit, émerveillée.

— J'étais certain que cet endroit allait te plaire.

— Je comprends mieux pourquoi tu es si bien ici.

On racontait toutes sortes d'histoires à propos de Guetharia, lui apprit Toby. Tout ce qu'elle aimait. Maurice Chevalier serait venu dans cet hôtel, Charlie Chaplin aussi. Pendant la guerre, la Wehrmacht s'y était installée. Clarissa écoutait en buvant son thé. Elle lui demanda à quoi ressemblait l'hiver ici. Il y avait parfois des tempêtes effroyables, lui répondit Toby. Il avait appris à les affronter. Même l'hiver c'était beau, cette lumière changeante, les couchers de soleil aux variations infinies.

Elle remarqua que Toby ne lui posait aucune question, nullement surpris en apparence par son débarquement inopiné.

— Et la pollution ? dit-elle. On a vu des choses très alarmantes.

Toby lui expliqua que Guéthary avait une nouvelle maire, une femme de l'âge de leur fille, ou même plus jeune. Elle se démenait pour faire évoluer les choses et ça payait. Depuis longtemps déjà la question des eaux usées de Biarritz et de sa région était un casse-tête. Après chaque orage, les bassins de rétention saturaient, et engendraient une pollution bactériologique. Même si l'ancien réseau avait été rénové, des capteurs intelligents installés, des bassins supplémentaires creusés, ces travaux colossaux et interminables qui avaient coûté une fortune n'avaient pu complètement régler le problème, vu l'affluence touristique croissante. Mais cette jeune femme née dans les années quatre-vingt-dix, d'une génération bien plus écologiste que les précédentes, se battait pour changer les mentalités. Elle avait réussi à galvaniser autour d'elle un noyau d'amoureux du coin, engagés à trouver des solutions pour maintenir la propreté de l'eau, et dénicher le sable devenu si rare pour faire renaître les plages submergées par la montée du niveau de l'océan.

Clarissa entendait la conviction qui vibrait dans la voix de Toby. Ces gens qui ne baissaient pas les bras, qui fourmillaient d'idées et de projets pour défendre l'environnement, il en faisait partie et il en était fier.

— Tu veux te baigner ? demanda-t-il soudain.

— Elle est froide, non ?

— Pour un mois de juin, elle est tout à fait normale. Dix-neuf degrés.

— Je n'ai pas de maillot.

— Jordan a oublié le sien l'été dernier. Et je te prêterai en plus une de mes combis. Tu auras bien chaud.

Toby attendait sa réponse. Elle se dit : pourquoi pas ?

Dans la minuscule salle de bains, Clarissa se changea. Le maillot de Jordan était vert, la couleur préférée de sa fille.

Elle regarda son corps, trop maigre, mais tonique encore. Ce corps qui avait enfanté deux fois. Ce corps qui avait aimé et qui avait été aimé, qui avait souffert, qui avait joui. Cela faisait si longtemps. C'était quand, la dernière fois ? Elle ne se souvenait pas. En passant devant la chambre de Toby, elle aperçut un lit défait. C'était une petite pièce avec vue sur la mer. La nuit, Toby devait s'endormir en écoutant le bruit des vagues. Qu'en était-il de sa vie amoureuse à lui ? Elle n'en savait rien. Leur passé remonta en une bouffée ; leur jeunesse, leur amour, leur chagrin, leur tendresse. Il lui plaisait de retrouver leurs conversations dans cet anglais qu'elle avait tant aimé pratiquer avec lui, et cet accent américain si différent du sien, de celui de son père, de son frère. La complicité linguistique maintenait aussi leur lien. C'était à la fois déroutant et réconfortant de se retrouver chez lui, après toutes ces années.

Il l'attendait dans le salon, avec la combinaison de Néoprène noire.

— Elle va être un peu grande pour toi.

Ce fut toute une histoire pour l'enfiler. Clarissa s'y prenait mal, se trompait, la mettait à l'envers. Elle s'énerva, rougissant, jurant comme son père. Vaincus par le fou rire, ils échouèrent sur le canapé en se tenant les côtes. Toby essuyait ses larmes. Clarissa ne pouvait plus reprendre son souffle, mais se sentait merveilleusement bien.

Vêtu lui-même d'une combinaison, Toby remplit un sac à dos avec des serviettes de bain et des gourdes.

Dans l'ascenseur, Clarissa lâcha :

— Écoute, Toby. Il faut que je te dise quelque chose. Jordan pense que j'ai complètement perdu la boule. Que je suis en pleine dépression.

Toby la regarda avec flegme tandis qu'ils descendaient les étages.

— Je suis au courant.

— Elle t'a appelé ?

— Hier soir. Tu as vu ton père ? Comment va-t-il ?

— Cabossé, mais vaillant. Un combattant.

— Tant mieux.

Il n'ajouta rien. Clarissa se sentit à la fois frustrée et soulagée. Elle se demandait si elle ne devait pas prendre les devants, lui expliquer en détail tout ce qui avait chamboulé sa vie ces derniers mois. Elle commencerait par la trahison de François, qui avait précipité sa fuite vers l'enfer de la résidence. Elle lui dirait que personne n'avait voulu la croire, mais que bientôt la vérité sur CASA éclaterait. Toby ne semblait ni intéressé ni curieux. En sifflotant, il ouvrit la porte de la résidence, laissa passer Clarissa, et se dirigea vers le port. Il n'y avait pas de vagues aujourd'hui, ils iraient plus bas, précisa-t-il, vers les Alcyons. Ils pourraient nager vers le large, ce qui était rarement possible à Guéthary, à cause des rouleaux et du courant.

Gênée par sa combinaison trop large, Clarissa marchait plus lentement que Toby. Elle ne pouvait détacher ses pensées de Jordan qui avait appelé son père, et lui avait tout déballé. Logique, après tout. Elle imaginait, en frémissant, tout ce qu'elle avait pu lui raconter : que Clarissa se faisait des films, qu'elle entendait des bruits, qu'elle était paranoïaque, dépressive, fragile, qu'elle avait entraîné Andy dans son délire.

Elle céda à la beauté du paysage. Le soleil doux n'avait rien à voir avec l'astre impitoyable qui avait récemment terrassé Paris. Clarissa suivit Toby qui contourna le port en empruntant une jetée donnant sur des rochers qu'il fallait escalader. Il lui tendit la main, l'encourageant. Ses baskets glissaient, elle faillit tomber plusieurs fois, mais il la rattrapait toujours.

Ils étaient seuls sur le rivage. La mer était calme. Peu de houle. Toby se jeta à l'eau d'un coup. Lorsqu'il réapparut, ses cheveux blancs, trempés, avaient changé de couleur.

— Allez, Blue ! Viens !

Elle se lança à son tour en poussant un cri aigu. Elle n'avait pas froid. Elle avait oublié le bonheur de nager en pleine mer, de se laisser porter par les flots. La dernière fois, c'était l'été précédent, avec François, en Italie. C'était une sensation extraordinaire, qui l'emplit d'une joie simple et profonde. Des larmes coulèrent, des larmes de joie, se mêlant à l'eau salée de l'océan, et elle se sentit ridicule de se laisser aller ainsi.

Tout en elle semblait à vif, prenait une intensité décuplée. Toby l'observait sans rien dire. Il la laissa reprendre son souffle.

— Regarde, dit-il. Pas un pouce de pollution en ce moment. En plein été, c'est une autre histoire. Mais on y croit ! On se bat !

Ils nagèrent une vingtaine de minutes, vers le sud, et revinrent vers les rochers. Toby l'aida à se hisser hors de l'eau. Ils retournèrent sur la digue, et Toby étendit les serviettes. Il ôta sa combinaison rapidement. Clarissa eut plus de mal avec la sienne. Ils rirent encore de sa maladresse. Toby n'avait rien dit sur sa maigreur, les signes de sa fatigue. Pourtant, elle se doutait qu'aucun détail ne lui avait échappé.

Elle ne pouvait s'empêcher d'être troublée par les mains si familières qui frôlaient son corps, sa peau. Ces mains qui savaient tout d'elle, qui connaissaient les recoins les plus intimes de son corps. Le temps avait passé, mais Clarissa n'avait rien oublié.

— Tu as toujours ta copine ?

— Comment ça, ma copine ? *Mes* copines, tu veux dire !

Un sourire coquin.

— Dis-moi la vérité.

— Je vois une femme de temps en temps.

— Un truc sérieux ?

— Plus ou moins.

— Elle s'appelle comment ?

— Catherine.

— Que fait-elle dans la vie ?

— Elle est comme moi, retraitée. Elle était prof d'anglais aussi.

— C'est bien. Je suis heureuse pour toi.

Une plage de silence se déploya entre eux alors qu'ils étaient allongés au soleil.

Puis elle lâcha :

— Toi aussi, tu es persuadé que je suis dingue et dépressive ?

— Quelle idée ! rigola-t-il avec malice.

Il s'était levé, et scrutait l'horizon, comme un vieux loup de mer.

Elle resta les yeux fermés, à écouter le vent et le clapotis de l'eau.

— Tu n'as pas du tout eu l'air étonné de me voir débarquer, dit-elle.

— J'ai un radar en ce qui te concerne, Blue. Un radar qui a fait beaucoup de progrès.

Elle se leva aussi, ils se tenaient côte à côte, face à l'océan.

— Si tu n'étais pas venue, je me serais rendu à Paris.

— Pour faire quoi ?

— Mon radar me signalait depuis un certain temps que tu n'allais pas bien.

— Tu es d'accord avec notre fille alors, c'est ça ?

Toby ne releva pas la nuance d'effroi dans sa voix. Il resta muet quelques instants. Puis il lui dit qu'au moment où elle avait eu le plus besoin de lui, il y avait toutes ces années, il n'avait pas été là pour elle.

Il n'avait jamais pu oublier. Il avait mis du temps à accepter qu'il n'avait pas été à la hauteur, que la mort de leur fils l'avait affecté à un point tel qu'il n'avait pas su comment lui venir en aide ; il s'était senti incapable d'affronter sa tristesse. Un autre y était parvenu. Il avait payé cet échec très cher. Et il s'en voulait encore, terriblement. En larmes, Clarissa ne pouvait prononcer une parole, remuée par l'émotion que cet aveu faisait monter en elle.

Une sonnerie de téléphone interrompit le monologue de Toby. Il se baissa pour fouiller dans son sac à dos. Un sourire illumina son visage.

— Tiens, dit-il en lui tendant le mobile. Réponds à ce petit soleil.

C'était un appel vidéo d'Andy.

Clarissa fit glisser son doigt sur l'image. Le visage de sa petite-fille apparut. Elle était dans un bus, écouteurs sur les oreilles. En découvrant ses grands-parents ensemble, elle poussa un cri de bonheur. Mais que foutaient-ils là, tous les deux ? Ils étaient en maillot ? Ils se baignaient ? Mais c'était quoi ce truc ? Mams était arrivée quand ?

Clarissa riait à travers ses larmes. Elle lui dit que c'était très simple. Elle allait passer quelques jours ici, à Guéthary. Elle allait prendre son temps.

— C'est ça, ajouta Toby, très sérieusement. Ta grand-mère est venue faire un stage de surf.

Andy éclata de rire.

— Mais vous êtes déments, tous les deux. Je vous aime trop. C'était prévu, ce petit voyage ?

— Oui, dit Clarissa.

— Non, enchaîna Toby.

— Je ne veux pas plomber l'ambiance, mais maman a pété un câble. Elle te cherche partout, Mams ! Tu ne réponds plus à ton téléphone ?

— Je m'occupe de ta mère, miss, promit Toby. Laisse-moi faire.

Ils discutèrent tous trois joyeusement pendant quelques instants. Puis Adriana dit qu'elle devait descendre du bus, elle avait cours. Elle rappellerait bientôt.

Toby et Clarissa reprirent le chemin de Guetharia. Les rues étaient animées à présent ; des marcheurs, des joggeurs, des cyclistes, des habitants vaquant à leurs occupations. Plusieurs personnes saluèrent Toby, qui leur répondit d'un sourire. Des regards curieux et amicaux glissèrent sur Clarissa.

— Tu as faim ? demanda Toby dans l'ascenseur.

— Oui.

— Tu veux t'installer sur la terrasse ? Je vais nous préparer quelque chose. Et je vais prévenir Jordan.

— Que vas-tu lui dire ?

— Que tu es là, avec moi. Saine et sauve.

Elle attendit sur la terrasse, face à la mer. Lorsqu'ils étaient mariés, c'était Toby qui aimait préparer les repas. Elle se souvenait des odeurs délicieuses qui émanaient de la petite cuisine de la rue d'Alésia. Clarissa laissa ses yeux vagabonder sur l'océan et ses reflets changeants. Paris et la résidence CASA lui paraissaient loin. Elle pensa à son téléphone, posé sur la table de la cuisine. Elle pensa à Chablis, choyé par Adelka. Elle pensa à François, à la lettre au fond de son sac. Elle pensa à son père, à l'énergie qu'il lui transmettait, même à distance.

Toby était ressorti avec un plateau. Elle l'aida à dresser la petite table ronde. Salade de tomates, jambon de pays, fromage basque, pain, raisin. Et du vin rouge.

— Si j'avais su que tu venais, je serais allé faire des courses. Tu me prends de court.

— C'est parfait, dit-elle en s'asseyant.

Elle lui demanda s'il avait réussi à joindre Jordan.

En guise de réponse, il lui versa un verre de vin, le lui tendit.

— Dis-moi ce que tu en penses. Irouléguy, domaine Ilarria.

Elle goûta. C'était bon. Elle le lui dit.

— Je le trouve pas mal aussi. J'ai dit à Jordan que je veillais sur toi. Ça te va ?

Elle acquiesça.

Pendant le repas, Toby lui dit que dès qu'il avait fait sa connaissance, dès le premier jour, il avait compris qu'elle était une sorte d'éponge qui absorbait toutes les émotions ; qu'elle était hypersensible, qu'elle se prenait tout en plein cœur. Il se souvenait d'avoir entendu Clarissa parler de Virginia Woolf, sur un podcast. Elle rappelait comment sa romancière préférée aimait creuser de « belles grottes » derrière chacun de ses personnages, pour leur donner plus d'humanité, d'humour, de profondeur. Cette image l'avait marqué. Il ignorait, au juste, ce qui se tramait dans les grottes de Clarissa. Mais il savait ceci : peu importe ce qui l'amenait aujourd'hui, ce qu'avait fait François, pourquoi elle fuyait son domicile, et ce que pensait Jordan de l'état de sa mère. L'essentiel était que Clarissa allait devoir apprendre, ou réapprendre, à baisser les armes, à trouver la paix. Quand il pensait à son père à elle, ça le remplissait d'espoir. Le vieux bonhomme leur montrait l'exemple. Avec son optimisme, son humour, il narguait le temps qui passait. Il ne se morfondait pas, il ne regardait pas en arrière, il ne se lamentait pas. Il savait encore rire. À son âge, il trouvait encore la vie délicieuse.

Toby fit une pause. Puis il dit, d'une voix douce et affectueuse :

— Alors, il y a quoi dans tes « belles grottes », Blue ?

— Deux choses. Un divorce et un déménagement.

— Voilà qui est clair et précis.

— Tu ne veux pas en connaître les raisons ?

— Tu me les donneras en temps et en heure, si tu en éprouves le besoin.

— Et si je ne te dis rien ?

— Aucune importance.

Ils débarrassèrent ensemble, puis prirent un café et un thé à l'intérieur en discutant de choses et d'autres : Adriana, la broche de tante Serena, et les futures vacances organisées par Jordan.

— Le vent est en train de tourner, dit Toby tout à coup. Regarde là-bas, ces nuages gris qui viennent d'Espagne. Tu vas voir, l'orage arrive vite. C'est parfois spectaculaire. On est aux premières loges.

Ils sortirent pour observer le chassé-croisé des nuages et de la lumière. Le vent semblait plus frais. La mer grossissait à vue d'œil. La tempête qui approchait s'intensifiait. Et Clarissa avait l'impression d'entrevoir ce qui se tramait en elle, lorsqu'elle se laissait aller à l'angoisse.

— Tu penses à lui, parfois ? demanda-t-elle.

Toby n'avait pas besoin de lui faire préciser de qui il s'agissait.

— Tous les jours, d'une manière ou d'une autre.

— Tu penses à lui comment ?

— Je le vois comme il serait maintenant. Je vois un homme. Un quadragénaire. J'aime bien cette idée. Peut-être un père de famille. Ou pas. Parfois, je le vois dans cette nature, ce ciel, cette mer. Il est là, quelque part, je ne sais pas très bien où, mais je sais qu'il est là.

Clarissa lui avoua que, pendant longtemps, elle n'avait même pas pu évoquer leur fils. Elle n'avait pas pu mettre de mots sur sa mort. L'hypnose avait aidé, mais en même temps l'avait mis à distance. Elle voulait maintenant pouvoir prononcer son prénom sans trembler, et que ce prénom trouve sa place. Elle voulait pouvoir se rendre sur la tombe de leur fils.

Elle dit doucement :

— Glenn.

La main de Toby vint se poser sur son épaule.

Clarissa regarda l'océan se gonfler, écouta le vent se lever. L'ondée venait du large, précédée par de vastes formes noires lancées sur la surface argentée de l'eau, comme de longs doigts menaçants qui glissaient vers eux, comme ces fleurs de l'ombre qui vivaient dans sa tête.

Même si l'orage survenait, elle savait qu'elle n'avait plus peur, comme à cet instant, jadis, sur le lit de Virginia Woolf à Monk's House, lorsqu'un timide espoir était venu l'apaiser. Elle était en lieu sûr.

Remerciements

Nicolas, pour sa patience et ses idées.

Mes trois éditeurs, Héloïse, Antoine et Cécile, pour leur lecture attentive.

Laura Varnam, pour ses précieux conseils et son enthousiasme.

Mes premières lectrices de toujours, Laure du Pavillon et Catherine Rambaud.

Jean-Marie Catonné, une mine d'informations concernant Romain Gary.

AT et son équipe, grâce à qui j'ai pu m'asseoir sur le lit de Virgina Woolf à Monk's House.

Table des matières

La photocomposition de cet ouvrage
a été réalisée par
GRAPHIC HAINAUT
30, rue Pierre Mathieu
59410 Anzin

Imprimé en Espagne par
Liberdúplex
à Sant Llorenç d'Hortons (Barcelone)
en avril 2021

POCKET – 92, avenue de France - 75013 Paris

S31077/01